KB130851

정본 백석 시집

정본 백석 시집

백석
지음

고형진
엮음

문학동네

책머리에

이 책은 1935년부터 1948년까지 백석이 발표한 모든 작품을 검토해 백석 시의 정본과 원본을 확립한 것이다. 백석은 분단 이후 북쪽에서도 얼마간 작품활동을 했지만, 백석 시의 본령은 그 이전에 발표한 작품들에 있다고 할 수 있다.

그동안 여러 곳에서 백석의 시집이 간행되어 백석 시를 감상하는 데 많은 도움을 주었지만 표기가 모두 제각각이라는 아쉬움이 있었다. 이제 백석은 일반 독자들은 물론이고 전문연구자들에게도 가장 커다란 관심의 대상이 된 시인인 만큼 제대로 된 정본이 절실히 요청된다. 그럼 백석 시의 어떤 정본이 필요한가. 백석 시에서는 방언과 고어가 매우 중요한 역할을 하기 때문에 이것들을 모두 표준어로 바꾸면 시의 맛이 사라지고 만다. 이상적인 것은 원본에서 오자와 탈자, 편집과정에서 일어난 착오만을 고치는 것인데, 그 밖에 백석이 당시 제정된 맞춤법 규정을 충분히 수용하지 않아 일어난 표기의 혼란도 적지 않다. 이 문제는 당시에 활동했던 시인과 작가 모두에 해당하는 것이기도 하다. 그래서 백석 시의 원본에서 방언과 고어는 살리고 맞춤법 규정에 위배된 표기와 오·탈자를 바로잡은 정본이 절실히 요구된다. 이 책에서 편자는 백석 시 원본의 언어를 자세히 분석하고 이를 바탕으로 백석 시의 올바른 감상에 도움을 줄 정본을 확립하고자 하였다.

백석 시의 정본에 덧붙여 원본도 함께 정리해 실었다. 여기에 수록된 원본은 영인본이 아닌 실제 발표된 지면의 작품들을 그대로 옮겨온 것이다. 다만 책의 크기에 맞춰 편집 형태만이 조정됐을 뿐이다. 영인본은 말 그대로 원본을 복사한 것이지만, 복사 상태가 불량해 원본과 다른 경우가 적지 않다. 심지어는 글자가 누락된 경우도 있으며, 글자가 왜곡된 경우는 꽤 많다. 따라서 영인본을 원본으로 간주하여 백석 시를 연구하는 것은 아주 위험한 일이다. 편자는 백석 시의 원본 확립을 위해 고려대 도서관에 소장되어 있는 원본 잡지들을 일일이 살펴보았으며, 누락된 것은 연세대 도서관과 서강대 도서관의 원본 잡지들을 이용했다. 원본 잡지가 세 군데에 모두 소장되어 있는 경우에는 세 잡지들을 서로 비교해 작품의 원형을 찾아내고자 했다. 시간이 많이 흘러서 종이가 낡았거나 인쇄가 바랬거나 잡티가 묻어 글자를 알아보기 어려운 경우 그 잡지에 실린 다른 글자와 대조해 원래 글자를 확인했다.

백석의 유일한 시집인 『사슴』은 국립중앙도서관과 고려대 도서관에 소장되어 있는 원본을 참고했다. 두 시집은 몇 군데서 약간의 표기 차이가 있어 서지학적으로 검토해볼 여지가 있는데, 아마도 인쇄 상태에 따른 차이일 것으로 짐작된다. 이 책에서는 두 개의 판본 가운데 맞춤법에 더 근접한 것을 원본으로 정했으며, 서로 표기가 다른 부분은 따로 설명을 붙였다.

또한 백석 시의 낱말 풀이를 새롭게 정리했다. 그동안 김명인, 이동순, 송준, 이숭원 교수를 비롯한 여러 연구자들이 백석 시의 어휘를 연구해왔으며, 편자도 다른 책에서 이런 노력을 한 바 있는데, 이번에 그러한 선행 연구를 종합하고 관련 자료들을 보다 폭넓게 참고해 그 성과를 반영했다. 백석은 평안 방언 외에 다른 지역 언어들도 사용했고, 고어를 살려 쓰거나 말을 새로 만들어 쓰기도 했으며, 사전에서 잠자고 있는 아름다운 표준어들을 사용하기도 했다. 이번에 낱말 풀이를 하면서 이러한 사항까지 밝혀내 보다 구체적이고 엄밀한 어석語釋이 되도록 힘썼다. 낱말 풀이에 참고한 문헌들은 뒤에 부기해놓았다.

이 책은 정말 많은 분들의 도움으로 발간되었다. 우선 낱말 풀이를 새롭게 정리하면서 엄경은 옹과 이덕화 옹의 도움을 받았다. 두 분은 어렸을 때 평안도에서 사셨고, 특히 엄경은 옹은 어머니께서도 평안도 분이셨기 때문에 평안 방언을 많이 알고 계셨다. 이 밖에 구체적인 생활 현장을 반영하고 있는 백석 시의 여러 토착어들의 어석을 위해 관련 학자들의 도움을 많이 받았다. 민속학자인 고려대 국어교육과의 전경욱 교수와 국문과의 김기형 교수, 문화·역사지리학자인 지리교육과의 홍금수 교수, 중국사학자인 역사교육과의 김택민 교수와 같은 과의 한국사학자인

권내현 교수, 한문학자인 국어교육과의 이창희 교수와 한문학과의 윤경희 교수, 일문학자인 일문과의 최관 교수, 원예학자인 상명대 식물산업공학과의 형남인 교수 등으로부터 도움을 받았다. 편자의 은사이신 오탁번 선생님께서는 백석 시의 어석에 대해 일일이 조언을 해주셨다. 그리고 노문과의 최선 교수께서는 1950년대 백석이 번역한 푸시킨 시 선집을 제공해주셔서 작품 연보를 새롭게 작성하는 데 도움을 주셨다. 이 자리를 빌려 모든 선생님들께 두루 고마운 마음을 전한다. 또 귀중한 자료를 열람하는 데 도움을 준 국립중앙도서관과 고려대, 연세대, 서강대 도서관 측에도 고마운 마음을 전한다.

이 책이 이렇게 모양을 갖추게 되기까지는 문학동네 편집부의 각별한 노력이 있었다. 거친 원고가 노련한 편집 덕분에 새롭게 태어날 수 있었다. 고마운 마음을 전한다. 끝으로 백석 시에 남다른 애정을 갖고 정본 발간의 필요성에 적극 동감해준 황종연 선생께 각별한 고마움을 전한다.

여러 사람들의 힘이 보태져 만들어진 이 책이 백석 시를 사랑하는 모든 이들의 좋은 벗이 될 수 있었으면 좋겠다.

2007년 1월

고형진

일러두기

1. 이 책은 1935년에서 1948년 사이에 발표된 백석 시의 정본을 확립한 것이며, 발표 당시의 표기를 살린 원본을 별도로 수록했다.
2. 정본과 원본의 배열은 작품의 발표 순서를 따랐다.
3. 정본은 시집 『사슴』을 중심으로 한 작품들을 1부로, 그후의 작품들을 2, 3부로 나누어 엮었으며, 독자의 이해를 돕기 위해 작품마다 낱말 풀이를 덧붙였다.
4. 원본에서 다른 지면에 재수록된 작품은 처음 발표된 작품 아래에 배열해 그 개작과정을 알 수 있게 했다.
5. 부록으로 백석 시에 대한 해설, 원본의 언어에 대한 분석 및 정본 표기의 원칙, 작품 및 작가 연보와 낱말 풀이 참고문헌을 수록했다.

차례 ◆◆

1부 사슴

2부 함주시초咸州詩抄

3부 흰 바람벽이 있어

원본

1부
사슴

정주성定州城

산山턱 원두막은 뷔였나 불빛이 외롭다
헝겊심지에 아즈까리 기름의 쪼는 소리가 들리는 듯하다

잠자리 조을든 문허진 성城터
반딧불이 난다 파란 혼魂들 같다
어데서 말 있는 듯이 크다란 산山새 한 마리 어두운 골짜기로 난다

헐리다 남은 성문城門이
한울빛같이 훤하다
날이 밝으면 또 메기수염의 늙은이가 청배를 팔러 올 것이다

정주성定州城 정주는 평안북도 서남부의 해안지대에 위치한 곳으로 백석의 고향이다. 이승훈이 세운 오산학교가 이곳에 있었다. 이중환의 『택리지』의 평안북도 편을 보면, 청천강 이북에는 무예를 숭상하는데 오직 정주만은 과거에 오른 인사가 많았다고 한다. 정주성은 정주읍에 있는 조선시대 성곽이다. 석성石城으로 높이가 2~5미터에 이른다.
뷔였나 '비었나'의 고어.
아즈까리 '아주까리'의 평북 방언.
문허진 '무너진'의 고어.
어데서 말 있는 듯이 어디서 말소리가 나는 듯이.
한울 하늘.
청배 청리靑梨. 청실리靑實梨. 청술레. 배의 일종으로 일찍 익으며 빛이 푸르고 물기가 많다.

산지山地

갈부던 같은 약수藥水터의 산山거리
여인숙旅人宿이 다래나무지팽이와 같이 많다

시냇물이 버러지 소리를 하며 흐르고
대낮이라도 산山 옆에서는
승냥이가 개울물 흐르듯 운다

소와 말은 도로 산山으로 돌아갔다
염소만이 아직 된비가 오면 산山개울에 놓인 다리를 건너 인가人家 근처로 뛰여온다

벼랑탁의 어두운 그늘에 아츰이면
부헝이가 무거웁게 날러온다
낮이 되면 더 무거웁게 날러가버린다

산山 너머 십오리十五里서 나무뒝치 차고 싸리신 신고 산山비에 촉촉이 젖어서 약藥물을 받으러 오는 산山아이도 있다

아비가 앓는가부다

다래 먹고 앓는가부다

아랫마을에서는 애기무당이 작두를 타며 굿을 하는 때가 많다

갈부던 갈보전. '삿자리'(갈대를 엮어서 만든 자리)의 황해 방언.
된비 몹시 세차게 내리는 비.
벼랑탁 벼랑턱.
나무뒝치 나무로 만든 뒤웅박. '뒝치'는 '뒤웅박'의 평북 방언.

주막酒幕

호박닢에 싸오는 붕어곰은 언제나 맛있었다

부엌에는 빨갛게 질들은 팔八모알상이 그 상 우엔 새파란 싸리를 그린 눈알만한 잔盞이 뵈였다

아들아이는 범이라고 장고기를 잘 잡는 앞니가 빠드러진 나와 동갑이었다

울파주 밖에는 장꾼들을 따러와서 엄지의 젖을 빠는 망아지도 있었다

붕어곰 붕어를 고아 만든 음식.
질들은 '길든'의 평북 방언.
팔八모알상 테두리가 팔각 모양으로 만들어진 상.
우엔 '위에는'의 고어, 평북 방언.
장고기 잔고기. 조그마한 물고기.
울파주 '울바자'의 평북 방언. 대, 갈대, 수수깡, 싸리 등을 발처럼 엮어 만든 울타리.
엄지 짐승의 어미.

비

아카시아들이 언제 흰 두레방석을 깔았나
어데서 물쿤 개비린내가 온다

두레방석 짚이나 부들 따위로 둥글게 엮은 방석.
물쿤 '물큰'의 평북 방언.

나와 지렝이

내 지렝이는

커서 구렁이가 되었습니다

천 년 동안만 밤마다 흙에 물을 주면 그 흙이 지렝이가 되었습니다

장마 지면 비와 같이 하늘에서 나려왔습니다

뒤에 붕어와 농다리의 미끼가 되었습니다

내 리과책에서는 암컷과 수컷이 있어서 새끼를 낳었습니다

지렝이의 눈이 보고 싶습니다

지렝이의 밥과 집이 부럽습니다

농다리 농엇과의 물고기.

리과책 이과理科책.

여우난골족族

명절날 나는 엄매 아배 따라 우리집 개는 나를 따라 진할머니 진할아버지가 있는 큰집으로 가면

얼굴에 별자국이 솜솜 난 말수와 같이 눈도 껌벅거리는 하로에 베 한 필을 짠다는 벌 하나 건너 집엔 복숭아나무가 많은 신리新里 고무 고무의 딸 이녀李女 작은이녀李女

열여섯에 사십四十이 넘은 홀아비의 후처가 된 포족족하니 성이 잘 나는 살빛이 매감탕 같은 입술과 젖꼭지는 더 까만 예수쟁이 마을 가까이 사는 토산土山 고무 고무의 딸 승녀承女 아들 승承동이

육십리六十里라고 해서 파랗게 뵈이는 산山을 넘어 있다는 해변에서 과부가 된 코끝이 빨간 언제나 흰옷이 정하든 말끝에 설게 눈물을 짤 때가 많은 큰골 고무 고무의 딸 홍녀洪女 아들 홍洪동이 작은홍洪동이

배나무접을 잘하는 주정을 하면 토방돌을 뽑는 오리치를 잘 놓는 먼 섬에 반디젓 담그려 가기를 좋아하는 삼춘 삼춘엄매 사춘누이 사춘동생들

이 그득히들 할머니 할아버지가 있는 안간에들 모여서 방안에서는 새옷의 내음새가 나고

또 인절미 송구떡 콩가루차떡의 내음새도 나고 끼때의 두부와 콩나물과 뽂은 잔디와 고사리와 도야지비계는 모두 선득선득하니 찬 것들이다

저녁술을 놓은 아이들은 외양간섶 밭마당에 달린 배나무동산에서 쥐잡이를 하고 숨굴막질을 하고 꼬리잡이를 하고 가마 타고 시집가는 놀음 말 타고 장가가는 놀음을 하고 이렇게 밤이 어둡도록 북적하니 논다

밤이 깊어가는 집안엔 엄매는 엄매들끼리 아르간에서들 웃고 이야기하고 아이들은 아이들끼리 웃간 한 방을 잡고 조아질하고 쌈방이 굴리고 바리깨돌림하고 호박떼기하고 제비손이구손이하고 이렇게 화디의 사기방등에 심지를 몇 번이나 돋구고 홍게닭이 몇 번이나 울어서 졸음이 오면 아룻목싸움 자리싸움을 하며 히드득거리다 잠이 든다 그래서는 문창에 텅납새의 그림자가 치는 아츰 시누이 동세들이 욱적하니 흥성거리는 부엌으론 샛문틈으로 장지문틈으로 무이징게국을 끓이는 맛있는 내음새가 올라오도록 잔다

아배 '아버지'의 방언(함경, 경상, 전라). 평안 방언은 '압배' '아빼'로 발음이 다소 강하다.

진할머니 친할머니.

진할아버지 친할아버지.

말수와 같이 말수와 함께. 말할 때마다.

고무 '고모'의 방언(평안, 경상, 전라).

이녀李女 '이녀李女' '승녀承女' '홍녀洪女' '홍洪동이' 등은 평북 지방에서 아이들을 지칭할 때 쓰는 애칭이다. 아버지가 '홍가洪家'일 경우 아들아이는 '홍洪동이', 딸아이는 '홍녀洪女'라고 부른다.

매감탕 메진 감탕. '매'는 평북 방언에서 '메진' 즉 '끈기가 적은 상태'를 말하며, '감탕'이란 '엿을 고아낸 솥을 씻은 단물, 또는 메주를 쑤어낸 솥에 남은 걸쭉한 물'을 말한다.

설게 '서럽게'의 평북 방언.

오리치 평북 지방의 토속적인 풍물로, 동그란 갈고리 모양으로 된 오리를 잡는 도구.

반디젓 '밴댕이젓'의 평북 방언.

삼춘엄매 작은엄마.

송구떡 송기松肌떡.

콩가루차떡 콩가루를 묻힌 찰떡. '차떡'은 '찰떡'의 평북 방언.

잔디 잔대. 산야에서 흔히 자라는 높이 40~120센티미터의 여러해살이풀로 연한 뿌리는 식용한다. 더덕과 비슷하게 생겼다.

외양간섶 외양간 옆. '섶'은 '옆'의 방언(평안, 함경).

숨굴막질 숨바꼭질.

꼬리잡이 앞사람의 허리를 잡고 일렬로 늘어선 대열의 맨 끝사람을 정해진 술래나 상대편이 잡는 놀이. 두 패로 나뉘어 한 패의 우두머리가 상대편 대열의 맨 끝사람을 잡는 방법과 술래 하나를 정해놓고 술래가 대열의 끝사람을 잡는 방법, 대열의 맨 앞사람이 자기 대열의 끝사람을 잡는 방법 등의 세 가지 놀이 방법이 있다.

아르간 아랫간.

조아질 공기놀이.

쌈방이 굴리고 '쌈방이'라는 평북 지방의 토속적인 풍물을 굴리면서 노는 것.

바리깨돌림 주발 뚜껑을 돌리며 노는 모습. 주발 뚜껑을 방바닥에 대고 두 손으로 팽이를 돌리듯 돌려 누가 더 오래 도나 겨룬다. '바리깨'는 '주발 뚜껑'의 평안 방언.

호박떼기 앞사람의 허리를 잡고 한 줄로 늘어앉아서 하는 놀이. 호박 따는 할멈과 호박 지키는 할멈을 정해놓고 서로 노래를 주고받으며 제일 뒤에 붙어 있는 호박(아이)을 하나씩 딴다. 꼬리 호박(아이)이 떨어지지 않으려고 앞 아이의 허리를 힘껏 끌어안으면 할멈은 간지럼을 태워서 호박을 딴다. 마지막 호박까지 다 따면 놀이는 끝난다. 지역에 따라 '수박떼기'라고도 한다.
제비손이구손이 여럿이 두 줄로 마주 앉아 서로 다리를 끼고 다리를 세며 부르는 소리. 노랫말은 지역마다 다른데, 평양 지방에선 '한알동 두알동 삼사니피 오두둑 바두둑 제비사니 구사니 종제비 파리 땅'이라고 부른다. 평안도에서는 평양감사, 군수놀이를 할 때 제일 먼저 이것을 하는데, 소리 끝에 꼽힌 순서에 따라 평양감사, 사령, 개, 돼지, 주인, 도둑을 정한 다음 여러 가지 역할 놀이를 한다.
화디 '등잔걸이'의 평북 방언.
사기방등 사기로 만든 등잔. '방등'은 '등잔'의 평안 방언.
홍게닭 홍계紅鷄닭. 토종닭.
텅납새 '추녀'의 평안 방언.
아츰 '아침'의 방언(평안, 함경, 경기, 경남, 전남, 강원).
동세 '동서同壻'의 방언(평안, 강원).
욱적하니 여럿이 한곳에 모여 북적대며.
무이징게국 새우에 무를 썰어넣어 끓인 국. '무이'는 '무'의 방언(평남, 황해, 강원), '징게'는 '새우'의 방언(경기).

통영統營

넷날엔 통제사統制使가 있었다는 낡은 항구港口의 처녀들에겐 넷날이 가지 않은 천희千姬라는 이름이 많다

미역오리같이 말라서 굴껍지처럼 말없이 사랑하다 죽는다는

이 천희千姬의 하나를 나는 어늬 오랜 객주客主집의 생선 가시가 있는 마루방에서 만났다

저문 유월六月의 바닷가에선 조개도 울을 저녁 소라방등이 불그레한 마당에 김냄새 나는 비가 나렸다

미역오리 미역 가닥.
굴껍지 굴껍질. '껍지'는 '껍질'의 방언(경남, 경북, 강원).
소라방등 소라껍질로 만든 등잔. '방등'은 '등잔'의 평안 방언.

흰밤

녯성城의 돌담에 달이 올랐다

묵은 초가지붕에 박이

또 하나 달같이 하이얗게 빛난다

언젠가 마을에서 수절과부 하나가 목을 매여 죽은 밤도 이러한 밤이었다

고야古夜

아배는 타관 가서 오지 않고 산山비탈 외따른 집에 엄매와 나와 단둘이서 누가 죽이는 듯이 무서운 밤 집 뒤로는 어늬 산山골짜기에서 소를 잡어먹는 노나리꾼들이 도적놈들같이 쿵쿵거리며 다닌다

날기멍석을 져간다는 닭보는 할미를 차 굴린다는 땅아래 고래 같은 기와집에는 언제나 니차떡에 청밀에 은금보화가 그득하다는 외발 가진 조마구 뒷산山 어늬메도 조마구네 나라가 있어서 오줌 누러 깨는 재밤 머리맡의 문살에 대인 유리창으로 조마구 군병의 새까만 대가리 새까만 눈알이 들여다보는 때 나는 이불 속에 자즈러붙어 숨도 쉬지 못한다

또 이러한 밤 같은 때 시집갈 처녀 막내고무가 고개 너머 큰집으로 치장감을 가지고 와서 엄매와 둘이 소기름에 쌍심지의 불을 밝히고 밤이 들도록 바느질을 하는 밤 같은 때 나는 아룻목의 삿귀를 들고 쇠든밤을 내여 다람쥐처럼 밝어먹고 은행여름을 인두불에 구워도 먹고 그러다는 이불 우에서 광대넘이를 뒤이고 또 누워 굴면서 엄매에게 웃목에 두른 평풍의 새빨간 천두의 이야기를 듣기도 하고 고무더러는 밝는 날 멀리는 못 난다는 뫼추라기를 잡어달라고 조르기도 하고

내일같이 명절날인 밤은 부엌에 쩨듯하니 불이 밝고 솥뚜껑이 놀으며

구수한 내음새 곰국이 무르끓고 방안에서는 일가집 할머니가 와서 마을의 소문을 펴며 조개송편에 달송편에 죈두기송편에 떡을 빚는 곁에서 나는 밤소 팥소 설탕 든 콩가루소를 먹으며 설탕 든 콩가루소가 가장 맛있다고 생각한다

나는 얼마나 반죽을 주무르며 흰가루손이 되여 떡을 빚고 싶은지 모른다

선달에 냅일날이 들어서 냅일날 밤에 눈이 오면 이 밤엔 쌔하얀 할미귀신의 눈귀신도 냅일눈을 받노라 못 난다는 말을 든든히 녀기며 엄매와 나는 앙궁 우에 떡돌 우에 곱새담 우에 함지에 버치며 대냥푼을 놓고 치성이나 드리듯이 정한 마음으로 냅일눈 약눈을 받는다

이 눈세기물을 냅일물이라고 제주병에 진상항아리에 채워두고는 해를 묵여가며 고뿔이 와도 배앓이를 해도 갑피기를 앓어도 먹을 물이다

노나리꾼 노라리꾼. 건달.

날기멍석 낟알을 널어 말릴 때 쓰는 멍석. '날기'는 '낟알'의 평남 방언.

니차떡 '찰떡' '인절미'의 평북 방언.

청밀 꿀.

조마구 조막. '조무래기'를 비유적으로 이르는 말.

재밤 '재밤중'의 준말. '한밤중'의 평안 방언.

삿귀 갈대를 엮어서 만든 자리의 가장자리. '삿'은 '삿자리', 곧 갈대를 엮어서 만든 자리를 말한다.

쇠든밤 새들새들해진 밤. 말라서 생기가 없어진 밤. '쇠들다'는 '새들새들하다'에서 온 말이다.

밝어먹고 발라먹고. '밝다'는 '바르다'의 평안 방언.

은행여름 은행나무 열매. '여름'은 '열매'의 고어, 평안 방언.

광대넘이를 뒤이고 물구나무를 섰다 뒤집으며 노는 모습을 말한다.

평풍 '병풍'의 평안 방언.

천두 천도복숭아.

쩨듯하니 째듯하니. 빛이 선명하고 뚜렷하게.

조개송편 조개 모양의 송편.

죈두기송편 주먹을 쥔 모양의 송편.

냅일날 납일臘日. 동지 뒤의 셋째 미일未日. 대개 음력으로 연말 무렵이 되는 이날 나라에서는 종묘와 사직에 제사를 올렸고, 민간에서도 여러 신에게 제사를 지냈다.

냅일눈 납일에 내리는 눈. 이 눈을 받아 녹인 납설수臘雪水는 약용으로 썼다. 납설수로 눈을 씻으면 안질에도 걸리지 않으며 눈이 밝아진다고 믿었고, 납설수로 장을 담그면 구더기가 생기지 않는다 하여 장을 담글 때도 사용했다.

곱새담 짚으로 엮은 이엉을 얹은 담. '곱새'는 '용마름'의 평북 방언.

버치 자배기보다 조금 깊고 아가리가 벌어진 큰 그릇.

대냥푼 큰 양푼.

눈세기물 '눈석임물'의 평안 방언. 눈이 녹아서 된 물.

진상항아리 가장 소중한 항아리.

갑피기 '이질'의 평북 방언. 함경 방언은 '가피게'이다.

가즈랑집

승냥이가 새끼를 치는 전에는 쇠메 든 도적이 났다는 가즈랑고개

가즈랑집은 고개 밑의

산山 너머 마을서 도야지를 잃는 밤 즘생을 쫓는 깽제미 소리가 무서웁게 들려오는 집

닭 개 즘생을 못 놓는

멧도야지와 이웃사춘을 지나는 집

예순이 넘은 아들 없는 가즈랑집 할머니는 중같이 정해서 할머니가 마을을 가면 긴 담뱃대에 독하다는 막써레기를 몇 대라도 붙이라고 하며

간밤엔 섬돌 아래 승냥이가 왔었다는 이야기

어느메 산山골에선간 곰이 아이를 본다는 이야기

나는 돌나물김치에 백설기를 먹으며

넷말의 구신집에 있는 듯이

가즈랑집 할머니

내가 날 때 죽은 누이도 날 때

무명필에 이름을 써서 백지 달어서 구신간시렁의 당즈깨에 넣어 대감

님께 수영을 들였다는 가즈랑집 할머니
언제나 병을 앓을 때면
신장님 달련이라고 하는 가즈랑집 할머니
구신의 딸이라고 생각하면 슬퍼졌다

토끼도 살이 오른다는 때 아르대 즘퍼리에서 제비꼬리 마타리 쇠조지 가지취 고비 고사리 두릅순 회순 산山나물을 하는 가즈랑집 할머니를 따르며
나는 벌써 달디단 물구지우림 둥굴네우림을 생각하고
아직 멀은 도토리묵 도토리범벅까지도 그리워한다

뒤울안 살구나무 아래서 광살구를 찾다가
살구벼락을 맞고 울다가 웃는 나를 보고
밑구멍에 털이 몇 자나 났나 보자고 한 것은 가즈랑집 할머니다
찰복숭아를 먹다가 씨를 삼키고는 죽는 것만 같어 하로종일 놀지도 못하고 밥도 안 먹은 것도
가즈랑집에 마을을 가서
당세 먹은 강아지같이 좋아라고 집오래를 설레다가였다

쇠메 쇠로 만든 메.

깽제미 갱지미. 놋쇠로 만든 반찬그릇. 놋그릇 두 개를 맞부딪쳐 소리를 내 짐승을 쫓는다.

멧도야지와 이웃사촌을 지나는 멧돼지와 이웃사촌을 지내는. 곧 멧돼지가 많이 출몰한다는 뜻이다.

정해서 반듯하고 깨끗해서.

막써레기 품질이 낮은 담뱃잎을 썰어놓은 것.

구신간시렁 귀신을 모셔놓은 곳의 시렁. '구신간'의 '간間'은 '장소'를 뜻하는 말로 쓰인 것이다.

당즈깨 '도시락'의 평북 방언. 고리버들이나 대오리를 길고 둥글게 짠 작은 고리짝. 점심밥 등 음식을 넣어 가지고 다니는 그릇으로 쓴다.

대감 무당이 집이나 터, 나무, 돌 따위에 붙어 있는 여러 신을 높여 이르는 말.

수영 수양收養. 다른 사람의 자식을 맡아서 제 자식처럼 기름.

신장神將님 귀신 가운데 무력을 맡은 장수신.

달련 '단련鍛鍊' '시달림'의 평북 방언.

아르대 '아래쪽'의 평북 방언.

즘퍼리 진펴리. 진펄. 질퍽한 땅.

제비꼬리 제비꼬리고사리.

마타리 높이가 60~150센티미터인 여러해살이풀. 연한 순은 나물로 먹는다.

쇠조지 식용 산나물의 한 가지. '쇠서나물'을 가리키는 것으로 짐작된다.

가지취 취나물의 일종으로 '각시취'를 가리키는 것으로 짐작된다.

물구지우림 '물구지' 즉 '무릇'(파, 마늘과 비슷한데 봄에 비늘줄기에서 마늘잎 모양의 잎이 두세 개가 난다)의 뿌리를 물에 우려내서 엿처럼 고아낸 음식.

둥굴네우림 둥굴레 뿌리를 여러 날 물에 담가 풀물을 우려낸 것. 찌거나 삶으면 빛이 시커멓게 되면서 단맛을 낸다.

광살구 통통하게 살이 찐 큰 살구.

하로 '하루'의 고어, 방언(경상, 전남).

당세 당수. 곡식을 물에 불려 간 가루나 마른 메밀가루에 술을 조금 넣고 물을 부어 미음같이 쑨 것.

집오래 집 근처. '오래'는 '한동네의 몇 집이 한골목이나 한이웃으로 되어 사는 구역 안'을 뜻하는 표준어.

설레다 가만히 있지 아니하고 자꾸만 움직이다.

고방

낡은 질동이에는 갈 줄 모르는 늙은 집난이같이 송구떡이 오래도록 남어 있었다

오지항아리에는 삼춘이 밥보다 좋아하는 찹쌀탁주가 있어서
삼춘의 임내를 내어가며 나와 사춘은 시큼털털한 술을 잘도 채어 먹었다

제삿날이면 귀머거리 할아버지 가에서 왕밤을 밝고 싸리꼬치에 두부산적을 께었다

손자아이들이 파리떼같이 모이면 곰의 발 같은 손을 언제나 내어둘렀다

구석의 나무말쿠지에 할아버지가 삼는 소신 같은 짚신이 둑둑이 걸리어도 있었다

넷말이 사는 컴컴한 고방의 쌀독 뒤에서 나는 저녁 끼때에 부르는 소리를 듣고도 못 들은 척하였다

고방庫房 광.

집난이 '출가한 딸'을 일컫는 평안 방언.

송구떡 송기松肌떡.

오지항아리 오짓물(흙으로 만든 그릇에 발라 구워 윤을 내는 잿물)을 발라 만든 항아리.

임내 '흉내'의 고어, 평안 방언.

밝고 '바르고' '발라내고'의 평안 방언.

께었다 '꿰었다'의 방언(평북, 경상, 전라, 충청).

말쿠지 말코지. 물건을 걸어두기 위해 갈고리 진 나뭇가지를 끈으로 달아맨 것.

소신 소의 신.

둑둑이 '수두룩이'의 방언.

넷말 '옛말' '옛이야기'의 평북 방언. 평북 지역에서는 '옛'의 표기로 '녯'과 '넷'을 같이 썼다.

모닥불

새끼오리도 헌신짝도 소똥도 갓신창도 개니빠디도 너울쪽도 짚검불도 가락닢도 머리카락도 헝겊조각도 막대꼬치도 기왓장도 닭의 짖도 개터럭도 타는 모닥불

재당도 초시도 문장門長 늙은이도 더부살이 아이도 새사위도 갓사둔도 나그네도 주인도 할아버지도 손자도 붓장사도 땜쟁이도 큰 개도 강아지도 모두 모닥불을 쪼인다

모닥불은 어려서 우리 할아버지가 어미 아비 없는 서러운 아이로 불상하니도 몽둥발이가 된 슬픈 력사가 있다

새끼오리 새끼줄.
갓신창 가죽신 바닥에 댄 창. '갓신'은 '가죽신'의 고어.
개니빠디 개의 이빨. '니빠디'는 '이빨'의 평안 방언.
너울쪽 널빤지.
짚검불 지푸라기.
닭의 짖 닭의 깃털. '짖'은 '깃'의 고어, 방언(평안, 함경, 강원).
재당 재장齋長. 조선시대에 성균관·향교에 머물러 공부하던 유생의 임원 가운데 우두머리.
초시初試 과거의 첫 시험에 급제한 사람. 또는 한문을 좀 아는 유식한 양반을 높여 이르는 말.
문장門長 문중에서 항렬과 나이가 제일 위인 사람.
갓사둔 가시사둔. 남편 쪽에서 여자 쪽의 사돈을 가리키는 말.
불상하니도 '불쌍하니도'의 고어.
몽둥발이 몽동발이. 딸려 붙었던 것이 다 떨어지고 몸뚱이만 남은 물건.

오리 망아지 토끼

오리치를 놓으려 아배는 논으로 나려간 지 오래다
오리는 동비탈에 그림자를 떨어트리며 날어가고 나는 동말랭이에서 강아지처럼 아배를 부르며 울다가
시악이 나서는 등 뒤 개울물에 아배의 신짝과 버선목과 대님오리를 모다 던져버린다

장날 아츰에 앞 행길로 엄지 따러 지나가는 망아지를 내라고 나는 조르면
아배는 행길을 향해서 크다란 소리로
—매지야 오나라
—매지야 오나라

새하려 가는 아배의 지게에 치워 나는 산山으로 가며 토끼를 잡으리라고 생각한다
맞구멍 난 토끼굴을 아배와 내가 막어서면 언제나 토끼새끼는 내 다리 아래로 달어났다
나는 서글퍼서 서글퍼서 울상을 한다

오리치 평북 지방의 토속적인 풍물로, 동그란 갈고리 모양으로 된 오리를 잡는 도구.
아배 '아버지'의 방언(함경, 경상, 전라).
동垌비탈 동둑 비탈.
동垌말랭이 동둑 마루. 동둑의 꼭대기. '말랭이'는 '마루'의 방언(평남, 강원).
시악恃惡 악한 성미로 부리는 악.
엄지 짐승의 어미.
매지 '망아지'의 방언(평안, 함경).
새하러 '나무하러'의 평안 방언.
맞구멍 마주 뚫린 구멍.

초동일初冬日

흙담벽에 볕이 따사하니
아이들은 물코를 흘리며 무감자를 먹었다

돌덜구에 천상수天上水가 차게
복숭아나무에 시라리타래가 말러갔다

무감자 고구마.
돌덜구 돌절구. '덜구'는 '절구'의 평안 방언.
천상수天上水 하늘 위의 물이란 뜻으로, 빗물을 이르는 말.
시라리타래 시래기를 길게 엮은 타래. '시라리'는 '시래기'의 방언(평남, 전남).

하답夏畓

짝새가 발뿌리에서 닐은 논드렁에서 아이들은 개구리의 뒷다리를 구워 먹었다

게구멍을 쑤시다 물쿤하고 배암을 잡은 눞의 피 같은 물이끼에 햇볕이 따그웠다

돌다리에 앉어 날버들치를 먹고 몸을 말리는 아이들은 물총새가 되었다

짝새 뱁새.
발뿌리 '발부리'의 평북 방언 발음을 그대로 표기한 것.
닐은 '일어난'의 고어.
물쿤 물큰. 연하고 부드러운 느낌이 날 정도로 물컹한 모양.
눞 '늪'의 평안 방언.
버들치 잉엇과의 민물고기.

적경寂境

신 살구를 잘도 먹드니 눈 오는 아츰
나어린 안해는 첫아들을 낳었다

인가人家 멀은 산山중에
까치는 배나무에서 즞는다

컴컴한 부엌에서는 늙은 홀아비의 시아부지가 미역국을 끓인다
그 마을의 외따른 집에서도 산국을 끓인다

적경寂境 고요하고 평온한 지경 또는 장소.
산국 산후에 산모가 먹는 국.

미명계未明界

자즌닭이 울어서 술국을 끓이는 듯한 추탕鰍湯집의 부엌은 뜨수할 것 같이 불이 뿌연히 밝다

초롱이 히근하니 물지게꾼이 우물로 가며
별 사이에 바라보는 그믐달은 눈물이 어리었다

행길에는 선장 대여가는 장꾼들의 종이등燈에 나귀눈이 빛났다
어데서 서러웁게 목탁木鐸을 뚜드리는 집이 있다

자즌닭 자주 우는 새벽닭.
초롱 물초롱. 석유나 물 따위의 액체를 담는 데 쓰는 양철로 만든 통.
히근하니 좀 흰 듯하니.
선장 이른 장.
대여가는 대어 가는. 정한 시간에 맞추어 목적지에 이르는.

성외城外

어두워오는 성문城門 밖의 거리
도야지를 몰고 가는 사람이 있다

엿방 앞에 엿궤가 없다

양철통을 쩔렁거리며 달구지는 거리 끝에서 강원도江原道로 간다는 길로 든다

술집 문창에 그느슥한 그림자는 머리를 얹혔다

엿궤 엿을 넣도록 나무로 네모나게 만든 그릇.
그느슥한 '가느슥한'의 변형. 희미한.

추일산조秋日山朝

아츰볕에 섶구슬이 한가로이 익는 골짝에서 꿩은 울어 산山울림과 장
난을 한다

산山마루를 탄 사람들은 새꾼들인가
파란 한울에 떨어질 것같이
웃음소리가 더러 산山 밑까지 들린다

순례巡禮중이 산山을 올라간다
어젯밤은 이 산山 절에 재齋가 들었다

무릿돌이 굴어나리는 건 중의 발꿈치에선가

섶구슬 나무의 작은 열매를 뜻하는 것으로 보인다.
새꾼 '나무꾼'의 평안 방언.
무릿돌 우박과 같이 잘게 부서진 것이 무리를 지어 있는 돌. '무리'는 '누리'(우박)의 방언(평안, 황해).

광원曠原

흙꽃 니는 이른 봄의 무연한 벌을
경편철도輕便鐵道가 노새의 맘을 먹고 지나간다

멀리 바다가 뵈이는
가정거장假停車場도 없는 벌판에서
차車는 머물고
젊은 새악시 둘이 나린다

광원曠原 넓은 평원. 백석의 고향인 정주 인근에 멀리 바다가 보이고 경편철도가 지나는 안주安州 박천博川평야가 있다. 이 시의 '광원'은 이곳을 말하는 것으로 추정된다.
흙꽃 흙먼지.
니는 '일어나는'의 고어.
무연한 아득하게 너른.
경편철도輕便鐵道 기관차와 차량이 작고 궤도가 좁은 철도. 여기서는 신안주新安州에서 개천价川까지 놓인 개천철도주식회사의 사설철도로 추정된다.

청시青柿

별 많은 밤
하누바람이 불어서
푸른 감이 떨어진다 개가 즞는다

하누바람 하늬바람. 북쪽 지역에서는 서북쪽이나 북쪽에서 부는 바람을 이른다.

산山비

산山뽕닢에 빗방울이 친다

멧비들기가 닌다

나무등걸에서 자벌기가 고개를 들었다 멧비들기켠을 본다

멧비들기 '멧비둘기'의 고어, 평안 방언.

닌다 '일어난다'의 고어.

자벌기 자벌레. '벌기'는 '벌레'의 방언(평안, 함경, 경상).

켠 쪽. 방향.

쓸쓸한 길

거적장사 하나 산山 뒷녚 비탈을 오른다
아— 따르는 사람도 없이 쓸쓸한 쓸쓸한 길이다
산山가마귀만 울며 날고
도적갠가 개 하나 어정어정 따러간다
이스라치전이 드나 머루전이 드나
수리취 땅버들의 하이얀 복이 서러웁다
뚜물같이 흐린 날 동풍東風이 설렌다

거적장사 시신을 거적으로 대충 말아서 장사葬事를 지내는 것을 말한다.
가마귀 까마귀. '까마귀'의 고어인 '가마기'가 방언으로 남아 쓰인 것이다.
이스라치전 '이스라치'는 '산이스랏' '산앵두'의 방언(평북, 함경). '전奠'은 장사 지내기 전에 영좌靈座 앞에 간단하게 술, 과일 등을 차려놓는 예식을 말한다.
이스라치전이 드나 머루전이 드나 거적장사가 오르는 산비탈에 산앵두와 머루가 피어 있는 풍경을 장사 직전에 전奠을 차린 것에 비유한 것이다.
수리취 산지에서 자라는 여러해살이풀로 9~10월에 흰색 또는 자주색 꽃이 핀다. 총포에 거미줄 같은 흰 털이 나 있다.
복服 상복喪服, 소복素服. 수리취와 땅버들의 하얀 솜털을 상복에 빗대어서 표현한 말이다.
뚜물 뜨물.

석류石榴

남방토南方土 풀 안 돋은 양지귀가 본이다
햇비 멎은 저녁의 노을 먹고 산다

태고太古에 나서
선인도仙人圖가 꿈이다
고산정토高山淨土에 산약山藥 캐다 오다

달빛은 이향異鄕
눈은 정기 속에 어우러진 싸움

양지귀 양지의 귀퉁이. 햇살 바른 가장자리.
본本 본향本鄕.
햇비 '여우비'와 비슷한 말로 날이 개인 듯하면서 햇빛 사이로 내리는 비를 말한다. 윤동주의 시 「햇비」에 이 비에 대한 느낌이 묘사되어 있다. "아씨처럼 나린다 / 보슬보슬 햇비 / 맞아주자 다같이 / 옥수숫대처럼 크게 / 닷자엿자 자라게 / 햇님이 웃는다 / 나보고 웃는다."(「햇비」 1연)

머루밤

불을 끈 방안에 횃대의 하이얀 옷이 멀리 추울 것같이

개방위方位로 말방울 소리가 들려온다

문門을 연다 머루빛 밤한울에
송이버슷의 내음새가 났다

횃대 옷을 걸 수 있게 만든 막대.
개방위方位 술방戌方. 24방위의 하나. 정서正西에서 북쪽을 중심으로 한 15도 각도 안의 방향이다.
버슷 '버섯'의 고어, 방언(평안, 함경).

여승女僧

여승女僧은 합장合掌하고 절을 했다
가지취의 내음새가 났다
쓸쓸한 낯이 녯날같이 늙었다
나는 불경佛經처럼 서러워졌다

평안도平安道의 어늬 산山 깊은 금덤판
나는 파리한 여인女人에게서 옥수수를 샀다
여인女人은 나어린 딸아이를 따리며 가을밤같이 차게 울었다

섶벌같이 나아간 지아비 기다려 십 년十年이 갔다
지아비는 돌아오지 않고
어린 딸은 도라지꽃이 좋아 돌무덤으로 갔다

산山꿩도 설게 울은 슬픈 날이 있었다
산山절의 마당귀에 여인女人의 머리오리가 눈물방울과 같이 떨어진 날이 있었다

가지취 취나물의 일종으로 '각시취'를 가리키는 것으로 짐작된다.

금덤판 금점金店판. 주로 수공업적 방식으로 작업하던 금광의 일터.

섶벌 나무섶에 집을 틀고 항상 나가서 다니는 벌.

설게 '서럽게'의 평북 방언.

머리오리 머리카락.

수라修羅

거미새끼 하나 방바닥에 나린 것을 나는 아모 생각 없이 문밖으로 쓸어버린다
차디찬 밤이다

어니젠가 새끼거미 쓸려나간 곳에 큰거미가 왔다
나는 가슴이 짜릿한다
나는 또 큰거미를 쓸어 문밖으로 버리며
찬 밖이라도 새끼 있는 데로 가라고 하며 서러워한다

이렇게 해서 아린 가슴이 싹기도 전이다
어데서 좁쌀알만한 알에서 가제 깨인 듯한 발이 채 서지도 못한 무척 적은 새끼거미가 이번엔 큰거미 없어진 곳으로 와서 아물거린다
나는 가슴이 메이는 듯하다
내 손에 오르기라도 하라고 나는 손을 내어미나 분명히 울고불고할 이 작은 것은 나를 무서우이 달어나버리며 나를 서럽게 한다
나는 이 작은 것을 고이 보드러운 종이에 받어 또 문밖으로 버리며
이것의 엄마와 누나나 형이 가까이 이것의 걱정을 하며 있다가 쉬이 만나기나 했으면 좋으련만 하고 슬퍼한다

어니젠가 '언젠가'의 평안 방언. 여기서는 '어느 사이엔가'의 뜻이다. 이런 용법은 "언제 벌써 내 속에 고조곤히 와 이야기한다"(「나와 나타샤와 흰 당나귀」)에도 나타난다.
싹다 삭다. 긴장이나 화가 풀려 마음이 가라앉다.
가제 '갓' '방금'의 평안 방언.

노루

산山골에서는 집터를 츠고 달궤를 닦고

보름달 아래서 노루고기를 먹었다

츠고 치고. '츠다'는 '치다'(불필요하게 쌓인 물건을 파내거나 옮기어 깨끗이 하다)의 고어, 평북 방언.

달궤 '달구'의 평북 방언. 땅을 단단히 다지는 데 쓰는 기구.

절간의 소 이야기

병이 들면 풀밭으로 가서 풀을 뜯는 소는 인간人間보다 영靈해서 열 걸음 안에 제 병을 낫게 할 약藥이 있는 줄을 안다고

수양산首陽山의 어늬 오래된 절에서 칠십七十이 넘은 로장은 이런 이야기를 하며 치맛자락의 산山나물을 추었다

로장 노장老長. 나이가 많고 덕행이 높은 중.
추었다 추렸다. '추다'는 '추리다'는 뜻의 표준어.

오금덩이라는 곳

어스름저녁 국수당 돌각담의 수무나무 가지에 녀귀의 탱을 걸고 나물매 갖추어놓고 비난수를 하는 젊은 새악시들
　—잘 먹고 가라 서리서리 물러가라 네 소원 풀었으니 다시 침노 말아라

벌개늪역에서 바리깨를 뚜드리는 쇳소리가 나면
누가 눈을 앓어서 부증이 나서 찰거마리를 부르는 것이다
마을에서는 피성한 눈숡에 저린 팔다리에 거마리를 붙인다

여우가 우는 밤이면
잠 없는 노친네들은 일어나 팥을 깔이며 방뇨를 한다
여우가 주둥이를 향하고 우는 집에서는 다음날 으레히 흉사가 있다는 것은 얼마나 무서운 말인가

국수당 국사당國師堂. 성황당城隍堂으로 불리기도 한다.
돌각담 돌을 모아놓은 큰 돌무더기.
수무나무 시무나무. '스무나무'라고도 한다.
녀귀 여귀厲鬼. 미혼 남녀의 귀신이나 자손이 없는 귀신 등 여러가지 사정으로 제사를 받지 못하는 무사귀신無祀鬼神을 말한다. 이 무사귀신들이 사람에게 해를 끼친다고 여겨, 이들에게 제사를 지내줌으로써 여귀의 한을 풀어주어 마을의 역질이나 재난을 막아내고자 하였다.
탱幀 탱화幀畵.
나물매 '나물과 메'로, 나물과 함께 차려진 제삿밥을 가리킨다.
비난수 귀신에게 비는 소리.
벌개늪역 벌개原川늪역. 갯벌의 늪지 언저리.
바리깨 '주발 뚜껑'의 평안 방언.
부증浮症 부종浮腫.
찰거마리 '찰거머리'의 평안 방언.
피성한 피가 성盛한. 피멍이 크게 든.
눈숡 눈시울. '숡'은 피륙이나 바느질감 헝겊의 가장자리를 뜻하는 평북 방언.
팥을 깔이며 방뇨를 한다 팥을 뿌리고 방뇨를 한다. 흉사를 막고 악귀를 쫓아내는 행위. 민간의 속신에서 팥과 오줌은 벽사辟邪의 역할을 한다.

시기柿崎의 바다

저녁밥때 비가 들어서
바다엔 배와 사람이 흥성하다

참대창에 바다보다 푸른 고기가 께우며 섬돌에 곱조개가 붙는 집의 복도에서는 배창에 고기 떨어지는 소리가 들렸다

이즉하니 물기에 누굿이 젖은 왕구새자리에서 저녁상을 받은 가슴 앓는 사람은 참치회를 먹지 못하고 눈물겨웠다

어득한 기슭의 행길에 얼굴이 해쓱한 처녀가 새벽달같이
아 아즈내인데 병인病人은 미역 냄새 나는 덧문을 닫고 버러지같이 누웠다

시기柿崎 가키사키. 일본 혼슈本州의 이즈 반도伊豆半島 남동쪽 바닷가에 있는 도시.

참대창 죽창.

께우며 '꿰이며'의 방언(평북, 경상, 전라, 충청).

곱조개 곱은 조개, 즉 한쪽으로 약간 휜 조개.

배창 작은 배의 밑창.

이즉하니 이슥하니. 얼마간 오래 시간이 지나. "이즉하니 물기에 누굿이 젖은 왕구새자리"는 비 온 지 얼마간 시간이 지나서 왕골새자리가 물기에 누긋이 젖은 것을 표현한 것이다.

누굿이 누긋이. 눅눅히.

왕구새자리 왕골새자리. 왕골의 껍질이나 띠 등을 엮어서 만든 자리.

아즈내 아지내. '아지내'는 '초저녁'의 평안 방언.

창의문외彰義門外

무이밭에 흰나뷔 나는 집 밤나무 머루넝쿨 속에 키질하는 소리만이 들린다

우물가에서 까치가 자꼬 즞거니 하면

붉은 수탉이 높이 샛더미 우로 올랐다

텃밭가 재래종在來種의 임금林檎나무에는 이제도 콩알만한 푸른 알이 달렸고 히스무레한 꽃도 하나 둘 퓌여 있다

돌담 기슭에 오지항아리 독이 빛난다

무이 '무'의 방언(황해, 강원, 평남).
샛더미 땔감더미. '새'는 '땔나무'의 평북 방언.
임금林檎나무 능금나무.

정문촌旌門村

주홍칠이 날은 정문旌門이 하나 마을 어구에 있었다

'효자노적지지정문孝子盧迪之之旌門'—몬지가 겹겹이 앉은 목각木刻의
액額에
나는 열 살이 넘도록 갈지자字 둘을 웃었다

아카시아꽃의 향기가 가득하니 꿀벌들이 많이 날어드는 아츰
구신은 없고 부헝이가 담벽을 띠쫗고 죽었다

기왓골에 배암이 푸르스름히 빛난 달밤이 있었다
아이들은 쪽재피같이 먼 길을 돌았다

정문旌門집 가난이는 열다섯에
늙은 말꾼한테 시집을 갔겄다

정문旌門 충신, 효자, 열녀 등을 표창하기 위해 그 집 앞에 세우던 붉은 문.
날은 색이 바랜. 백석 시에서 '날다'(색이 바래다)는 '낡다'와는 구분되어 쓰인다.
몬지 '먼지'의 고어, 방언(평안, 강원, 경기, 경북, 전남, 충청).
띠쫗고 치쪼고. 위를 향해 쪼고.
쪽재피 '족제비'의 방언(평안, 함경, 강원).
말꾼 말몰이꾼.

여우난골

박을 삶는 집

할아버지와 손자가 오른 지붕 우에 한울빛이 진초록이다

우물의 물이 쓸 것만 같다

마을에서는 삼굿을 하는 날

건넌마을서 사람이 물에 빠져 죽었다는 소문이 왔다

노란 싸릿닢이 한불 깔린 토방에 햇츩방석을 깔고

나는 호박떡을 맛있게도 먹었다

어치라는 산山새는 벌배 먹어 고읍다는 골에서 돌배 먹고 아픈 배를 아이들은 띨배 먹고 나었다고 하였다

삼굿 삼의 껍질을 벗기기 위해 수증기로 삼을 익히는 일.

한불 하나 가득. '불'은 묶음이나 횟수를 지칭하는 단위명사.

햇츩방석 햇칡방석. 그해에 새로 나온 칡덩굴을 엮어서 만든 방석.

어치 까마귓과의 새. 비둘기보다 조금 작으며 몸은 포도색이다. 목소리가 곱고 다른 새들의 소리를 잘 흉내낸다.

벌배 벌배나무(팥배나무)의 열매. 팥알 모양의 타원형으로 9~10월에 황홍색으로 익는다. 잎의 모양에 따라 '털팥배' '벌배' 등으로 부른다.

돌배 재래종 산배. 과육이 적고 시큼한 맛이 심하다.

띨배 찔배. 찔배나무(찔광나무, 아가위나무, 산사나무)의 열매. '찔광이' '띨광이' '산사자'로도 부른다.

삼방三防

갈부던 같은 약수藥水터의 산山거리엔 나무그릇과 다래나무지팽이가 많다

산山 너머 십오리十五里서 나무뒝치 차고 싸리신 신고 산山비에 촉촉이 젖어서 약藥물을 받으려 오는 두멧아이들도 있다

아랫마을에서는 애기무당이 작두를 타며 굿을 하는 때가 많다

삼방三防 함경남도 안변군安邊郡(지금은 강원도 세포군)에 있는 지명. '삼방약수'로 불리는 약수가 유명하다.
갈부던 갈보전. '삿자리'(갈대를 엮어서 만든 자리)의 황해 방언.
나무뒝치 나무로 만든 뒤웅박. '뒝치'는 '뒤웅박'의 평북 방언.

2부

함주시초

咸州詩抄

통영統營

구마산舊馬山의 선창에선 좋아하는 사람이 울며 나리는 배에 올라서 오는 물길이 반날

갓 나는 고당은 갓갓기도 하다

바람맛도 짭짤한 물맛도 짭짤한

전복에 해삼에 도미 가재미의 생선이 좋고

파래에 아개미에 호루기의 젓갈이 좋고

새벽녘의 거리엔 쾅쾅 북이 울고

밤새껏 바다에선 뿡뿡 배가 울고

자다가도 일어나 바다로 가고 싶은 곳이다

집집이 아이만한 피도 안 간 대구를 말리는 곳

황화장사 령감이 일본말을 잘도 하는 곳

처녀들은 모두 어장주漁場主한테 시집을 가고 싶어한다는 곳

산山 너머로 가는 길 돌각담에 갸웃하는 처녀는 금錦이라든 이 같고

내가 들은 마산馬山 객주客主집의 어린 딸은 난蘭이라는 이 같고

난蘭이라는 이는 명정明井골에 산다든데

명정明井골은 산山을 넘어 동백冬柏나무 푸르른 감로甘露 같은 물이 솟는 명정明井샘이 있는 마을인데

샘터엔 오구작작 물을 깃는 처녀며 새악시들 가운데 내가 좋아하는 그이가 있을 것만 같고

내가 좋아하는 그이는 푸른 가지 붉게붉게 동백冬柏꽃 피는 철엔 타관 시집을 갈 것만 같은데

긴 토시 끼고 큰머리 얹고 오불고불 넘엣거리로 가는 여인女人은 평안도平安道서 오신 듯한데 동백冬柏꽃 피는 철이 그 언제요

녯 장수 모신 낡은 사당의 돌층계에 주저앉어서 나는 이 저녁 울 듯 울 듯 한산도閑山島 바다에 뱃사공이 되여가며

녕 낮은 집 담 낮은 집 마당만 높은 집에서 열나흘 달을 업고 손방아만 찧는 내 사람을 생각한다

(南行詩抄)

갓 나는 '갓冠'이 나는. 통영은 갓으로 유명한 지방이다.

고당 고장.

갓갓기도 하다 갓 같기도 하다. 백석 시에서 '같다'는 '같다'와 '갓다' 두 가지로 표기된다.

전북 '전복'의 방언(평북, 경남, 강원).

아개미 아가미. '아가미젓'은 대구나 명태 등의 아가미로 만든 젓갈을 말한다.

호루기 살오징어의 어린 것.

황화장사 황아장수. 집집을 찾아다니며 자질구레한 일용잡화를 파는 사람.

돌각담 돌을 모아놓은 큰 돌무더기.

명정明井골 통영의 명정明井골에는 '일정日井'과 '월정月井'이라는 두 개의 샘이 있는데, 이 둘을 합쳐 '명정明井'이라는 이름을 붙였다고 한다.

오구작작 여럿이 한곳에 모여 떠드는 모양.

녯 장수 모신 낡은 사당 이순신 장군의 위패를 모신 명정골의 충렬사忠烈祠를 말한다.

녕 '지붕'의 평북 방언.

손방아 '디딜방아'의 방언.

오리

오리야 네가 좋은 청명清明 밑께 밤은
옆에서 누가 빰을 쳐도 모르게 어둡다누나
오리야 이때는 따디기가 되여 어둡단다

아무리 밤이 좋은들 오리야
해변벌에선 얼마나 너이들이 욱자지껄하며 멕이기에
해변땅에 나들이 갔든 할머니는
오리새끼들은 장몽이나 하듯이 떠들썩하니 시끄럽기도 하드란 숭인가

그래도 오리야 호젓한 밤길을 가다
가까운 논배미들에서
까알까알 하는 너이들의 즐거운 말소리가 나면
나는 내 마을 그 아는 사람들의 지껄지껄하는 말소리같이 반가웁고나
오리야 너이들의 이야기판에 나도 들어
밤을 같이 밝히고 싶고나

오리야 나는 네가 좋구나 네가 좋아서
벌논의 눞 옆에 쭈구렁벼알 달린 짚검불을 널어놓고
닭이짗 올코에 새끼달은치를 묻어놓고

동둑 넘에 숨어서

하로진일 너를 기다린다

오리야 고운 오리야 가만히 안졌거라

너를 팔어 술을 먹는 노盧장에 령감은

홀아비 소의연 침을 놓는 령감인데

나는 너를 백통전 하나 주고 사오누나

나를 생각하든 그 무당의 딸은 내 어린 누이에게

오리야 너를 한 쌍 주드니

어린 누이는 없고 저는 시집을 갔다건만

오리야 너는 한 쌍이 날어가누나

따디기 따지기. 이른 봄 얼었던 흙이 풀리려고 하는 무렵.

욱자지껄하며 멕이기에 여럿이 한곳에 모여 계속 떠들기에. 여기서 '멕이다'는 어떤 행위가 계속 이루어지는 상태를 뜻한다.

장몽이 장날이 되어 장터에 사람들이 모여 붐비는 것.

숭 흉.

논배미 두렁으로 둘러싸인 논의 한 구역.

닭이짗 올코 닭의 깃털을 붙여서 만든 올가미. '올코'는 '올가미'의 평북 방언.

새끼달은치 새끼다랑치(새끼줄을 엮어 만든 끈이 달린 바구니). '다랑치'는 장방형에 운두가 높고 끈이 달린 바구니를 뜻하는 평북 방언.

동뚝 크게 쌓은 둑.

하로진일 하루진일盡日. 하루 진종일盡終日.

소의연 소의원. 소의 병을 치료해주는 사람. 백석 시에는 '원'이 '연'으로 표기되기도 하는데, 이런 예로 "건들건들 씨연한 바람이 불어오고"(「칠월七月 백중」)가 있다.

연자간

달빛도 거지도 도적개도 모다 즐겁다
풍구재도 얼럭소도 쇠드랑볕도 모다 즐겁다

도적괭이 새끼락이 나고
살진 쪽제비 트는 기지개 길고

홰냥닭은 알을 낳고 소리치고
강아지는 겨를 먹고 오줌 싸고

개들은 게모이고 쌈지거리하고
놓여난 도야지 둥구재벼오고

송아지 잘도 놀고
까치 보해 짖고

신영길 말이 울고 가고
장돌림 당나귀도 울고 가고

대들보 우에 베틀도 채일도 토리개도 모도들 편안하니

구석구석 후치도 보십도 소시랑도 모도들 편안하니

도적개 도둑개.

풍구재 '풍구'(곡물에 섞인 쭉정이, 겨, 먼지 따위를 날려서 제거하는 농기구)의 평북 방언.

얼럭소 얼룩소.

쇠드랑별 쇠스랑별. 쇠스랑 모양의 창살 사이로 들어온 햇빛.

홰냥닭 홰에 올라앉은 닭.

게모이고 개들이 침을 흘리며 정신없이 모여드는 모습을 표현한 것으로 보인다. 평북 방언에서 '게게'는 '무엇에 정신이 팔리거나 단정치 못한 얼굴로 입을 맥없이 벌리고 침을 흘리는 모양'을 일컫는다.

둥구재벼오고 두멍잡혀오고. '둥구'는 '두멍'(물을 많이 담아두고 쓰는 큰 가마나 독)의 평북 방언. 곧 '둥구재벼오고'는 물동이를 안은 것처럼 돼지가 들려오고 있는 모습을 표현한 것이다.

보해 뽀해. 뽀보해. '뽀해' '뽀보해'는 '뻰질나게'의 평북 방언.

신영 친영親迎. 신랑이 신부의 집에 가서 신부를 직접 맞이하는 의식. 평안북도에서는 신랑이 장가드는 날에 말이나 소에 예장을 싣고 신부의 집으로 가기도 한다.

장돌림 여러 장으로 돌아다니면서 물건을 파는 장수.

채일 차일.

토리개 '씨아'(목화의 씨를 빼는 기구)의 평북 방언.

후치 '극젱이'의 방언(평북, 함남, 경남, 강원). 땅을 가는 데 쓰는 농기구. 쟁기와 비슷하나 쟁깃술이 곧게 내려가고 보습 끝이 무디다.

보십 보습.

소시랑 쇠스랑.

황일黃日

한 십리十里 더 가면 절간이 있을 듯한 마을이다 낮 기울은 볕이 장글장글하니 따사하다 흙은 젖이 커서 살같이 깨서 아지랑이 낀 속이 안타까운가보다 뒤울안에 복사꽃 핀 집엔 아무도 없나보다 뷔인 집에 꿩이 날어와 다니나보다 울밖 늙은 들매나무에 튀튀새 한불 앉었다 흰구름 따러가며 딱장벌레 잡다가 연둣빛 닙새가 좋아 올라왔나보다 밭머리에도 복사꽃 피였다 새악시도 피였다 새악시 복사꽃이다 복사꽃 새악시다 어데서 송아지 매— 하고 운다 골갯논드렁에서 미나리 밟고 서서 운다 복사나무 아래 가 흙장난하며 놀지 왜 우노 자개밭둑에 엄지 어데 안 가고 누웠다 아릇동리선가 말 웃는 소리 무서운가 아릇동리 망아지 네 소리 무서울라 담모도리 바윗잔등에 다람쥐 해바라기하다 조은다 토끼잠 한잠 자고 나서 세수한다 흰구름 건넌산으로 가는 길에 복사꽃 바라노라 섰다 다람쥐 건넌산 보고 부르는 푸념이 간지럽다

저기는 그늘 그늘 여기는 챙챙—
저기는 그늘 그늘 여기는 챙챙—

장글장글 바람이 없는 날에 해가 살을 지질 듯이 조금 따갑게 계속 내리쬐는 모양.

들매나무 들메나무.

튀튀새 티티새. 지빠귀. 개똥지빠귀.

한불 하나 가득. '불'은 묶음이나 횟수를 지칭하는 단위명사.

골갯논드렁 좁은 골짜기에 푼 논두렁.

담모도리 담모서리. '모도리'는 '모서리'의 평북 방언.

탕약湯藥

눈이 오는데

토방에서는 질화로 우에 곱돌탕관에 약이 끓는다

삼에 숙변에 목단에 백복령에 산약에 택사의 몸을 보한다는 육미탕六味湯이다

약탕관에서는 김이 오르며 달큼한 구수한 향기로운 내음새가 나고

약이 끓는 소리는 삐삐 즐거웁기도 하다

그리고 다 달인 약을 하이얀 약사발에 밭어놓은 것은

아득하니 깜하야 만년萬年 녯적이 들은 듯한데

나는 두 손으로 고이 약그릇을 들고 이 약을 내인 녯사람들을 생각하노라면

내 마음은 끝없이 고요하고 또 맑어진다

곱돌탕관 광택이 나는 매끈매끈한 암석으로 만든, 약을 달일 때 쓰는 자그마한 그릇.

숙변 숙지황熟地黃. 지황 뿌리의 날것을 쪄서 말린 약재.

목단 목단피. 모란 뿌리의 껍질.

백복령 빛깔이 흰 복령. '복령'은 구멍장이버섯과의 버섯.

산약 마의 뿌리를 한방에서 이르는 말.

택사 택사과의 여러해살이풀로 뿌리는 약용한다.

육미탕 숙지황, 산약, 산수유, 백복령, 목단피, 택사 따위를 넣어서 달여 만드는 보약. 이 시에서는 산수유 대신에 삼이 들어가 있다.

밭어놓은 (건더기와 액체가 섞인 것을) 체 같은 데에 걸러 액체만 받아놓은.

이두국주가도伊豆國湊街道

넷적본의 휘장마차에

어느메 촌중의 새 새악시와도 함께 타고

먼 바닷가의 거리로 간다는데

금귤이 눌한 마을마을을 지나가며

싱싱한 금귤을 먹는 것은 얼마나 즐거운 일인가

이두국주가도伊豆國湊街道 이즈 지방의 항구도로. '이두국伊豆國'은 이즈 반도伊豆半島 지방을 가리키며, '주가도湊街道'는 '항구의 큰 도로'라는 뜻이다.

넷적본 옛적본本. 옛날식, 옛날 모양.

금귤 참새알 크기만한 작은 귤의 한 종류. 금감金柑, 또는 일본말로 '낑깡'으로 부르기도 한다.

눌한 누런.

창원도昌原道
—남행시초南行詩抄 1

솔포기에 숨었다
토끼나 꿩을 놀래주고 싶은 산山허리의 길은

엎데서 따스하니 손 녹히고 싶은 길이다

개 더리고 호이호이 희파람 불며
시름 놓고 가고 싶은 길이다

괴나리봇짐 벗고 땃불 놓고 앉어
담배 한 대 피우고 싶은 길이다

승냥이 줄레줄레 달고 가며
덕신덕신 이야기하고 싶은 길이다

더꺼머리 총각은 정든 님 업고 오고 싶을 길이다

솔포기 가지가 다보록하게 퍼진 작은 소나무.
엎데서 '엎드려서'의 고어, 평안 방언.
땃불 땅불. 땅 위에 아무렇게나 질러놓은 불.

통영統營
—남행시초南行詩抄 2

통영統營장 낫대들었다

갓 한 닢 쓰고 건시 한 접 사고 홍공단 단기 한 감 끊고 술 한 병 받어 들고

화륜선 만져보려 선창 갔다

오다 가수내 들어가는 주막 앞에
문둥이 품바타령 듣다가

열니레 달이 올라서
나룻배 타고 판데목 지나간다 간다

(徐丙織氏에게)

낫대들었다 '낫다'('나아가다'의 고어)와 '대들다'가 결합된 말로, '바로 들어갔다' '대뜸 들어갔다'는 뜻.
홍공단紅貢緞 단기 홍공단(붉은 빛깔의 공단)으로 만든 댕기.
화륜선火輪船 '기선汽船'의 옛 명칭.
가수내 지명으로 추정된다.
판데목 경상남도 통영시와 미륵도 사이의 좁은 수로.

고성가도固城街道
—남행시초南行詩抄 3

고성固城장 가는 길
해는 둥둥 높고

개 하나 얼린하지 않는 마을은
해바른 마당귀에 맷방석 하나
빨갛고 노랗고
눈이 시울은 곱기도 한 건반밥
아 진달래 개나리 한창 퓌였구나

가까이 잔치가 있어서
곱디고운 건반밥을 말리우는 마을은
얼마나 즐거운 마을인가

어쩐지 당홍치마 노란저고리 입은 새악시들이
웃고 살을 것만 같은 마을이다

해바른 양지바른.
눈이 시울은 눈이 환하게 부신.
건반밥 세반細飯. 찐 찹쌀을 말려 부수거나 빻은 가루. 꿀이나 조청을 묻혀 산자나 강정을 만들어 먹는다.

삼천포三千浦
—남행시초南行詩抄 4

졸레졸레 도야지새끼들이 간다
귀밑이 재릿재릿하니 볕이 담복 따사로운 거리다

잿더미에 까치 오르고 아이 오르고 아지랑이 오르고

해바라기하기 좋을 볏곡간 마당에
볏짚같이 누우란 사람들이 둘러서서
어늬 눈 오신 날 눈을 츠고 생긴 듯한 말다툼 소리도 누우라니

소는 기르매 지고 조은다

아 모도들 따사로이 가난하니

재릿재릿하니 간지러운 느낌을 나타내는 말. '자릿자릿하니'보다 어감이 작다.
츠고 치고. '츠다'는 '치다'(불필요하게 쌓인 물건을 파내거나 옮기어 깨끗이 하다)의 고어. 평북 방언.
기르매 '길마'의 평안 방언. 짐을 싣거나 수레를 끌기 위하여 소나 말 따위의 등에 안장처럼 얹는 도구.

함주시초咸州詩抄

북관北關

명태明太창난젓에 고추무거리에 막칼질한 무이를 뷔벼 익힌 것을
이 투박한 북관北關을 한없이 끼밀고 있노라면
쓸쓸하니 무릎은 꿇어진다

시큼한 배척한 퀴퀴한 이 내음새 속에
나는 가느슥히 여진女眞의 살내음새를 맡는다

얼근한 비릿한 구릿한 이 맛 속에선
까마득히 신라新羅백성의 향수鄕愁도 맛본다

노루

장진長津땅이 지붕 넘에 넘석하는 거리다
자구나무 같은 것도 있다
기장감주에 기장차떡이 흔한데다
이 거리에 산골사람이 노루새끼를 다리고 왔다

산골사람은 막베등거리 막베잠방둥에를 입고
노루새끼를 닮었다
노루새끼 등을 쓸며
터 앞에 당콩순을 다 먹었다 하고
서른닷냥 값을 부른다
노루새끼는 다문다문 흰 점이 백이고 배 안의 털을 너슬너슬 벗고
산골사람을 닮었다

산골사람의 손을 핥으며
약자에 쓴다는 흥정 소리를 듣는 듯이
새까만 눈에 하이얀 것이 가랑가랑한다

고사古寺

부뚜막이 두 길이다
이 부뚜막에 놓인 사닥다리로 자박수염난 공양주는 성궁미를 지고 오
른다

한 말 밥을 한다는 크나큰 솥이
외면하고 가부틀고 앉어서 염주도 세일 만하다

화라지송침이 단채로 들어간다는 아궁지
이 험상궂은 아궁지도 조앙님은 무서운가보다

농마루며 바람벽은 모두들 그느슥히
흰밥과 두부와 튀각과 자반을 생각나 하고

하폄도 남즉하니 불기와 유종들이
묵묵히 팔장 끼고 쭈구리고 앉었다

재 안 드는 밤은 불도 없이 캄캄한 까막나라에서
조앙님은 무서운 이야기나 하면
모두들 죽은 듯이 엎데였다 잠이 들 것이다

(귀주사歸州寺—함경도咸鏡道 함주군咸州郡)

선우사 膳友辭

낡은 나조반에 흰밥도 가재미도 나도 나와 앉어서
쓸쓸한 저녁을 맞는다

흰밥과 가재미와 나는
우리들은 그 무슨 이야기라도 다 할 것 같다
우리들은 서로 미덥고 정답고 그리고 서로 좋구나

우리들은 맑은 물밑 해정한 모래톱에서 하구 긴 날을 모래알만 헤이며 잔뼈가 굵은 탓이다
바람 좋은 한벌판에서 물닭이 소리를 들으며 단이슬 먹고 나이 들은 탓이다
외따른 산골에서 소리개 소리 배우며 다람쥐 동무하고 자라난 탓이다

우리들은 모두 욕심이 없어 희여졌다
착하디착해서 세괏은 가시 하나 손아귀 하나 없다
너무나 정갈해서 이렇게 파리했다

우리들은 가난해도 서럽지 않다
우리들은 외로워할 까닭도 없다
그리고 누구 하나 부럽지도 않다

흰밥과 가재미와 나는
우리들이 같이 있으면
세상 같은 건 밖에 나도 좋을 것 같다

산곡山谷

돌각담에 머루송이 깜하니 익고
자갈밭에 아즈까리알이 쏟아지는
잠풍하니 볕바른 골짝이다
나는 이 골짝에서 한겨울을 날려고 집을 한 채 구하였다

집이 몇 집 되지 않는 골안은
모두 터앝에 김장감이 퍼지고
뜨락에 잡곡낟가리가 쌓여서

어니 세월에 뷔일 듯한 집은 뵈이지 않었다
나는 자꼬 골안으로 깊이 들어갔다

골이 다한 산대 밑에 자그마한 돌능와집이 한 채 있어서
이 집 남길동 단 안주인은 겨울이면 집을 내고
산을 돌아 거리로 나려간다는 말을 하는데
해바른 마당에는 꿀벌이 스무나문 통 있었다

낮 기울은 날을 햇볕 장글장글한 툇마루에 걸어앉어서
지난 여름 도락구를 타고 장진長津땅에 가서 꿀을 치고 돌아왔다는 이 벌들을 바라보며 나는
날이 어서 추워져서 쑥국화꽃도 시들고 이 바즈런한 백성들도 다 제 집으로 들은 뒤에 이 골안으로 올 것을 생각하였다

함주咸州 함경남도 함주군咸州郡.

「**북관北關**」
북관北關 함경남북도의 별칭.
막칼질한 아무렇게나 함부로 칼질한.
끼밀고 씹고. 평북 방언인 '깨밀다(깨물다)'를 변형해 쓴 것으로 추정된다.

배척한 조금 비린. '배척지근한'을 변형시킨 말이다.
가느슥히 꽤 가느스름하게.

「**노루**」
장진長津 함경남도 장진군長津郡. 함주군 바로 위에 있다.
넘석하는 넘성하는. 넘어다보이는.
자구나무 자귀나무.
기장감주 기장으로 만든 감주.
차떡 '찰떡'의 평북 방언.
막베 거칠게 짠 베.
등거리 소매가 없거나 짧으며 등만 덮을 만하게 만든 홑옷.
잠방둥에 잠방이. 잠뱅이. 가랑이가 무릎까지 내려오도록 짧게 만든 홑바지.
당콩순 강낭콩순. '당콩'은 '강낭콩'의 평안 방언.
너슬너슬 (굵고 긴 털이나 풀이) 부드럽고 성긴 모양.
약자 약재.

「**고사古寺**」
자박수염 끝이 비틀리면서 아래로 잦혀진 콧수염.
공양주 절에서 밥 짓는 일을 주로 하는 사람.
성궁미 '성궁'은 '칠성굿'의 평북 방언. 칠성신은 본래 북두칠성에 근거한 신으로, 다른 가정신과 달리 '제사 지낸다'고 하지 않고 '치성을 드린다'고 하는 것에서 알 수 있듯이 본래 불신佛神이다. 따라서 '성궁미'는 부처에게 바치는 쌀로도 풀이된다.
화라지송침 가로로 길게 뻗은 소나무의 곁가지를 잘라 땔감으로 장만한 다발.
단채로 한 묶음이 통째로.
아궁지 아궁이.
조앙님 조왕竈王. 부엌을 주관하는 신.
농마루 마룻보.
그느슥히 희미하게.
하폄 '하품'의 방언(평안, 함남).

불기佛器 부처에게 올릴 밥을 담는 놋그릇.
유종 놋그릇으로 만든 종발.
재齋 안 드는 밤 불공이 없는 밤.

「**선우사膳友辭**」
선우膳友 반찬친구. 여기서 선膳 자는 '반찬'의 의미로 쓰인 것이다.
나조반 평북 방언 사전에 '연석宴席 같은 데에 쓰이는 책상처럼 생긴 장방형의 큰 상으로서 표준말에서 쓰는 나좃대를 받쳐놓은 쟁반인 나조반과는 다르다'고 풀이되어 있다. 음식 소반으로 흔히 쓰는 나주반(나주에서 생산된 전통 소반)을 지칭하는 것으로 보인다.
모래톱 모래사장.
혜이며 세며. '혜다'는 '세다'의 고어, 함북 방언. 고어로 '혜다'와 '혜다'가 모두 쓰이고 있다.
물닭 뜸부깃과의 새. 주로 호숫가나 초습지의 물가에 산다.
소리개 솔개.
세괏은 세관은. 성질이나 기세가 센.

「**산곡山谷**」
돌각담 돌을 모아놓은 큰 돌무더기.
아즈까리 '아주까리'의 평북 방언.
잠풍하니 잔풍殘風하니. 바람이 잔잔하게 부는.
겨을 '겨울'의 고어, 평안 방언.
터앝 집의 울안에 있는 작은 밭.
어니 '어느'의 평안 방언.
산대 산대배기. '산꼭대기'의 경북 방언.
돌능와집 돌능에집. '너와집'의 평북 방언.
남길동 저고리 소맷부리에 이어서 대는 남색의 천. '길동'은 '끝동'의 평북 방언.
해바른 양지바른.
장글장글 바람이 없는 날에 해가 살을 지질 듯이 조금 따갑게 계속 내리쬐는 모양.
걸어앉아서 높은 곳에 엉덩이를 붙이고 두 다리를 늘어뜨리고 앉아서.
도락구 '트럭'의 일본어식 표현.

바다

바닷가에 왔드니
바다와 같이 당신이 생각만 나는구려
바다와 같이 당신을 사랑하고만 싶구려

구붓하고 모래톱을 오르면
당신이 앞선 것만 같구려
당신이 뒤선 것만 같구려

그리고 지중지중 물가를 거닐면
당신이 이야기를 하는 것만 같구려
당신이 이야기를 끊은 것만 같구려

바닷가는
개지꽃에 개지 아니 나오고
고기비늘에 하이얀 햇볕만 쇠리쇠리하야
어쩐지 쓸쓸만 하구려 섧기만 하구려

구붓하고 몸을 약간 구부리고.

모래톱 모래사장.

지중지중 천천히 걷는 모양을 나타내는 말.

개지꽃 '갯메꽃'의 평북 방언. 바닷가 모래밭에서 자라는 메꽃과의 여러해살이 덩굴풀로 5~9월에 깔때기 모양의 연분홍색 꽃이 긴 자루 끝에 핀다.

개지 갯메꽃의 꽃을 가리킨다.

쇠리쇠리하다 새리새리하다. 희미하다.

추야일경 秋夜一景

닭이 두 홰나 울었는데
안방 큰방은 홰즛하니 당등을 하고
인간들은 모두 웅성웅성 깨여 있어서들
오가리며 석박디를 썰고
생강에 파에 청각에 마눌을 다지고

시래기를 삶는 훈훈한 방안에는
양염 내음새가 싱싱도 하다

밖에는 어데서 물새가 우는데
토방에선 햇콩두부가 고요히 숨이 들어갔다

홰 새벽에 닭이 홰를 치면서 우는 횟수를 세는 말.
안방 큰방 안방의 큰 방.
홰즛하니 호젓하니.
당등 '장등長燈'의 평안 방언. 밤새도록 등불을 켜두는 것.
인간 식구. 평안 지역에선 식구를 뜻할 때 '인간'이라는 말을 쓴다.
오가리 무나 호박 따위의 살을 길게 오리거나 썰어서 말린 것.
석박디 섞박지. 배추와 무, 오이를 절여 넓적하게 썬 다음 여러 가지 고명에 젓국을 쳐서 한데 버무려 담은 뒤 조기젓 국물을 약간 부어서 익힌 김치.
청각 깊은 바다에서 자라는 해초로, 김장 때 고명으로 쓰기도 하고 그냥 무쳐 먹기도 한다.

산중음山中吟

산숙山宿

여인숙旅人宿이라도 국숫집이다
모밀가루포대가 그득하니 쌓인 웃간은 들믄들믄 더웁기도 하다
나는 낡은 국수분틀과 그즈런히 나가 누워서
구석에 데굴데굴하는 목침木枕들을 베여보며
이 산山골에 들어와서 이 목침木枕들에 새까마니 때를 올리고 간 사람들을 생각한다
그 사람들의 얼골과 생업生業과 마음들을 생각해본다

향악饗樂

초생달이 귀신불같이 무서운 산山골 거리에선
처마 끝에 종이등의 불을 밝히고
쩌락쩌락 떡을 친다
감자떡이다
이젠 캄캄한 밤과 개울물 소리만이다

야반夜半

토방에 승냥이 같은 강아지가 앉은 집
부엌으론 무럭무럭 하이얀 김이 난다
자정도 활씬 지났는데
닭을 잡고 모밀국수를 누른다고 한다
어늬 산山 옆에선 캥캥 여우가 운다

백화白樺

산골집은 대들보도 기둥도 문살도 자작나무다
밤이면 캥캥 여우가 우는 산山도 자작나무다
그 맛있는 모밀국수를 삶는 장작도 자작나무다
그리고 감로甘露같이 단샘이 솟는 박우물도 자작나무다
산山 너머는 평안도平安道 땅도 뵈인다는 이 산山골은 온통 자작나무다

「**산숙**山宿」

들믄들믄 더운 느낌을 나타낸 말.

그즈런히 가지런히.

얼골 '얼굴'의 고어, 방언.

「**향악**饗樂」

향악饗樂 잔치 노래.

쩌락쩌락 시인이 만든 말로 떡 치는 소리를 나타낸 의성어.

「**야반**夜半」

활씬 '훨씬'보다 어감이 작은 말.

「**백화**白樺」

백화白樺 자작나무.

박우물 바가지로 물을 뜰 수 있는 얕은 우물.

나와 나타샤와 흰 당나귀

가난한 내가
아름다운 나타샤를 사랑해서
오늘밤은 푹푹 눈이 나린다

나타샤를 사랑은 하고
눈은 푹푹 날리고
나는 혼자 쓸쓸히 앉어 소주燒酒를 마신다
소주燒酒를 마시며 생각한다
나타샤와 나는
눈이 푹푹 쌓이는 밤 흰 당나귀 타고
산골로 가자 출출이 우는 깊은 산골로 가 마가리에 살자

눈은 푹푹 나리고
나는 나타샤를 생각하고
나타샤가 아니 올 리 없다
언제 벌써 내 속에 고조곤히 와 이야기한다
산골로 가는 것은 세상한테 지는 것이 아니다
세상 같은 건 더러워 버리는 것이다

눈은 푹푹 나리고

아름다운 나타샤는 나를 사랑하고

어데서 흰 당나귀도 오늘밤이 좋아서 응앙응앙 울을 것이다

출출이 뱁새.
마가리 '오막살이'의 평안 방언.
고조곤히 '고요히'의 평북 방언.

석양夕陽

거리는 장날이다

장날 거리에 녕감들이 지나간다

녕감들은

말상을 하였다 범상을 하였다 쪽재피상을 하였다

개발코를 하였다 안장코를 하였다 질병코를 하였다

그 코에 모두 학실을 썼다

돌체돋보기다 대모체돋보기다 로이도돋보기다

녕감들은 유리창 같은 눈을 번득거리며

투박한 북관北關말을 떠들어대며

쇠리쇠리한 저녁해 속에

사나운 즘생같이들 사러졌다

쪽재피 '족제비'의 방언(평안, 함경, 강원).

개발코 개의 발처럼 너부죽하고 뭉툭하게 생긴 코.

안장코 안장 모양처럼 등이 잘록한 코.

질병코 질흙으로 만든 병처럼 거칠고 투박하게 생긴 코.

학실 '돋보기'의 평안 방언.

돌체돋보기 돌테돋보기. 돌로 테를 만든 안경.

대모체돋보기 대모테돋보기. 대모갑, 즉 바다거북의 껍데기로 테를 만든 안경.

로이도돋보기 로이드Lloyd안경. 둥글고 굵은 셀룰로이드 테의 안경. 미국의 희극 배우 로이드가 쓰고 영화에 출연한 데서 유래한다.

쇠리쇠리한 새리새리한. 희미한.

고향故鄕

나는 북관北關에 혼자 앓어 누워서
어늬 아츰 의원醫員을 뵈이었다
의원醫員은 여래如來 같은 상을 하고 관공關公의 수염을 드리워서
먼 넷적 어늬 나라 신선 같은데
새끼손톱 길게 돋은 손을 내어
묵묵하니 한참 맥을 짚드니
문득 물어 고향故鄕이 어데냐 한다
평안도平安道 정주定州라는 곳이라 한즉
그러면 아무개씨氏 고향故鄕이란다
그러면 아무개씰氏 아느냐 한즉
의원醫員은 빙긋이 웃음을 띠고
막역지간莫逆之間이라며 수염을 쓴다
나는 아버지로 섬기는 이라 한즉
의원醫員은 또다시 넌즈시 웃고
말없이 팔을 잡어 맥을 보는데
손길은 따스하고 부드러워
고향故鄕도 아버지도 아버지의 친구도 다 있었다

관공關公 관우關羽.

절망絶望

북관北關에 계집은 튼튼하다

북관北關에 계집은 아름답다

아름답고 튼튼한 계집은 있어서

흰 저고리에 붉은 길동을 달어

검정치마에 받쳐입은 것은

나의 꼭 하나 즐거운 꿈이였드니

어늬 아츰 계집은

머리에 무거운 동이를 이고

손에 어린것의 손을 끌고

가펴러운 언덕길을

숨이 차서 올라갔다

나는 한종일 서러웠다

길동 '끝동'(옷소매의 끝에 이어서 대는 천)의 평북 방언.

개

접시 귀에 소기름이나 소뿔등잔에 아즈까리 기름을 켜는 마을에서는 겨울밤 개 짖는 소리가 반가웁다

이 무서운 밤을 아래 웃방성 마을 돌아다니는 사람은 있어 개는 짖는다

낮배 어니메 치코에 꿩이라도 걸려서 산山 너머 국숫집에 국수를 받으려 가는 사람이 있어도 개는 짖는다

김치가재미선 동치미가 유별히 맛나게 익는 밤

아배가 밤참 국수를 받으려 가면 나는 큰마니의 돋보기를 쓰고 앉어 개 짖는 소리를 들은 것이다

아즈까리 '아주까리'의 평북 방언.
겨을 '겨울'의 고어, 평안 방언.
아래 웃방성 아래위 성곽, 즉 마을의 아래위 쪽. 방성은 방성防城, 즉 성곽을 뜻하는 것으로 짐작된다.
낮배 낮때. 낮 무렵. 백석이 자신의 글에서 여러 번 사용한 특유의 표현이다.
치코 올가미.
김치가재미 평북 방언으로, 겨울철에 김치를 묻은 다음에 얼지 않게 그 위에 지푸라기나 수수깡 따위로 만들어놓은 움막.
큰마니 '할머니'의 방언(평북, 함북).

외갓집

내가 언제나 무서운 외갓집은

초저녁이면 안팎마당이 그득하니 하이얀 나비수염을 물은 보득지근한 복쪽재비들이 씨굴씨굴 모여서는 쨩쨩 쨩쨩 쇳스럽게 울어대고

밤이면 무엇이 기왓골에 무릿돌을 던지고 뒤울안 배나무에 쩨듯하니 줄등을 헤여달고 부뚜막의 큰솥 적은솥을 모주리 뽑아놓고 재통에 간 사람의 목덜미를 그냥그냥 나려눌러선 잿다리 아래로 처박고

그리고 새벽녘이면 고방 시렁에 채국채국 얹어둔 모랭이 목판 시루며 함지가 땅바닥에 넘너른히 널리는 집이다

보득지근한 '보드랍고 매끄러운'이라는 뜻의 평안 방언.

복쪽재비 복福족제비. 복을 가져다주는 족제비.

기왓골 기왓고랑.

무릿돌 우박과 같이 잘게 부서진 것이 무리를 지어 있는 돌. '무리'는 '누리'(우박)의 방언(평안, 황해).

쩨듯하니 째듯하니. 빛이 선명하고 뚜렷하게.

헤여달고 켜 달고. '헤다'는 '켜다'의 방언(평안, 함북, 황해, 강원).

재통 '변소'의 평안 방언.

잿다리 재통(변소)의 다리. 재래식 변소에 걸쳐놓은 두 개의 나무.

고방庫房 광.

채국채국 차곡차곡.

모랭이 작은 함지의 하나로 길죽하며 전이 달려 있다.

목판 음식을 담아 나르는 나무그릇.

넘너른히 여기저기에 마구 널려 있는.

내가 생각하는 것은

밖은 봄철날 따디기의 누긋하니 푹석한 밤이다
거리에는 사람두 많이 나서 흥성흥성할 것이다
어쩐지 이 사람들과 친하니 싸단니고 싶은 밤이다

그렇것만 나는 하이얀 자리 우에서 마른 팔뚝의
새파란 핏대를 바라보며 나는 가난한 아버지를
가진 것과 내가 오래 그려오든 처녀가 시집을 간 것과
그렇게도 살틀하든 동무가 나를 버린 일을 생각한다

또 내가 아는 그 몸이 성하고 돈도 있는 사람들이
즐거이 술을 먹으려 단닐 것과
내 손에는 신간서新刊書 하나도 없는 것과
그리고 그 〈아서라 세상사世上事〉라도 들을
류성기도 없는 것을 생각한다

그리고 이러한 생각이 내 눈가를 내 가슴가를
뜨겁게 하는 것도 생각한다

따디기 따지기. 이른 봄 얼었던 흙이 풀리려고 하는 무렵.

누긋하니 누긋하니. 눅눅하니.

싸단니고 싸다니고. '단니다'는 '다니다'의 고어.

〈아서라 세상사世上事〉 작자 미상의 판소리 단가 〈편시춘片時春〉의 서두. 인생무상을 노래하는 〈편시춘片時春〉은 가장 성창되는 단가 중의 하나로, 당시에 인기 있었던 임방울을 비롯해 이봉희, 오비취 등이 취입한 음반이 전해진다.

내가 이렇게 외면하고

내가 이렇게 외면하고 거리를 걸어가는 것은 잠풍 날씨가 너무나 좋은 탓이고
가난한 동무가 새 구두를 신고 지나간 탓이고 언제나 꼭같은 넥타이를 매고 고운 사람을 사랑하는 탓이다

내가 이렇게 외면하고 거리를 걸어가는 것은 또 내 많지 못한 월급이 얼마나 고마운 탓이고
이렇게 젊은 나이로 코밑수염도 길러보는 탓이고 그리고 어늬 가난한 집 부엌으로 달재 생선을 진장에 꼿꼿이 지진 것은 맛도 있다는 말이 자꼬 들려오는 탓이다

잠풍 날씨 잔풍殘風 날씨. 잔잔한 바람이 부는 날씨.
달재 '달강어達江魚'의 방언(평북, 함남). 주둥이가 약간 길고 앞쪽이 오목하며 몸에 가시가 많은 바닷물고기.
진장 진장陳醬. 진간장. 진하게 만들거나 오래 묵어서 진하게 된 간장.

물닭의 소리

삼호三湖

문기슭에 바다 해 자를 까꾸로 붙인 집
산듯한 청삿자리 우에서 찌륵찌륵
우는 전복회를 먹어 한녀름을 보낸다

이렇게 한녀름을 보내면서 나는 하늑이는
물살에 나이금이 느는 꽃조개와 함께
허리도리가 굵어가는 한 사람을 연연해한다

물계리物界里

물밑—이 세모래 닌함박은 콩조개만 일다
모래장변—바다가 널어놓고 못 미더워 드나드는 명주필을 짓궂이 발뒤축으로 찢으면
날과 씨는 모두 양금줄이 되어 짜랑짜랑 울었다

대산동大山洞

비얘고지 비얘고지는
제비야 네 말이다
저 건너 노루섬에 노루 없드란 말이지
신미두 삼각산엔 가무래기만 나드란 말이지

비얘고지 비얘고지는
제비야 네 말이다
푸른 바다 흰 한울이 좋기도 좋단 말이지
해밝은 모래장변에 돌비 하나 섰단 말이지

비얘고지 비얘고지는
제비야 네 말이다
눈빨갱이 갈매기 발빨갱이 갈매기 가란 말이지
승냥이처럼 우는 갈매기
무서워 가란 말이지

남향南鄕

푸른 바닷가의 하이얀 하이얀 길이다

아이들은 늘늘히 청대나무말을 몰고
대모풍잠한 늙은이 또요 한 마리를 드리우고 갔다

이 길이다
얼마가서 감로甘露 같은 물이 솟는 마을 하이얀 회담벽에 옛적본의 장반시계를 걸어놓은 집 홀어미와 사는 물새 같은 외딸의 혼삿말이 아즈랑이같이 낀 곳은

야우소회夜雨小懷

캄캄한 비 속에
새빨간 달이 뜨고
하이얀 꽃이 퓌고
먼바루 개가 짖는 밤은

어데서 물외 내음새 나는 밤이다

캄캄한 비 속에
새빨간 달이 뜨고
하이얀 꽃이 퓌고
먼바루 개가 짖고
어데서 물외 내음새 나는 밤은

나의 정다운 것들 가지 명태 노루 뫼추리 질동이 노랑나뷔 바구지꽃 모밀국수 남치마 자개짚세기 그리고 천희千姬라는 이름이 한없이 그리워지는 밤이로구나

꼴두기

신새벽 들망에
내가 좋아하는 꼴두기가 들었다
갓 쓰고 사는 마음이 어진데
새끼 그믈에 걸리는 건 어인 일인가

갈매기 날어온다

입으로 먹을 뿜는 건
멫십 년 도를 닦어 뒤는 조환가
앞뒤로 가기를 마음대로 하는 건
손자孫子의 병서兵書도 읽은 것이다
갈매기 쭝얼댄다

그러나 시방 꼴두기는 배창에 너부러져 새새끼 같은 울음을 우는 곁에서 뱃사람들의 언젠가 아홉이서 회를 쳐먹고도 남어 한 깃씩 노나가지고 갔다는 크디큰 꼴두기의 이야기를 들으며 나는 슬프다

갈매기 날어난다

「**삼호**三湖」

삼호三湖 함경남도 홍원군 보청면(현재는 낙원군 삼호면)에 있는 항구 마을.

청삿자리 푸른 삿자리. '삿자리'는 갈대를 엮어서 만든 자리를 말한다.

전북 '전복'의 방언(평북, 경남, 강원).

나이금 나이를 나타내는 금.

「**물계리**物界里」

닌함박 이남박. 안쪽에 여러 줄로 고랑이 지게 돌려파서 만든 함지박. 쌀 따위를 씻어 일 때에 돌과 모래를 가라앉게 한다.

콩조개 조개의 하나. 껍데기는 콩알처럼 동그랗고 매끈하며 자줏빛을 띤 갈색인데 겉면에 진한 색의 무늬가 있다.

양금 채로 줄을 쳐서 소리를 내는 현악기의 하나.

「**대산동**大山洞」

대산동 평안북도 정주군定州郡 덕언면德彦面에 있는 동네. 백석이 태어난 갈산면 익성동 바로 위에 있다.

비애고지 제비의 울음소리를 나타낸 의성어.

노루섬 장도獐島. 이 시의 제목인 대산동의 바다 건너편에 노루섬이란 뜻의 장도獐島가 있다. 장도獐島는 외장도外獐島와 내장도內獐島 두 개의 섬으로 구성되어 있다.

신미두 신미도身彌島. 정주 위의 선천군宣川郡 앞바다에 있는 큰 섬. 장도 위에 있다.

삼각산 신미도에 있는 운종산雲從山을 말한다. 산봉우리가 삼각형처럼 생겨 삼각산三角山으로도 불린다.

가무래기 가막조개. 모시조개. 껍데기는 갈색이고 가장자리는 자색을 띠며 개펄의 진흙에 산다.

돌비 돌로 만든 비석.

「**남향**南鄕」

늘늘히 수량이나 기한 따위가 넉넉히.

청대나무말 어린아이들이 푸른 대나무를 가랑이에 넣어서 끌고 다니며 노는 죽마.

대모풍잠 대모갑玳瑁甲으로 만든 풍잠風簪(망건의 정면 꼭대기에 다는 장식품).

또요 도요새.
옛적본本 옛날식, 옛날 모양.
장반시계 쟁반시계. 쟁반같이 생긴 둥근 시계.

「**야우소회夜雨小懷**」
먼바루 멀찍이. '바루'는 평북 방언으로 거리의 대략적인 정도를 나타내는 접미사.
물외 오이.
자개짚세기 짜개짚세기. 엄지발가락과 나머지 발가락이 따로 들어가게 앞부분이 나누어진 짚신.

「**꼴두기**」
꼴두기 꼴뚜기. 고어인 '골독이'의 형태가 남아 있는 말.
들망 후릿그물. 강이나 바다에 넓게 둘러치고 여러 사람이 두 끝을 끌어당겨 물고기를 잡는 큰 그물.
그믈 '그물'의 고어.
아홉 '아홉'의 평안 방언.
깃 무엇을 나눌 때 각자에게 돌아오는 한몫.

가무래기의 낙樂

가무락조개 난 뒷간거리에
빚을 얻으려 나는 왔다
빚이 안 되어 가는 탓에
가무래기도 나도 모도 춥다
추운 거리의 그도 추운 능당 쪽을 걸어가며
내 마음은 우쭐댄다 그 무슨 기쁨에 우쭐댄다
이 추운 세상의 한구석에
맑고 가난한 친구가 하나 있어서
내가 이렇게 추운 거리를 지나온 걸
얼마나 기뻐하며 락단하고
그즈런히 손깍지벼개하고 누워서
이 못된 놈의 세상을 크게 크게 욕할 것이다

가무락조개 가막조개. 모시조개. 껍데기는 갈색이고 가장자리는 자색을 띠며, 개펄의 진흙에 산다.
능당 '능달'(응달)로 추정된다.
락단하고 무릎을 치며 좋아하고.

멧새 소리

처마 끝에 명태明太를 말린다

명태明太는 꽁꽁 얼었다

명태明太는 길다랗고 파리한 물고긴데

꼬리에 길다란 고드름이 달렸다

해는 저물고 날은 다 가고 별은 서러웁게 차갑다

나도 길다랗고 파리한 명태明太다

문門턱에 꽁꽁 얼어서

가슴에 길다란 고드름이 달렸다

박각시 오는 저녁

당콩밥에 가지냉국의 저녁을 먹고 나서
바가지꽃 하이얀 지붕에 박각시 주락시 붕붕 날아오면
집은 안팎 문을 횅하니 열젖기고
인간들은 모두 뒷등성으로 올라 멍석자리를 하고 바람을 쐬이는데
풀밭에는 어느새 하이얀 대림질감들이 한불 널리고
돌우래며 팟중이 산 옆이 들썩하니 울어댄다
이리하여 한울에 별이 잔콩 마당 같고
강낭밭에 이슬이 비 오듯 하는 밤이 된다

박각시 박각시나방. 이름의 유래에서 알 수 있듯이 주로 초저녁부터 밤에 꽃잎이 벌어지는 박꽃을 찾아가 꿀을 빤다.
당콩 '강낭콩'의 평안 방언.
바가지꽃 박꽃.
한불 하나 가득. '불'은 묶음이나 횟수를 지칭하는 단위명사.
돌우래 도루래. '땅강아지'의 평북 방언.
팟중이 팥중이. 메뚜기과의 곤충으로 몸이 작고 흑갈색을 띤다.
강낭밭 옥수수밭. '강낭'은 '강냉이'(옥수수)의 방언(평안, 경상).

넘언집 범 같은 노큰마니

황토 마루 수무나무에 얼럭궁덜럭궁 색동헝겊 뜯개조박 뵈짜배기 걸리고 오쟁이 끼애리 달리고 소 삼은 엄신 같은 딥세기도 열린 국수당고개를 몇 번이고 튀튀 춤을 뱉고 넘어가면 골안에 아늑히 묵은 녕동이 무겁기도 할 집이 한 채 안기었는데

집에는 언제나 센개 같은 게사니가 벅작궁 고아내고 말 같은 개들이 떠들썩 짖어대고 그리고 소거름 내음새 구수한 속에 엇송아지 히물쩍 너들씨는데

집에는 아배에 삼춘에 오마니에 오마니가 있어서 젖먹이를 마을 청능그늘밑에 삿갓을 씌워 한종일내 뉘어두고 김을 매려 단녔고 아이들이 큰마누래에 작은마누래에 제구실을 할 때면 종아지물본도 모르고 행길에 아이 송장이 거적뙈기에 말려나가면 속으로 얼마나 부러워하였고 그리고 끼때에는 부뚜막에 바가지를 아이덜 수대로 주룬히 늘어놓고 밥 한덩이 질게 한 술 들여트려서는 먹였다는 소리를 언제나 두고두고 하는데

일가들이 모두 범같이 무서워하는 이 노큰마니는 구덕살이같이 욱실욱실하는 손자 증손자를 방구석에 들매나무 회채리를 단으로 쩌다두고 따리고 싸리갱이에 갓진창을 매여놓고 따리는데

내가 엄매 등에 업혀가서 상사말같이 항약에 야기를 쓰면 한창 퓌는 함박꽃을 밑가지채 꺾어주고 종대에 달린 제물배도 가지채 쪄주고 그리고 그 애끼는 게사니알도 두 손에 쥐어주곤 하는데

우리 엄매가 나를 가지는 때 이 노큰마니는 어늬 밤 크나큰 범이 한 마리 우리 선산으로 들어오는 꿈을 꾼 것을 우리 엄매가 서울서 시집을 온 것을 그리고 무엇보다도 내가 이 노큰마니의 당조카의 맏손자로 난 것을 다견하니 알뜰하니 기꺼이 녀기는 것이었다

노큰마니 노老할머니. 증조할머니 항렬의 사람.
수무나무 시무나무. '스무나무'라고도 한다.
뜯개조박 뜯어진 헝겊 조각. '조박'(자박)은 '조각'의 평남 방언.
뵈짜배기 베조각. '뵈'는 '베'의 고어. '짜배기'(쪼배기)는 '조각'의 평북 방언.
오쟁이 짚으로 엮어 만든 작은 그릇.
끼애리 '꾸러미'의 평북 방언. 짚으로 길게 묶어 중간중간 동인 물건.
소 삼은 소疏 삼은. 성글게 엮거나 짠.
엄신 엄짚신. 상제喪制가 초상 때부터 졸곡卒哭 때까지 신는 짚신.
딥세기 짚신.
국수당 국사당國師堂. 성황당城隍堂으로 불리기도 한다. 길손들이 당 앞을 지날 때 안전을 빌며 돌을 던져 바치거나 당을 향해 침을 뱉기도 한다.
춤 '침'의 고어, 방언.
녕동 영동楹棟. 기둥과 마룻대를 아울러 이르는 말.

센개 털빛이 흰 개.

게사니 '거위'의 방언(평안, 함경, 황해, 경기, 강원).

벅작궁 고아내고 법석대며 떠들어대고. '벅작'은 '법석'의 평북 방언, '고다'는 '떠들다'의 평북 방언.

엇송아지 아직 다 자라지 못한 송아지.

히물쩍 씰룩거리는 모양. '히물거리다'는 '씰룩거리다'의 평북 방언.

너들씨는데 너들거리는데. 분수 없이 함부로 까부는데.

청능 청능(青陵, 淸陵). 푸르고 시원한 언덕.

단녔고 '다녔고'의 고어.

큰마누래 '큰마마' 의 방언(평북, 함남). 천연두.

작은마누래 '작은마마'의 평북 방언. 수두.

제구실 홍역.

종아지물본도 모르고 세상 물정도 모르고. 도대체 뭐가 뭔지도 모르고. '물본物本'은 '세상 이치' '세상 물정'의 뜻.

질게 '반찬'의 함경 방언.

구덕살이 '구더기'의 평북 방언.

들매나무 들메나무.

회채리 '회초리'의 평북 방언.

싸리갱이 싸리나무의 줄기.

갓진창 가죽신 바닥에 댄 창. '갓진'은 '가죽신'의 평안 방언.

상사말 '생마'(야생마)의 평북 방언.

항약 악을 쓰며 대드는 짓을 뜻하는 평북 방언. 흔히 애들이나 젊은 여인의 행위를 두고 말할 때 쓴다.

야기 주로 어린아이들이 불만스러워서 야단하는 짓.

종대 파, 마늘, 달래 따위에서 꽃을 달기 위하여 한가운데서 올라오는 줄기. 여기서는 꽃이 피고 열매가 맺히는 줄기를 뜻하는 말로 쓰였다.

제물배 제물祭物로 쓰는 배.

쩌주고 베어주고.

당조카 장조카.

동뇨부童尿賦

봄철날 한종일내 노곤하니 벌불 장난을 한 날 밤이면 으레히 싸개동당을 지나는데 잘망하니 누워 싸는 오줌이 넓적다리를 흐르는 따근따근한 맛 자리에 평하니 괴이는 척척한 맛

첫녀름 이른 저녁을 해치우고 인간들이 모두 터앞에 나와서 물외포기에 당콩포기에 오줌을 주는 때 터앞에 밭마당에 샛길에 떠도는 오줌의 매캐한 재릿한 내음새

긴긴 겨울밤 인간들이 모두 한잠이 들은 재밤중에 나 혼자 일어나서 머리맡 쥐발 같은 새끼오강에 한없이 누는 잘 매럽던 오줌의 사르릉 쪼로록 하는 소리

그리고 또 엄매의 말엔 내가 아직 굳은 밥을 모르던 때 살갖 퍼런 막내고무가 잘도 받어 세수를 하였다는 내 오줌빛은 이슬같이 샛말갛기도 샛맑았다는 것이다

벌불 들불.

싸개동당 오줌싸개의 왕.

지나는데 지내는데.

잘망하니 하는 짓이나 모양새가 잘고 얄밉게.

물외 오이.

당콩 '강낭콩'의 평안 방언.

재밤중 '한밤중'의 평안 방언.

쥐발 주발. 놋쇠로 만든 밥그릇.

굳은 밥을 모르던 때 굳은 밥을 먹기 전, 즉 젖만 먹던 아기 때.

안동安東

이방異邦 거리는
비 오듯 안개가 나리는 속에
안개 같은 비가 나리는 속에

이방異邦 거리는
콩기름 쫄이는 내음새 속에
섶누에 번디 삶는 내음새 속에

이방異邦 거리는
도끼날 벼르는 돌물레 소리 속에
되광대 켜는 되양금 소리 속에

손톱을 시펄하니 길우고 기나긴 창꽈쯔를 즐즐 끌고 싶었다
만두饅頭꼬깔을 눌러쓰고 곰방대를 물고 가고 싶었다
이왕이면 향香내 높은 취향리梨 돌배 움퍽움퍽 씹으며 머리채 츠렁츠렁 발굽을 차는 꾸냥과 가즈런히 쌍마차雙馬車 몰아가고 싶었다

안동安東 중국 요령성遼寧省에 있는 단동시丹東市. 압록강 유역 신의주 바로 위에 있다. 1965년 이전에는 안동安東이라 불렀다.

섶누에 산누에. 품질이 좋은 고치를 짓는 누에의 하나.

번디 번데기.

돌물레 도끼날이나 칼을 갈 때 쓰는 회전식 숫돌.

되광대 중국의 광대.

되양금 중국의 양금.

창꽈쯔 장괘자長掛子. 중국의 긴 홑옷 저고리를 가리키는 중국말.

만두饅頭꼬깔 찐빵 모양의 모자. 빵떡모자와 비슷하게 생겼다.

취향리 돌배 추향리 돌배. '추향리'라는 배나무의 열매로 신맛이 많고 연하며 향기가 그윽하다.

츠렁츠렁 치렁치렁.

꾸냥 고랑姑娘. 처녀를 뜻하는 중국말.

함남도안咸南道安

고원선高原線 종점終點인 이 적은 정거장停車場엔
그렇게도 우쭐대며 달가불시며 뛰어오던 뽕뽕차車가
가이없이 쓸쓸하니도 우두머니 서 있다

해빛이 초롱불같이 희맑은데
해정한 모래부리 플랫폼에선
모두들 쩔쩔 끓는 구수한 귀이리차茶를 마신다

칠성七星고기라는 고기의 쩜벙쩜벙 뛰노는 소리가
쨋쨋하니 들려오는 호수湖水까지는
들쭉이 한불 새까마니 익어가는 망연한 벌판을 지나가야 한다

도안道安 함경남도 신흥군新興郡(지금은 부전군)에 있는 지명. 부전강을 막아 개마고원 아래의 부전고원 위에 만든 인공호수인 부전호수 아래에 위치해 있다. 이 시의 3연에 나오는 호수는 바로 이 부전호수를 지칭한 것이다.

고원선高原線 함흥에서 부전고원까지 놓여 있는 신흥선新興線을 말한다. 고원지대에 놓여 있기 때문에 고원선이라고 한 것이다.

달가불시며 호들갑을 떨며.

뻥뻥차 기차.

가이없이 '가엾이' '불쌍하게' '딱하게'의 평북 방언.

우두머니 움직이지 않고 멍청히 있는 모양.

해정한 해맑은. 깨끗하고 맑은. 도안道安을 끼고 도는 부전강 상류에는 당시에 사금광砂金鑛이 많았다(조선총독부 간행 '일제시대 1:50,000 지형도' 참조). 그래서 모래알이 유난히 맑고 빛났을 것이다.

모래부리 사취沙嘴. 바닷가에 모래가 길고 뾰족하게 쌓인 지형. 여기서는 부전강 상류의 모래지형을 말한다. '모래부리 플랫폼'이란 모래부리가 있는 곳의 플랫폼이란 뜻이다. 도안을 끼고 부전강이 흐르고 있으며, 부전강을 따라 철도가 놓여 있다(조선총독부 간행 '일제시대 1:50,000 지형도' 참조).

칠성七星고기 칠성장어.

쨋쨋하니 소리가 높고 새되게.

한불 하나 가득. '불'은 묶음이나 횟수를 나타내는 단위명사.

구장로球場路
—서행시초西行詩抄 1

삼리三里밖 강江쟁변엔 자갯돌에서
비멀이한 옷을 부숭부숭 말려 입고 오는 길인데
산山모롱고지 하나 도는 동안에 옷은 또 함북 젖었다

한 이십리二十里 가면 거리라든데
한겻 남아 걸어도 거리는 뵈이지 않는다
나는 어니 외진 산山길에서 만난 새악시가 곱기도 하든 것과
어니메 강江물 속에 들여다뵈이든 쏘가리가 한 자나 되게 크든 것을 생각하며
산山비에 젖었다는 말렀다 하며 오는 길이다

이젠 배도 출출히 고팠는데
어서 그 옹기장사가 온다는 거리로 들어가면 무엇보다도 몬저 '주류판매업酒類販賣業'이라고 써붙인 집으로 들어가자

그 뜨수한 구들에서
따끈한 삼십오도三十五度 소주燒酒나 한잔 마시고
그리고 그 시래깃국에 소피를 넣고 두부를 두고 끓인 구수한 술국을 트근히 몇 사발이고 왕사발로 몇 사발이고 먹자

구장球場 평안북도 영변군寧邊郡 용산면龍山面에 있는 지명(지금은 구장군 구장읍으로 개편). '서행시초西行詩抄'는 평안북도 일대를 여행하면서 쓴 기행시이다.

강江**쟁변** '강변'의 평안 방언.

자갯돌 '자갈'의 평안 방언.

비멀이한 비말이한. 비에 흠뻑 젖은.

산山**모롱고지** '산모롱이'(산모퉁이의 휘어둘린 곳)의 평북 방언.

한겻 반나절.

어니 '어느'의 평안 방언.

몬저 '먼저'의 고어, 방언(경상, 전남).

트근히 '많게' '수두룩하게' '수북하게'의 평북 방언.

북신北新
—서행시초西行詩抄 2

거리에서는 모밀내가 났다
부처를 위하는 정갈한 노친네의 내음새 같은 모밀내가 났다

어쩐지 향산香山 부처님이 가까웁다는 거린데
국숫집에서는 농짝 같은 도야지를 잡어걸고 국수에 치는 도야지고기는 돗바늘 같은 털이 드문드문 백였다
나는 이 털도 안 뽑은 도야지고기를 물꾸러미 바라보며
또 털도 안 뽑는 고기를 시꺼먼 맨모밀국수에 얹어서 한입에 꿀꺽 삼키는 사람들을 바라보며
나는 문득 가슴에 뜨끈한 것을 느끼며
소수림왕小獸林王을 생각한다 광개토대왕廣開土大王을 생각한다

북신北新 평안북도 영변군 북신현면北薪峴面(지금은 향산군에 편입). 고개를 뜻하는 '峴' 자를 줄여 간략하게 지칭한 것이다. '新' 자는 '薪'과 같은 뜻이다(漢語大詞典編輯委員會, 『漢語大詞典』, 上海: 漢語大詞典出版社, 1990 참조).
향산香山 묘향산. 묘향산에는 보현사를 비롯해 보현사에 속해 있는 수많은 암자들이 있다.
돗바늘 돗자리 등을 꿰맬 때 쓰는 매우 크고 굵은 바늘.

팔원八院

—서행시초西行詩抄 3

차디찬 아침인데

묘향산행妙香山行 승합자동차乘合自動車는 텅하니 비어서

나이 어린 계집아이 하나가 오른다

옛말속같이 진진초록 새 저고리를 입고

손잔등이 밭고랑처럼 몹시도 터졌다

계집아이는 자성慈城으로 간다고 하는데

자성慈城은 예서 삼백오십리三百五十里 묘향산妙香山 백오십리百五十里

묘향산妙香山 어디메서 삼촌이 산다고 한다

쌔하얗게 얼은 자동차自動車 유리창 밖에

내지인內地人 주재소장駐在所長 같은 어른과 어린아이 둘이 내임을 낸다

계집아이는 운다 느끼며 운다

텅 비인 차車 안 한구석에서 어느 한 사람도 눈을 씻는다

계집아이는 몇 해고 내지인內地人 주재소장駐在所長 집에서

밥을 짓고 걸레를 치고 아이보개를 하면서

이렇게 추운 아침에도 손이 꽁꽁 얼어서

찬물에 걸레를 쳤을 것이다

팔원八院 평안북도 영변군寧邊郡 팔원면八院面.

진진초록 매우 진한 초록.

자성慈城 평안북도 북단에 있는 지명. 바로 위에 한반도에서 가장 춥다는 중강진이 있다.

내지인內地人 식민지 본국 사람을 이르는 말.

주재소駐在所 일제강점기에 순사가 머무르면서 사무를 맡아보던 경찰의 말단 기관.

내임 냄. '배웅'의 평안 방언. '냄내다'는 '배웅하다'의 뜻이다.

아이보개 애보개. 아이를 돌보는 일을 맡아 하는 사람.

월림月林장
—서행시초西行詩抄 4

'자시동북팔십천희천自是東北八〇粁熙川'의 푯標말이 선 곳
돌능와집에 소달구지에 싸리신에 옛날이 사는 장거리에
어니 근방 산천山川에서 덜거기 꺽꺽 검방지게 운다

초아흐레 장판에
산 멧도야지 너구리가죽 튀튀새 났다
또 가얌에 귀이리에 도토리묵 도토리범벅도 났다

나는 주먹다시 같은 떡당이에 꿀보다도 달다는 강낭엿을 산다
그리고 물이라도 들 듯이 샛노랗디샛노란 산山골 마가을 볕에 눈이 시울도록 샛노랗디샛노란 햇기장 쌀을 주무르며
기장쌀은 기장차떡이 좋고 기장차랍이 좋고 기장감주가 좋고 그리고 기장쌀로 쑨 호박죽은 맛도 있는 것을 생각하며 나는 기쁘다

월림月林 평안북도 영변군寧邊郡 북신현면北薪峴面 하행동下杏洞에 있는 동네 이름(조선총독부 간행 '일제시대 1:50,000 지형도'; 文定昌, 『朝鮮の市場』, 日本評論社, 1941 참조).

자시동북팔십천희천自是東北八〇粁熙川 '여기서부터 동북 방향으로 희천까지 팔십 킬로미터'라는 뜻. 구한말 이후의 지적도에서는 '八〇'이 '八十'이라는 의미로 쓰였다. '천粁'은 킬로미터를 의미하는 일본식 한자이며, '희천熙川'은 평안북도 묘향산 위쪽 방면에 있는 지명이다. 지도상으로 월림에서 희천까지의 직선거리는 삼십 킬로미터 남짓이나, 험준한 지형이어서 실제 거리는 그보다 더 멀게 나타나 있다.

돌능와집 돌능에집. '너와집'의 평북 방언.

어니 '어느'의 평안 방언.

덜거기 '수꿩'의 평북 방언.

검방지게 '건방지게'의 평북 방언.

튀튀새 티티새. 지빠귀. 개똥지빠귀. 다리가 길며 다른 새의 울음소리를 잘 흉내낸다.

가얌 개암. 개암나무의 열매.

주먹다시 주먹을 거칠게 일컫는 말.

떡당이 떡덩이.

마가을 '늦가을'의 평북 방언.

차랍 '찰밥'의 평북 방언.

목구木具

오대五代나 나린다는 크나큰 집 다 찌그러진 들지고방 어득시근한 구석에서 쌀독과 말쿠지와 숫돌과 신뚝과 그리고 넷적과 또 열두 데석님과 친하니 살으면서

한 해에 멫 번 매연 지난 먼 조상들의 최방등 제사에는 컴컴한 고방 구석을 나와서 대멀머리에 외얏맹건을 지르터맨 늙은 제관의 손에 정갈히 몸을 씻고 교우 우에 모신 신주 앞에 환한 촛불 밑에 피나무 소담한 제상 위에 떡 보탕 식혜 산적 나물지짐 반봉 과일 들을 공손하니 받들고 먼 후손들의 공경스러운 절과 잔을 굽어보고 또 애끓는 통곡과 축을 귀에 하고 그리고 합문 뒤에는 흠향 오는 구신들과 호호히 접하는 것

구신과 사람과 넋과 목숨과 있는 것과 없는 것과 한 줌 흙과 한 점 살과 먼 넷조상과 먼 훗자손의 거륵한 아득한 슬픔을 담는 것

내 손자의 손자와 손자와 나와 할아버지와 할아버지의 할아버지와 할아버지의 할아버지의 할아버지와⋯⋯ 수원백씨水原白氏 정주백촌定州白村의 힘세고 꿋꿋하나 어질고 정 많은 호랑이 같은 곰 같은 소 같은 피의 비 같은 밤 같은 달 같은 슬픔을 담는 것 아 슬픔을 담는 것

들지고방 허름한 고방. 들쥐가 드나들 정도로 허름한 고방이라는 뜻.

어득시근한 사물을 똑똑히 가려 볼 수 없을 만큼 어느 정도 어둑한.

말쿠지 말코지. 물건을 걸어두기 위해 갈고리 진 나뭇가지를 끈으로 달아맨 것.

신뚝 방이나 마루 앞에 신발을 올리도록 놓아둔 돌.

데석님 제석帝釋. 집안사람들의 수명과 곳간의 모든 곡식을 주관하는 신. 벼짚섬에 엽전과 곡식을 담아 방안이나 곳간에 달아매거나 창호지를 접어서 걸어두어 모신다.

매연媒緣 지난 인연이 지난.

최방등 제사 평북 정주 지방의 전통적인 제사 풍속으로 5대째부터 차손次孫이 제사를 지내는 것.

대멀머리 대머리.

외얏맹건 오얏망건. 망건을 잘 눌러쓴 모양이 오얏꽃같이 단정하게 보인다는 데서 온 말.

지르터맨 지르처맨. 세게 눌러 감아 맨.

교우 교의交椅. 신주를 모시는 다리가 긴 의자.

보탕簠湯 제기에 담긴 탕.

반봉 제물로 쓰는 생선 종류의 통칭.

귀에 하고 귀로 듣고.

합문闔門 제사 절차 중 하나로 밥그릇의 뚜껑을 열고 젯메에 숟가락을 꽂은 다음 망자의 혼이 식사를 할 수 있도록 문을 닫거나 병풍을 치고 밖으로 나와 몇 분 정도 기다리는 것.

흠향 신명神明이 제물을 받아서 먹는 것.

호호히 넓고 깨끗하고 맑게. '호호皓皓히'와 '호호浩浩히'의 의미가 함께 담겨 있다.

거륵한 '거룩한'의 고어, 평안 방언.

3부
흰 바람벽이 있어

수박씨, 호박씨

어진 사람이 많은 나라에 와서
어진 사람의 즛을 어진 사람의 마음을 배워서
수박씨 닦은 것을 호박씨 닦은 것을 입으로 앞니빨로 밝는다

수박씨 호박씨를 입에 넣는 마음은
참으로 철없고 어리석고 게으른 마음이나
이것은 또 참으로 밝고 그윽하고 깊고 무거운 마음이라
이 마음 안에 아득하니 오랜 세월이 아득하니 오랜 지혜가 또 아득하니 오랜 인정人情이 깃들인 것이다
태산泰山의 구름도 황하黃河의 물도 옛님군의 땅과 나무의 덕도 이 마음 안에 아득하니 뵈이는 것이다

이 적고 가부엽고 갤족한 희고 까만 씨가
조용하니 또 도고하니 손에서 입으로 입에서 손으로 오르나리는 때
벌에 우는 새소리도 듣고 싶고 거문고도 한 곡조 뜯고 싶고 한 오천五千말 남기고 함곡관函谷關도 넘어가고 싶고
기쁨이 마음에 뜨는 때는 희고 까만 씨를 앞니로 까서 잔나비가 되고
근심이 마음에 앉는 때는 희고 까만 씨를 혀끝에 물어 까막까치가 되고

어진 사람이 많은 나라에서는

오두미五斗米를 버리고 버드나무 아래로 돌아온 사람도

그 녚차개에 수박씨 닦은 것은 호박씨 닦은 것은 있었을 것이다

나물 먹고 물 마시고 팔벼개하고 누웠든 사람도

그 머리맡에 수박씨 닦은 것은 호박씨 닦은 것은 있었을 것이다

닦은 '볶은'의 방언(평안, 함경, 황해).

밝는다 바른다. '밝다'는 '바르다'의 평안 방언.

갤족한 갈쭉한.

도고하니 수양이 높고 의젓하게.

오천五千말 남기고 노자가 함곡관을 지날 때 가르침을 묻는 함곡관 관리에게 오천 자의 도덕경을 써서 주었다는 고사를 담고 있는 말이다.

함곡관函谷關 중국의 하남성河南省, 섬서성陝西省, 산서성山西省 3성의 교차지대에 위치한 지명. 동쪽의 중원中原으로부터 서쪽의 관중關中(섬서성의 서안西安 일대)으로 통하는 관문이다.

까막까치 까마귀와 까치를 아울러 이르는 말.

오두미五斗米 다섯 말의 쌀이라는 뜻으로 얼마 안 되는 봉급을 이르는 말. 중국의 도연명이 현령으로 있을 때 오두미 때문에 허리를 굽힐 수 없다며 사표를 내고 귀거래사를 읊으며 전원으로 돌아갔다는 데서 유래한 말이다.

버드나무 도연명의 집 옆에 있는 버드나무를 말한다. 도연명은 『오류선생전五柳先生傳』이라는 탁전(다른 인물에 가탁해서 쓴 자서전)에서 집 옆에 버드나무 다섯 그루가 있기에 그것으로써 호를 삼았다고 했다.

녚차개 옆차개. '옆차개'는 '호주머니'의 방언(평안, 함경, 강원).

북방北方에서
—정현웅鄭玄雄에게

아득한 넷날에 나는 떠났다
부여扶餘를 숙신肅愼을 발해渤海를 여진女眞을 요遼를 금金을
흥안령興安嶺을 음산陰山을 아무우르를 숭가리를
범과 사슴과 너구리를 배반하고
송어와 메기와 개구리를 속이고 나는 떠났다

나는 그때
자작나무와 이깔나무의 슬퍼하든 것을 기억한다
갈대와 장풍의 붙드든 말도 잊지 않었다
오로촌이 멧돝을 잡어 나를 잔치해 보내든 것도
쏠론이 십릿길을 따러나와 울든 것도 잊지 않었다

나는 그때
아모 이기지 못할 슬픔도 시름도 없이
다만 게을리 먼 앞대로 떠나 나왔다
그리하여 따사한 햇귀에서 하이얀 옷을 입고 매끄러운 밥을 먹고 단샘을 마시고 낮잠을 잤다
밤에는 먼 개소리에 놀라나고
아츰에는 지나가는 사람마다에게 절을 하면서도

나는 나의 부끄러움을 알지 못했다

그동안 돌비는 깨어지고 많은 은금보화는 땅에 묻히고 가마귀도 긴 족보를 이루었는데

이리하야 또 한 아득한 새 녯날이 비롯하는 때

이제는 참으로 이기지 못할 슬픔과 시름에 쫓겨

나는 나의 녯 한울로 땅으로—나의 태반胎盤으로 돌아왔으나

이미 해는 늙고 달은 파리하고 바람은 미치고 보래구름만 혼자 넋 없이 떠도는데

아, 나의 조상은 형제는 일가친척은 정다운 이웃은 그리운 것은 사랑하는 것은 우러르는 것은 나의 자랑은 나의 힘은 없다 바람과 물과 세월과 같이 지나가고 없다

정현웅鄭玄雄 당시의 삽화가. 백석이 『여성』지의 편집자로 근무할 당시 『여성』지에 백석과 여러 시인, 작가들의 삽화를 그렸다. 백석의 옆모습 스케치와 인상기를 써서 『문장』지에 싣기도 했다. 이 인상기에서 그는 백석이 마치 서반아나 필리핀 사람 같고, 서반아 투사의 옷을 입히면 꼭 어울릴 것 같다고 쓰고 있다.

홍안령興安嶺 중국 동북지방 내몽고자치구內蒙古自治區 동부와 흑룡강성黑龍江省 북부에 걸친 산맥.

음산陰山 중국 몽골고원 남쪽에 뻗어 있는 산맥. 왼쪽의 낭산狼山 부근에서 오른쪽으로 홍안령 산맥의 남쪽 부근까지 뻗어 있다.

아무우르 흑룡강黑龍江. 중국에서는 '헤이룽 강', 러시아에서는 '아무르 강Amur'이라 부른다.

숭가리 송화강松花江. 흑룡강의 가장 큰 지류. 백두산에서 발원하여 북으로 흐르는 물줄기와 흑룡강성에서 내려오는 눈강嫩江이 합류해 동쪽으로 흘러 흑룡강으로 빠진다.

이깔나무 잎갈나무. 전나무과에 속하는 침엽 교목.

장풍 창포菖蒲.

오로촌 오로촌Orochon족. 중국 동북 지방에 거주하는 소수민족의 하나.

멧돌 '멧돼지'의 함북 방언.

쏠론 솔론Solon족. 중국 동북 지방에 거주하는 소수민족의 하나.

앞대 평안도에서 보아 남쪽 지방을 가리키는 말.

햇귀 햇살이 비치는 곳.

돌비 돌로 만든 비석.

보래구름 보랏빛 구름. '보래'는 '보라'의 평북 방언. 여기서 보라는 자흑색紫黑色을 가리킨다.

허준許俊

그 맑고 거룩한 눈물의 나라에서 온 사람이여
그 따사하고 살틀한 볕살의 나라에서 온 사람이여

눈물의 또 볕살의 나라에서 당신은
이 세상에 나들이를 온 것이다
쓸쓸한 나들이를 단기려 온 것이다

눈물의 또 볕살의 나라 사람이여
당신이 그 긴 허리를 굽히고 뒤짐을 지고 지치운 다리로
싸움과 흥정으로 왁자지껄하는 거리를 지날 때든가
추운 겨울밤 병들어 누운 가난한 동무의 머리맡에 앉어
말없이 무릎 우 어린 고양이의 등만 쓰다듬는 때든가
당신의 그 고요한 가슴 안에 온순한 눈가에
당신네 나라의 맑은 한울이 떠오를 것이고
당신의 그 푸른 이마에 삐여진 어깻죽지에
당신네 나라의 따사한 바람결이 스치고 갈 것이다

높은 산도 높은 꼭다기에 있는 듯한
아니면 깊은 물도 깊은 밑바닥에 있는 듯한 당신네 나라의

하늘은 얼마나 맑고 높을 것인가
바람은 얼마나 따사하고 향기로울 것인가
그리고 이 하늘 아래 바람결 속에 퍼진
그 풍속은 인정은 그리고 그 말은 얼마나 좋고 아름다울 것인가

다만 한 사람 목이 긴 시인詩人은 안다
'도스토이엡흐스키'며 '죠이쓰'며 누구보다도 잘 알고 일등가는 소설도 쓰지만
아모것도 모르는 듯이 어드근한 방안에 굴어 게으르는 것을 좋아하는 그 풍속을
사랑하는 어린것에게 엿 한 가락을 아끼고 위하는 안해에겐 해진 옷을 입히면서도
마음이 가난한 낮설은 사람에게 수백냥 돈을 거저 주는 그 인정을 그리고 또 그 말을
사람은 모든 것을 다 잃어버리고 넋 하나를 얻는다는 크나큰 그 말을

그 멀은 눈물의 또 볕살의 나라에서
이 세상에 나들이를 온 사람이여
이 목이 긴 시인詩人이 또 게사니처럼 떠곤다고

당신은 쓸쓸히 웃으며 바둑판을 당기는구려

허준許俊 평북 용천龍川 출신의 소설가로 백석의 절친한 친구. 1936년 2월 『조광』에 「탁류」를 발표하면서 소설가로 데뷔했으며 1946년 소설집 『잔등』을 펴냈다.
거륵한 '거룩한'의 고어, 평안 방언.
별살 내리쬐는 햇빛.
단기려 '다니려'의 평북 방언.
뒤짐 '뒷짐'의 평안 방언.
게사니 '거위'의 방언(평안, 함경, 황해, 경기, 강원).
떠곤다고 '떠든다고'의 평북 방언.

『호박꽃 초롱』 서시序詩

한울은
울파주가에 우는 병아리를 사랑한다
우물돌 아래 우는 돌우래를 사랑한다
그리고 또
버드나무 밑 당나귀 소리를 임내내는 시인詩人을 사랑한다

한울은
풀 그늘 밑에 삿갓 쓰고 사는 버슷을 사랑한다
모래 속에 문 잠그고 사는 조개를 사랑한다
그리고 또
두틈한 초가지붕 밑에 호박꽃 초롱 혀고 사는 시인詩人을 사랑한다

한울은
공중에 떠도는 흰구름을 사랑한다
골짜구니로 숨어 흐르는 개울물을 사랑한다
그리고 또
아늑하고 고요한 시골 거리에서 쟁글쟁글 햇볕만 바래는 시인詩人을 사랑한다

한울은

이러한 시인詩人이 우리들 속에 있는 것을 더욱 사랑하는데

이러한 시인詩人이 누구인 것을 세상은 몰라도 좋으나

그러나

그 이름이 강소천姜小泉인 것을 송아지와 꿀벌은 알을 것이다

『호박꽃 초롱』 1941년 박문서관에서 간행된 강소천의 동시집. 이 시는 『호박꽃 초롱』에 수록된 축시이다.

울파주 '울바자'의 평북 방언. 대, 갈대, 수수깡, 싸리 등을 발처럼 엮어 만든 울타리.

돌우래 도루래. '땅강아지'의 평북 방언.

힘내 '흉내'의 고어, 평안 방언.

버슷 '버섯'의 고어, 방언(평안, 함경).

혀고 '켜고'의 고어, 평북 방언.

귀농歸農

백구둔白狗屯의 눈 녹이는 밭 가운데 땅 풀리는 밭 가운데
촌부자 노왕老王하고 같이 서서
밭최뚝에 즘부러진 땅버들의 버들개지 피여나는 데서
볕은 장글장글 따사롭고 바람은 솔솔 보드라운데
나는 땅님자 노왕老王한테 석상디기 밭을 얻는다

노왕老王은 집에 말과 나귀며 오리에 닭도 우울거리고
고방엔 그득히 감자에 콩곡석도 들여 쌓이고
노왕老王은 채매도 힘이 들고 하루종일 백령조百鈴鳥 소리나 들으려고
밭을 오늘 나한테 주는 것이고
나는 이젠 귀치않은 측량測量도 문서文書도 싫증이 나고
낮에는 마음 놓고 낮잠도 한잠 자고 싶어서
아전 노릇을 그만두고 밭을 노왕老王한테 얻는 것이다

날은 챙챙 좋기도 좋은데
눈도 녹으며 술렁거리고 버들도 잎 트며 수선거리고
저 한쪽 마을에는 마돝에 닭 개 즘생도 들떠들고
또 아이 어른 행길에 뜨락에 사람도 웅성웅성 흥성거려
나는 가슴이 이 무슨 흥에 벅차오며

이 봄에는 이 밭에 감자 강냉이 수박에 오이며 당콩에 마늘과 파도 심그리라 생각한다

수박이 열면 수박을 먹으며 팔며
감자가 앉으면 감자를 먹으며 팔며
까막까치나 두더쥐 돝벌기가 와서 먹으면 먹는 대로 두어두고
도적이 조금 걷어가도 걷어가는 대로 두어두고
아, 노왕老王, 나는 이렇게 생각하노라
나는 노왕老王을 보고 웃어 말한다

이리하여 노왕老王은 밭을 주어 마음이 한가하고
나는 밭을 얻어 마음이 편안하고
디퍽디퍽 눈을 밟으며 터벅터벅 흙도 덮으며
사물사물 햇볕은 목덜미에 간지로워서
노왕老王은 팔짱을 끼고 이랑을 걸어
나는 뒤짐을 지고 고랑을 걸어
밭을 나와 밭뚝을 돌아 도랑을 건너 행길을 돌아
지붕에 바람벽에 울바주에 볕살 쇠리쇠리한 마을을 가르치며
노왕老王은 나귀를 타고 앞에 가고

나는 노새를 타고 뒤에 따르고
마을 끝 충왕묘蟲王廟에 충왕蟲王을 찾아뵈려 가는 길이다
토신묘土神廟에 토신土神도 찾아뵈려 가는 길이다

백구둔白狗屯 중국 길림성吉林省 장춘시長春市(당시에는 만주국의 신경新京으로 불렸음)에 있는 마을 이름. '둔屯'은 중국의 행정구역에서 가장 작은 마을 단위의 명칭이다.
밭최뚝 밭 언저리의 풀이 나 있는 둑.
즘부러진 서로 엉킨 채 여기저기 펼쳐져 있는.
석상디기 석섬지기. 석 섬 정도 분량의 곡식을 심을 수 있는 논밭의 넓이.
노왕老王 라오왕. 왕王씨. 중국에서 친한 사람을 부를 때 연장자는 성씨 앞에 '老(라오)' 자를 붙이고 아랫사람에게는 '小(샤오)' 자를 붙인다.
우울거리고 우글거리고.
채매 채마菜麻. 채마밭.
백령조百鈴鳥 몽고종다리. 종다릿과의 새.
마돝 말과 돼지.
돝벌기 잎벌레과의 딱정벌레를 통틀어 이르는 말. 농작물의 잎을 갉아먹는 해충.
디퍽디퍽 질퍽질퍽.
사물사물 살갗에 작은 벌레가 기어가는 것처럼 간질간질한 느낌.
울바주 '울바자'의 평북 방언. 대, 갈대, 수수깡, 싸리 등을 발처럼 엮어 만든 울타리.
쇠리쇠리한 새리새리한. 희미한.
충왕묘蟲王廟 충왕蟲王을 모시는 사당. 중국에서는 충왕절 농촌 사람들이 모여 충왕묘에 가서 동물을 죽여 제물로 바치고 향, 종이, 만주로 제사를 지내며 풍요를 기원했다.
토신묘土神廟 토지신土地神을 모신 사당. 중국의 농촌에는 마을마다 토지신을 모신 사당이 있어 때마다 토지신에게 제사를 지냄으로써 풍요를 기원하고 토지의 은혜에 보답한다.

국수

눈이 많이 와서
산엣새가 벌로 나려 멕이고
눈구덩이에 토끼가 더러 빠지기도 하면
마을에는 그 무슨 반가운 것이 오는가보다
한가한 애동들은 어둡도록 꿩사냥을 하고
가난한 엄매는 밤중에 김치가재미로 가고
마을을 구수한 즐거움에 싸서 은근하니 흥성흥성 들뜨게 하며
이것은 오는 것이다
이것은 어늬 양지귀 혹은 능달쪽 외따른 산 넢은댕이 예데가리밭에서
하로밤 뽀오햔 흰 김 속에 접시귀 소기름불이 뿌우현 부엌에
산멍에 같은 분틀을 타고 오는 것이다
이것은 아득한 녯날 한가하고 즐겁든 세월로부터
실 같은 봄비 속을 타는 듯한 녀름볕 속을 지나서 들쿠레한 구시월 갈바람 속을 지나서
대대로 나며 죽으며 죽으며 나며 하는 이 마을 사람들의 으젓한 마음을 지나서 텁텁한 꿈을 지나서
지붕에 마당에 우물든덩에 함박눈이 푹푹 쌓이는 여늬 하로밤
아배 앞에 그 어린 아들 앞에 아배 앞에는 왕사발에 아들 앞에는 새끼사발에 그득히 사리워 오는 것이다

이것은 그 곰의 잔등에 업혀서 길여났다는 먼 녯적 큰마니가
또 그 짚등색이에 서서 자채기를 하면 산 넘엣 마을까지 들렸다는
먼 녯적 큰아바지가 오는 것같이 오는 것이다

아, 이 반가운 것은 무엇인가
이 히수무레하고 부드럽고 수수하고 슴슴한 것은 무엇인가
겨울밤 쩡하니 닉은 동티미국을 좋아하고 얼얼한 댕추가루를 좋아하고 싱싱한 산꿩의 고기를 좋아하고
그리고 담배 내음새 탄수 내음새 또 수육을 삶는 육수국 내음새 자욱한 더북한 샛방 쩔쩔 끓는 아르굳을 좋아하는 이것은 무엇인가

이 조용한 마을과 이 마을의 으젓한 사람들과 살틀하니 친한 것은 무엇인가
이 그지없이 고담枯淡하고 소박素朴한 것은 무엇인가

산엣새 산에 있는 새. 백석은 '산새'와 '산엣새'를 구별해서 썼다.

나려 멕이고 계속해서 내려오고. 여기서 '멕이다'는 어떤 행위가 계속 이루어지는 상태를 뜻한다.

김치가재미 평북 방언으로, 겨울철에 김치를 묻은 다음에 얼지 않게 그 위에 지푸라기나 수수깡 따위로 만들어놓은 움막.

녚은댕이 옆댕이. 옆.

예데가리밭 대여섯 낮 동안 갈 정도 넓이의 밭. '하루갈이 밭' '사흘갈이 밭'과 같은 쓰임의 말. 또는 '예제가리밭', 즉 여기저기 갈아놓은 밭을 뜻하는 것으로도 추정된다.

산멍에 산몽애. '산무애뱀'의 고어.

분틀 '국수틀'의 평안 방언.

들쿠레한 들크레한. 조금 들큼한.

우물든덩 '우물둔덕'의 평안 방언. 우물 둘레의 작은 둑 모양으로 된 곳.

큰마니 '할머니'의 방언(평북, 함북).

짚등색이 짚등석. 짚과 등나무 줄기로 짜서 만든 자리.

자채기 재채기.

큰아바지 '할아버지'의 평북 방언.

댕추가루 고춧가루. '댕추'는 '고추'의 평안 방언.

탄수炭水 목탄과 물. '탄수 내음새'는 목탄이 타며 나는 냄새와 물이 끓을 때 나는 수증기 냄새가 섞인 것을 가리키는 것으로 보인다.

아르굳 '아랫목'의 평안 방언.

흰 바람벽이 있어

오늘 저녁 이 좁다란 방의 흰 바람벽에

어쩐지 쓸쓸한 것만이 오고 간다

이 흰 바람벽에

희미한 십오촉十五燭 전등이 지치운 불빛을 내어던지고

때글은 다 낡은 무명샤쯔가 어두운 그림자를 쉬이고

그리고 또 달디단 따끈한 감주나 한잔 먹고 싶다고 생각하는 내 가지가지 외로운 생각이 헤매인다

그런데 이것은 또 어인 일인가

이 흰 바람벽에

내 가난한 늙은 어머니가 있다

내 가난한 늙은 어머니가

이렇게 시퍼러둥둥하니 추운 날인데 차디찬 물에 손은 담그고 무이며 배추를 씻고 있다

또 내 사랑하는 사람이 있다

내 사랑하는 어여쁜 사람이

어늬 먼 앞대 조용한 개포가의 나즈막한 집에서

그의 지아비와 마조 앉어 대구국을 끓여놓고 저녁을 먹는다

벌써 어린것도 생겨서 옆에 끼고 저녁을 먹는다

그런데 또 이즈막하야 어늬 사이엔가

이 흰 바람벽엔

내 쓸쓸한 얼골을 쳐다보며

이러한 글자들이 지나간다

—나는 이 세상에서 가난하고 외롭고 높고 쓸쓸하니 살어가도록 태어났다

그리고 이 세상을 살어가는데

내 가슴은 너무도 많이 뜨거운 것으로 호젓한 것으로 사랑으로 슬픔으로 가득 찬다

그리고 이번에는 나를 위로하는 듯이 나를 울력하는 듯이

눈질을 하며 주먹질을 하며 이런 글자들이 지나간다

—하늘이 이 세상을 내일 적에 그가 가장 귀해하고 사랑하는 것들은 모두

가난하고 외롭고 높고 쓸쓸하니 그리고 언제나 넘치는 사랑과 슬픔 속에 살도록 만드신 것이다

초생달과 바구지꽃과 짝새와 당나귀가 그러하듯이

그리고 또 '프랑시쓰 쨈'과 도연명陶淵明과 '라이넬 마리아 릴케'가 그러하듯이

때글은 때에 그은. 때가 묻어 검게 된. '글다'는 '그을다'의 준말.

생각하는 내 생각하는 동안. '내'는 '동안'의 의미.

앞대 평안도에서 보아 남쪽 지방을 가리키는 말.

개포 '개'의 평북 방언. 강이나 내에 바닷물이 드나드는 곳.

이즈막하야 이즈음에 이르러.

울력 여러 사람이 힘을 합하여 일함. 또는 그런 힘. 이 시에서는 '힘으로 몰아붙이는 듯이'로 풀이된다.

눈질 눈짓.

귀해하고 귀하게 여기고.

바구지꽃 박꽃.

짝새 뱁새.

촌에서 온 아이

촌에서 온 아이여

촌에서 어젯밤에 승합자동차乘合自働車를 타고 온 아이여

이렇게 추운데 웃동에 무슨 두룽이 같은 것을 하나 걸치고 아랫두리는 쪽 발가벗은 아이여

뽈다구에는 징기징기 앙광이를 그리고 머리칼이 놀한 아이여

힘을 쓸랴고 벌써부터 두 다리가 푸둥푸둥하니 살이 찐 아이여

너는 오늘 아츰 무엇에 놀라서 우는구나

분명코 무슨 거즛되고 쓸데없는 것에 놀라서

그것이 네 맑고 참된 마음에 분해서 우는구나

이 집에 있는 다른 많은 아이들이

모도들 욕심 사납게 지게굳게 일부러 청을 돋혀서

어린아이들치고는 너무나 큰 소리로 너무나 튀겁 많은 소리로 울어대는데

너만은 타고난 그 외마디소리로 스스로웁게 삼가면서 우는구나

네 소리는 조금 썩심하니 쉬인 듯도 하다

네 소리에 내 마음은 반끗히 밝어오고 또 호끈히 더워오고 그리고 즐거워온다

나는 너를 껴안어 올려서 네 머리를 쓰다듬고 힘껏 네 적은 손을 쥐고 흔들고 싶다

네 소리에 나는 촌 농삿집의 저녁을 짓는 때

나주볕이 가득 드리운 밝은 방안에 혼자 앉어서

실감기며 버선짝을 가지고 쓰렁쓰렁 노는 아이를 생각한다

또 녀름날 낮 기운 때 어른들이 모두 벌에 나가고 텅 뷔인 집 토방에서

햇강아지의 쌀랑대는 성화를 받어가며 닭의 똥을 주워먹는 아이를 생각한다

촌에서 와서 오늘 아츰 무엇이 분해서 우는 아이여

너는 분명히 하늘이 사랑하는 시인詩人이나 농사꾼이 될 것이로다

웃동 '윗도리'의 평북 방언.

두룽이 '도롱이'처럼 추위를 막기 위해 어깨 위에 둘러쓴 망토 모양의 옷을 가리킨다.

앙광이를 그리고 앙괭이를 그리고. 얼굴에 먹, 검정 따위를 함부로 그리는 것을 말한다.

푸둥푸둥 '포동포동'보다 어감이 큰 말.

지게굳게 성질이 싹싹하지 못하고 검질기며 고집이 세게. 흔히 손아랫사람의 태도를 두고 이르는 말.

튀겁 '겁'의 힘준 말.

썩심하니 썩쉼하니. 목소리가 웅숭깊고 쉰 듯하니.

반끗히 '방끗이'를 변형시킨 말.

호끈히 '후끈히'보다 어감이 작은 말.

나주볕 저녁볕. '나주'는 '저녁'의 평안 방언.

쓰렁쓰렁 슬렁슬렁.

햇강아지 그해에 새로 태어난 강아지.

조당澡塘에서

나는 지나支那나라 사람들과 같이 목욕을 한다
무슨 은殷이며 상商이며 월越이며 하는 나라 사람들의 후손들과 같이
한물통 안에 들어 목욕을 한다
서로 나라가 다른 사람인데
다들 쪽 발가벗고 같이 물에 몸을 녹히고 있는 것은
대대로 조상도 서로 모르고 말도 제가끔 틀리고 먹고 입는 것도 모도 다른데
이렇게 발가들 벗고 한물에 몸을 씻는 것은
생각하면 쓸쓸한 일이다
이 딴 나라 사람들이 모두 니마들이 번번하니 넓고 눈은 컴컴하니 흐리고
그리고 길즛한 다리에 모두 민숭민숭하니 다리털이 없는 것이
이것이 나는 왜 자꼬 슬퍼지는 것일까
그런데 저기 나무판장에 반쯤 나가 누워서
나주볕을 한없이 바라보며 혼자 무엇을 즐기는 듯한 목이 긴 사람은
도연명陶淵明은 저러한 사람이였을 것이고
또 여기 더운물에 뛰어들며
무슨 물새처럼 악악 소리를 지르는 삐삐 파리한 사람은
양자楊子라는 사람은 아모래도 이와 같었을 것만 같다

나는 시방 넷날 진晉이라는 나라나 위衛라는 나라에 와서
내가 좋아하는 사람들을 만나는 것만 같다
이리하야 어쩐지 내 마음은 갑자기 반가워지나
그러나 나는 조금 무서웁고 외로워진다
그런데 참으로 그 은殷이며 상商이며 월越이며 위衛며 진晉이며 하는 나라 사람들의 이 후손들은
얼마나 마음이 한가하고 게으른가
더운물에 몸을 불키거나 때를 밀거나 하는 것도 잊어버리고
제 배꼽을 들여다보거나 남의 낯을 쳐다보거나 하는 것인데
이러면서 그 무슨 제비의 춤이라는 연소탕燕巢湯이 맛도 있는 것과
또 어늬바루 새악시가 곱기도 한 것 같은 것을 생각하는 것일 것인데
나는 이렇게 한가하고 게으르고 그러면서 목숨이라든가 인생人生이라든가 하는 것을 정말 사랑할 줄 아는
그 오래고 깊은 마음들이 참으로 좋고 우러러진다
그러나 나라가 서로 다른 사람들이
글쎄 어린 아이들도 아닌데 쪽 발가벗고 있는 것은
어쩐지 조금 우수웁기도 하다

조당澡塘 짜오탕. '목욕탕'의 중국말. 주로 허름한 옛날식 공중목욕탕을 가리킨다.

지나支那 중국의 다른 이름.

번번하니 구김살이나 울퉁불퉁한 데가 없고 편편하니.

나주볕 저녁볕. '나주'는 '저녁'의 평안 방언.

양자楊子 양주楊朱. 중국 전국시대의 학자.

연소탕燕巢湯 중국 요리의 하나로 제비집을 끓여 만든 수프.

어늬바루 어디쯤. '바루'는 평북 방언으로 거리의 대략적인 정도를 나타내는 접미사.

두보杜甫나 이백李白같이

오늘은 정월正月 보름이다
대보름 명절인데
나는 멀리 고향을 나서 남의 나라 쓸쓸한 객고에 있는 신세로다
녯날 두보杜甫나 이백李白 같은 이 나라의 시인詩人도
먼 타관에 나서 이날을 맞은 일이 있었을 것이다
오늘 고향의 내 집에 있는다면
새 옷을 입고 새 신도 신고 떡과 고기도 억병 먹고
일가친척들과 서로 모여 즐거이 웃음으로 지날 것이연만
나는 오늘 때묻은 입든 옷에 마른물고기 한 토막으로
혼자 외로이 앉어 이것저것 쓸쓸한 생각을 하는 것이다
녯날 그 두보杜甫나 이백李白 같은 이 나라의 시인詩人도
이날 이렇게 마른물고기 한 토막으로 외로이 쓸쓸한 생각을 한 적도 있었을 것이다
나는 이제 어늬 먼 외진 거리에 한고향 사람의 조고마한 가업집이 있는 것을 생각하고
이 집에 가서 그 맛스러운 떡국이라도 한 그릇 사먹으리라 한다
우리네 조상들이 먼먼 녯날로부터 대대로 이날엔 으레히 그러하며 오듯이
먼 타관에 난 그 두보杜甫나 이백李白 같은 이 나라의 시인詩人도

이날은 그 어늬 한고향 사람의 주막이나 반관飯館을 찾어가서
그 조상들이 대대로 하든 본대로 원소元宵라는 떡을 입에 대며
스스로 마음을 느꾸어 위안하지 않었을 것인가
그러면서 이 마음이 맑은 녯 시인詩人들은
먼 훗날 그들의 먼 훗자손들도
그들의 본을 따서 이날에는 원소元宵를 먹을 것을
외로이 타관에 나서도 이 원소元宵를 먹을 것을 생각하며
그들이 아득하니 슬펐을 듯이
나도 떡국을 놓고 아득하니 슬플 것이로다
아, 이 정월正月 대보름 명절인데
거리에는 오독독이 탕탕 터지고 호궁胡弓 소리 삘뺄 높아서
내 쓸쓸한 마음엔 자꼬 이 나라의 녯 시인詩人들이 그들의 쓸쓸한 마음들이 생각난다
내 쓸쓸한 마음은 아마 두보杜甫나 이백李白 같은 사람들의 마음인지도 모를 것이다
아모려나 이것은 녯투의 쓸쓸한 마음이다

객고客苦 객지에서 겪는 고생.

억병 매우 많이.

가업집 가압집. 국수나 떡, 엿 등을 전문으로 만드는 집.

반관飯館 중국 식당.

원소元宵 중국에서 정월 대보름날 먹는 새알 모양의 전통 음식.

느꾸어 '긴장이나 흥분을 풀어'라는 뜻의 평북 방언.

오독독이 오독도기. 폭죽. 중국에서는 정월 대보름날 원소를 먹고 꽃 모양으로 터지는 폭죽놀이를 하며 집집마다 꽃등을 달거나 들고 다니는 풍속이 있다.

호궁胡弓 중국의 전통 현악기의 하나. 우리나라의 해금과 비슷하다.

머리카락

큰마니야 네 머리카락 엄매야 네 머리카락 삼춘엄매야 네 머리카락

머리 빗고 빗덥에서 꽁지는 머리카락

큰마니야 엄매야 삼춘엄매야

머리카락을 텅납새에 끼우는 것은

큰마니 머리카락은 아룻간 텅납새에 엄매 머리카락은 웃간 텅납새에 삼춘엄매 머리카락도 웃간 텅납새에 텅납새에 끼우는 것은

큰마니야 엄매야 삼춘엄매야

이른 봄철 산 너머 먼 데 해변에서 가무래기 오면

흰가무래기 검가무래기 가무래기 사서 하리불에 구워 먹잔 말이로구나

큰마니야 엄매야 삼춘엄매야

머리카락을 텅납새에 끼우는 것은

구시월 황하두서 황하당세 오면

막대침에 가는 세침 바늘이며 취열옥색 꼭두손이 연분홍 물감도 사잔 말이로구나

큰마니 '할머니'의 방언(평북, 함북).

삼춘엄매 작은엄마.

빗덥 빗접. 빗, 빗솔, 빗치개와 같이 머리를 빗는 데 쓰는 물건을 넣어두는 도구.

꽁지는 꽁꽁 동이거나 작게 꾸리어 묶은.

텅납새 '추녀'의 평안 방언.

가무래기 가막조개. 모시조개. 껍데기는 갈색이고 가장자리는 자색을 띠며 개펄의 진흙에 산다.

흰가무래기 흰색 가무래기.

검가무래기 검은색 가무래기.

하리불 화롯불.

황하두 황해도.

황하당세 황아장수. 집집을 찾아다니며 자질구레한 일용 잡화를 파는 사람.

막대침 막대기로 만든 침.

취열옥색 추월옥색秋月玉色. 가을 하늘빛의 옥색.

꼭두손이 꼭두서니. 꼭두서닛과의 여러해살이 풀. 마디마다 다섯 개의 붉은 꽃이 피고 뿌리는 자홍색이다. 뿌리를 짜 달여서 적색 염료를 얻는다. '꼭두손이 연분홍'은 꼭두서니 뿌리로 만든, 또는 꼭두서니 빛깔의 연분홍이란 뜻이다.

산山

머리 빗기가 싫다면
니가 들구 나서
머리채를 끄을구 오른다는
산山이 있었다

산山 너머는
겨드랑이에 짖이 돋아서 장수가 된다는
더꺼머리 총각들이 살아서
색시 처녀들을 잘도 업어간다고 했다
산山마루에 서면
멀리 언제나 늘 그물그물
그늘만 친 건넌산山에서
벼락을 맞아 바윗돌이 되었다는
큰 땅괭이 한 마리
수염을 뻗치고 건너다보는 것이 무서웠다

그래도 그 쉬영꽃 진달래 빨가니 핀 꽃바위 너머
산山 잔등에는 가지취 뻐국채 게루기 고사리 산山나물판
산山나물 냄새 물씬물씬 나는데

나는 복장노루를 따라 뛰었다

니 이蝨.

짗 ‘깃’의 고어, 방언(평안, 함경, 강원).

쉬영꽃 수영꽃. 마디풀과에 딸린 여러해살이풀. 5~6월에 담홍색의 꽃이 핀다.

가지취 취나물의 일종으로 ‘각시취’를 가리키는 것으로 짐작된다.

빼국채 빼꾹채. 국화과의 여러해살이풀. 어린잎은 나물로 먹거나 약으로 쓴다.

게루기 게로기. 모싯대. 초롱꽃과의 여러해살이풀.

복장노루 복작노루. 고라니.

적막강산

오이밭에 벌배채 통이 지는 때는
산에 오면 산 소리
벌로 오면 벌 소리

산에 오면
큰솔밭에 뻐꾸기 소리
잔솔밭에 덜거기 소리

벌로 오면
논두렁에 물닭의 소리
갈밭에 갈새 소리

산으로 오면 산이 들썩 산 소리 속에 나 홀로
벌로 오면 벌이 들썩 벌 소리 속에 나 홀로

정주定州 동림東林 구십九十여 리里 긴긴 하로 길에
산에 오면 산 소리 벌에 오면 벌 소리
적막강산에 나는 있노라

벌배채 ① 막 심은 배추. '벌'은 '일정한 테두리를 벗어나'란 뜻의 접두사. '배채'는 '배추'의 방언(평안, 함경, 충북). ② 들배추.

통이 지는 때 배추의 속이 실하게 찰 때.

덜거기 '수꿩'의 평북 방언.

물닭 뜸부깃과의 새. 주로 호숫가나 초습지의 물가에 산다.

갈새 개개비. 휘파람샛과의 새로 번식기인 초여름 갈대밭에서 '개개개' 하고 운다.

동림東林 평안북도 선천군 심천면心川面에 있는 마을. 해방 후에 신설된 동림군으로 편입되었다.

마을은 맨천 구신이 돼서

나는 이 마을에 태어나기가 잘못이다
마을은 맨천 구신이 돼서
나는 무서워 오력을 펼 수 없다
자 방안에는 성주님
나는 성주님이 무서워 토방으로 나오면 토방에는 디운구신
나는 무서워 부엌으로 들어가면 부엌에는 부뜨막에 조앙님

나는 뛰쳐나와 얼른 고방으로 숨어버리면 고방에는 또 시렁에 데석님
나는 이번에는 굴통 모통이로 달아가는데 굴통에는 굴대장군
얼혼이 나서 뒤울안으로 가면 뒤울안에는 곱새녕 아래 털능구신
나는 이제는 할 수 없이 대문을 열고 나가려는데 대문간에는 근력 세인 수문장

나는 겨우 대문을 빠쳐나 바깥으로 나와서
밭 마당귀 연자간 앞을 지나가는데 연자간에는 또 연자망구신
나는 고만 디겁을 하여 큰 행길로 나서서 마음 놓고 화리서리 걸어가다 보니
아아 말 마라 내 발뒤축에는 오나가나 묻어 다니는 달걀구신
마을은 온데간데 구신이 돼서 나는 아무 데도 갈 수 없다

맨천 '사방'의 평북 방언.

오력 오륙五六. 오장과 육부라는 뜻으로, '온몸'을 이르는 말.

성주님 가옥의 안전을 다스리는 신. 상동신上棟神이라고도 한다.

디운구신 지운地運귀신. 땅의 운수를 맡아보는 귀신.

조앙님 조왕竈王. 부엌을 주관하는 신.

데석님 제석帝釋. 집안사람들의 수명과 곳간의 모든 곡식을 주관하는 신.

모통이 '모퉁이'의 평북 방언.

굴통 '굴뚝'의 방언(평안, 함남, 황해).

굴대장군 굴때장군. 키가 크고 몸이 굵으며 살갗이 검은 사람을 놀림조로 이르는 말. 여기서는 굴뚝을 주관하는 신을 말한다.

얼혼이 나서 얼과 혼이 나가서.

곱새녕 짚으로 엮은 이엉을 얹은 지붕. '곱새'는 '용마름'의 평북 방언, '녕'은 '지붕'의 평북 방언.

털능구신 철륭귀신. 주로 집의 뒤꼍에 있는 울 안쪽에 자리하는 터주신. '철령' 혹은 '철능'이라고 부르기도 한다.

연자망구신 연자망, 즉 연자간의 연자매를 다스리는 귀신.

디겁 질겁.

화리서리 활개를 치며 다니는 모습을 나타낸 말로 짐작된다.

칠월七月 백중

마을에서는 세불 김을 다 매고 들에서
개장취념을 서너 번 하고 나면
백중 좋은 날이 슬그머니 오는데
백중날에는 새악시들이
생모시치마 천진푀치마의 물팩치기 껑추렁한 치마에
쇠주푀적삼 항라적삼의 자지고름이 기드렁한 적삼에
한끝나게 상나들이옷을 있는 대로 다 내 입고
머리는 다리를 서너 켜레씩 드려서
시뻘건 꼬둘채댕기를 삐뚜룩하니 해 꽂고
네날백이 따배기신을 맨발에 바꿔 신고
고개를 몇이라도 넘어서 약물터로 가는데
무썩무썩 더운 날에도 벌길에는
건들건들 씨연한 바람이 불어오고
허리에 찬 남갑사 주머니에는 오랜만에 돈푼이 들어 즈벅이고
광지보에서 나온 은장두에 바늘집에 원앙에 바둑에
번들번들하는 노리개는 스르럭스르럭 소리가 나고
고개를 몇이라도 넘어서 약물터로 오면
약물터엔 사람들이 백재일 치듯 하였는데
봉가집에서 온 사람들도 만나 반가워하고

깨죽이며 문주며 섭가락 앞에 송구떡을 사서 권하거니 먹거니 하고
그러다는 백중물을 내는 소내기를 함뿍 맞고
호주를하니 젖어서 달아나는데
이번에는 꿈에도 못 잊는 봉가집에 가는 것이다
봉가집을 가면서도 칠월七月 그믐 초가을을 할 때까지
평안하니 집살이를 할 것을 생각하고
애끼는 옷을 다 적시어도 비는 씨원만 하다고 생각한다

세불 김 세벌 김. 벼를 심은 논에 마지막으로 하는 김매기.
개장취념 개장국 추렴. 각자 얼마씩 돈을 내서 개장국을 끓여 먹는 것.
천진퇴치마 천진포天津布치마. 중국 천진天津에서 생산된 베로 만든 치마.

물팩치기 무릎까지 내려오는 짧은 바지나 치마 등의 옷. '물패기'는 '무릎'의 방언(평북, 경북), '치기'는 '옷'을 지칭하는 말.

껑추렁한 껑충한.

쇠주푀적삼 소주포蘇州布적삼. 중국 소주蘇州에서 생산된 베로 만든 홑옷 저고리.

항라적삼 항라로 만든 홑옷 저고리.

자지고름 자줏빛의 옷고름.

한끝나게 한껏.

다리 예전에 여자들의 머리숱이 많아 보이라고 덧넣었던 딴머리.

꼬둘채댕기 가늘고 길게 만들어서 꼬드러지게 드린 댕기.

네날백이 세로줄이 네 가닥으로 짜여진.

따배기 곱게 삼은 짚신.

건들건들 바람이 부드럽게 살랑살랑 부는 모양.

남갑사藍甲紗 남색으로 된 고급 비단.

광지보 광주리 보자기. '광지'는 '광주리'의 방언(평안, 함경).

백재일 치듯 백차일白遮日을 친 것처럼 흰 옷을 입은 사람들이 많이 모여 있는 모습을 나타내는 관용구.

봉가집 본가本家집. 친정집.

봉가집에서 온 사람들도 만나 반가워하고 백중날 약물터에 간 새악시가 친청집에서 온 사람들을 만나 반가워하는 모습을 나타낸 것이다. 백중날에는 물맞이하기 위해 약물터에 마을 사람들이 모두 모이므로 시집간 처녀가 친정집에서 온 사람들을 자연스럽게 만날 수 있다.

문주 문추. '부꾸미'의 평북 방언.

섭가락 '섭산적 꼬치'를 말하는 것으로 보인다.

송구떡 송기松肌떡.

호주를하니 후주른하니, 후줄근하게.

초가을 초가을걷이.

집살이 시집살이.

봉가집을 가면서도 ~ 비는 씨원만 하다고 생각한다 친정집을 가는 기쁨에다 칠월 그믐 초가을걷이를 할 때까지는 농사일이 없으므로 시집살이가 평안할 것이라는 생각이 들어 백중날의 약물맞이로 옷을 모두 적셔도 기분이 시원하다는 것을 표현한 것이다.

남신의주 유동 박시봉방南新義州柳洞朴時逢方

어느 사이에 나는 아내도 없고, 또,

아내와 같이 살던 집도 없어지고,

그리고 살뜰한 부모며 동생들과도 멀리 떨어져서,

그 어느 바람 세인 쓸쓸한 거리 끝에 헤매이었다.

바로 날도 저물어서,

바람은 더욱 세게 불고, 추위는 점점 더해 오는데,

나는 어느 목수木手네 집 헌 삿을 깐,

한 방에 들어서 쥔을 붙이었다.

이리하여 나는 이 습내 나는 춥고, 누긋한 방에서,

낮이나 밤이나 나는 나 혼자도 너무 많은 것같이 생각하며,

딜옹배기에 북덕불이라도 담겨 오면,

이것을 안고 손을 쬐며 재 우에 뜻없이 글자를 쓰기도 하며,

또 문밖에 나가디두 않구 자리에 누워서,

머리에 손깍지벼개를 하고 굴기도 하면서,

나는 내 슬픔이며 어리석음이며를 소처럼 연하여 쌔김질하는 것이었다.

내 가슴이 꽉 메어 올 적이며,

내 눈에 뜨거운 것이 핑 괴일 적이며,

또 내 스스로 화끈 낯이 붉도록 부끄러울 적이며,

나는 내 슬픔과 어리석음에 눌리어 죽을 수밖에 없는 것을 느끼는 것

이었다.

그러나 잠시 뒤에 나는 고개를 들어,

허연 문창을 바라보든가 또 눈을 떠서 높은 턴정을 쳐다보는 것인데,

이때 나는 내 뜻이며 힘으로, 나를 이끌어 가는 것이 힘든 일인 것을 생각하고,

이것들보다 더 크고, 높은 것이 있어서, 나를 마음대로 굴려 가는 것을 생각하는 것인데,

이렇게 하여 여러 날이 지나는 동안에,

내 어지러운 마음에는 슬픔이며, 한탄이며, 가라앉을 것은 차츰 앙금이 되어 가라앉고,

외로운 생각만이 드는 때쯤 해서는,

더러 나줏손에 쌀랑쌀랑 싸락눈이 와서 문창을 치기도 하는 때도 있는데,

나는 이런 저녁에는 화로를 더욱 다가 끼며, 무릎을 꿇어 보며,

어니 먼 산 뒷옆에 바우섶에 따로 외로이 서서,

어두워 오는데 하이야니 눈을 맞을, 그 마른 잎새에는,

쌀랑쌀랑 소리도 나며 눈을 맞을,

그 드물다는 굳고 정한 갈매나무라는 나무를 생각하는 것이었다.

남신의주 유동 박시봉방南新義州柳洞朴時逢方 '유동柳洞'은 신의주 남쪽 지역에 있는 동네 이름, '박시봉朴時逢'은 시의 문맥에서 화자가 세 들어 산 집주인의 이름이며, '방方'은 편지에서 세대주나 집주인의 이름 아래 붙여 그 집에 거처하고 있음을 나타내는 말이다. 시의 제목이 마치 편지봉투의 발신인 주소 같다.

삿 삿자리. 갈대를 엮어서 만든 자리.

쥔을 붙이었다 주인집에 세 들었다.

딜옹배기 질옹배기. 둥글넓적하고 아가리가 벌어진 작은 질그릇.

북덕불 짚이나 풀 따위가 뒤섞여 엉클어진 뭉텅이에 피운 불.

굴기도 하면서 구르기도 하면서.

나줏손 저녁 무렵. '나주'는 '저녁'의 평안 방언.

어니 '어느'의 평안 방언.

바우섶 바위 옆. '섶'은 '옆'의 방언(평안, 함경).

정한 깨끗하고 바른.

갈매나무 갈매나뭇과의 낙엽 활엽 관목. 높이는 2~5미터이며 나무껍질은 연한 잿빛을 띤다. 전국 어디에서나 자라지만 그렇게 흔한 나무는 아니다.

원본

定州城

조선일보(1935. 8. 30)

山턱 원두막은 뷔엿나 불비치외롭다
헌겁심지에 아즈까리 기름의
쪼 는소리가 들리는듯하다

잠자리 조을든 문허진城터
반디불이난다 파 란魂들갓다
어데서 말잇는듯이 크다란 山새 한머리가
어두운 골작이로 난다

헐리다 남은城門이
한울빗가티 휜 하다
날이밝으면 또 메기수염의늙은이가
청배를팔러 올것이다

(八月 二十四日)

定州城

『사슴』(1936. 1. 20)

山턱원두막은뷔였나 불빛이외롭다
헌깁심지에 아즈까리기름의 쪼는소리가들리는듯하다

잠자리조을든 문허진城터

반디불이난다 파란魂들같다

어데서말있는듯이 크다란山새한마리 어두운곬작이로난다

헐리다남은城門이

한을빛같이훤하다

날이밝으면 또 메기수염의늙은이가 청배를팔려올것이다

* 맞춤법 외에 띄어쓰기가 바뀐 것이 눈에 띈다. 처음에는 "쪼 는" "파 란"처럼 호흡에 따른 띄어쓰기를 했는데, 시집에 실리면서 맞춤법 규정을 따르고 있다.

山地

「조광」 1권 1호(1935. 11)

갈부던같은 藥水터의山거리
旅人宿이 다래나무지팽이와같이 많다

시내ㅅ물이 버러지소리를하며 흐르고
대낮이라도 山옆에서는
승냥이가 개울물 흐르듯 울다

소와말은 도로 山으로 돌아갔다
염소만이 아직 된비가오면 山개울에놓인다리를건너 人家근처로 뛰여온다

벼랑탁의 어두운 그늘에 아츰이면
부헝이가 무거웁게 날러온다
낮이되면 더무거웁게 날러가버린다

山넘어十五里서 나무뒝치차고 싸리신신고 山비에촉촉이 젖어서 藥물을
받으러오는 山아이도 있다

아비가 앓른가부다
다래먹고 앓른가부다

아래ㅅ마을에서는 애기무당이 작두를타며 굿을하는때가 많다

酒幕

「조광」 1권 1호(1935. 11)

호박닢에싸오는 붕어곰은 언제나 맛있었다

부엌에는 빨갛게질들은 八모알상이 그상웋엔 새파란싸리를그린 눈알만 한 盞이뵈였다

아들아이는 범이라고 장고기를 잘잡는 앞니가빠들어진 나와동갑이었다

울파주밖에는 장군들을따러와서 엄지의젖을빠는 망아지도 있었다

酒幕

「사슴」(1936. 1. 20)

호박닢에싸오는 붕어곰은 언제나맛있었다

부엌에는 빨갛게질들은 八모알상이 그상웋엔 샛파란 싸리를그린 눈알만 한盞이뵈였다

아들아이는 범이라고 장고기를잘잡는 앞니가빠드러진 나와동갑이었다

울파주밖에는 장군들을따러와서 엄지의젖을빠는 망아지도있었다

酒幕

『현대조선문학전집(시가집)』(1938. 4)

호박잎에 싸오는 붕어곰은 언제나 맛 있었다.

부엌에는 빨갛게 질들은 八모 알상이 그 상우엔 새파란 싸리를 그린 눈알만한 盞이 뵈였다.

아들 아이는 범이라고 장고기를 잘잡는 앞니가 빠들어진 나와 동갑이었다.

울파주밖에는 장군들을 따러와서 엄지의 젖을 빠는 망아지도 있었다.

* 처음 발표된 작품이 시집과 『현대조선문학전집』에 실리면서 맞춤법이 바뀌고 있다. 『현대조선문학전집』에 실린 작품에는 맞춤법과 띄어쓰기가 상당히 교정되었다.

비

『조광』 1권 1호(1935. 11)

아카시아들이 언제 흰두레방석을 깔었나
어디로부터 물큰 개비린내가온다

비

『사슴』(1936. 1. 20)

아카시아들이 언제 흰두레방석을깔었나
어데서 물큰 개비린내가온다

* 처음 발표된 작품이 시집에 실리면서 "어디로부터"가 "어데서"로 바뀌어 보다 정확한 표현이 되었다. '어디로부터'는 어색한 우리말 표현이다.

나와 지렝이

「조광」 1권 1호(1935. 11)

내 지렝이는
커서 구렁이가 되었읍니다.
천년동안만 밤마다 흙에 물을주면 그흙이 지렝이가 되었읍니다.
장마지면 비와같이 하눌에서 날여왔읍니다.
뒤에 붕어와 농다리의 미끼가 되었읍니다.
내 리과책에서는 암컷과 숫컷이있어서 색기를 나혔습니다.
지렝이의눈이 보고싶읍니다.
지렝이의 밥과집이 부럽습니다.

여우난곬族

「조광」 1권 2호(1935. 12)

명절날나는 엄매아배따라 우리집개는나를따라 진할마니진할아바지가있는큰집으로가면

얼굴에 별자국이솜솜난 말수와같이눈도껌벅거리는 하로에베한필을짠다는 벌하나건너집엔 복숭아나무가많은 新里고무 고무의딸李女 작은李女

열여섯에 四十이넘은호라비의 후처가된 포족족하니성이잘나는 살빛이매감탕같은 입술과젖꼭지는더깜안 예수쟁이마을가까이사는 土山고무 고무의딸承女 아들承동이

六十里라고해서 파랗게뵈이는山을넘어있다는 해변에서 과부가된 코끝이빩안 언제나힌옷이정하든 말끝에설게 눈물을짤때가많은 큰곬고무 고무의딸洪女 아들洪동이 작은洪동이

배나무접을잘하는 주정을하면 토방돌을뽑는 오리치를잘놓는 먼섬에 반디젓닭으려가기를좋아하는 삼춘 삼춘엄매 사춘누이 사춘동생들

이 그득히들 할마니할아바지가있는 안간에들뭏여서 방안에서는 새옷의내음새가나고
또 인절미 송구떡 콩가루차떡의내음새도나고 끼때의 두부와 콩나물과 볶은잔디와 고사리와 도야지비게는 모두 선득선득하니 찬것들이다

저녁술을놓은아이들은 외양간섶 밭마당에달린 배나무동산에서
고양이잡이를하고 숨굴막질을하고 꼬리잡이를하고 가마타고시집가는
노름 말타고장가가는노름을하고 이렇게 밤이어둡도록 북적하니논다

밤이깊어가는집안엔 엄매는엄매들끼리 아르간에서들웃고 이야기하고 아이들은 아이들끼리 웃간한방을잡고 조아질하고 쌈방이굴리고 바리깨돌림하고 호박떼기하고 제비손이구손이하고 이렇게 화디의사기방등에 심지를몇번이나독구고 홍게닭이몇번이나울어서 조름이오면 아릇목싸움 자리싸움을하며 히드득거리다잠이든다. 그래서는 문창에 텅납새의 그림자가치는아츰 시누이 동세들이 욱적하니 흥성거리는 부엌으론 샛문틈으로 장지문틈으로 무이징게국을끄리는 맛있는내음새가 올라오도록잔다.

여우난곬族

『사슴』(1936. 1. 20)

명절날나는 엄매아배따라 우리집개는 나를따라 진할머니 진할아버지가있는 큰집으로가면

얼굴에별자국이솜솜난 말수와같이눈도껌벅걸이는 하로에베한필을짠다는
벌하나건너집엔 복숭아나무가많은 新里고무 고무의딸李女 작은李女
열여섯에 四十이넘은홀아비의 후처가된 포족족하니 성이잘나는 살빛이

매감탕같은 입술과 젓꼭지는더깜안 예수쟁이마을가까이사는 土山고무 고무의딸承女 아들承동이

六十里라고해서 파랗게뵈이는山을넘어있다는 해변에서 과부가된 코끝이 빩안 언제나힌옷이정하든 말끝에설게 눈물을짤때가많은 큰곬고무 고무의딸洪女 아들洪동이작은洪동이

배나무접을잘하는 주정을하면 토방돌을뽑는 오리치를잘놓는 먼섬에 반디젓닭으려가기를좋아하는삼춘 삼춘엄매 사춘누이 사춘동생들

이그득히들 할머니할아버지가있는 안간에들뫃여서 방안에서는 새옷의내음새가나고

또 인절미 송구떡 콩가루차떡의내음새도나고 끼때의두부와 콩나물과 볶운잔디와고사리와 도야지비게는모두 선득선득하니 찬것들이다

저녁술을놓은아이들은 외양간섶 밭마당에달린 배나무동산에서 쥐잡이를하고 숨굴막질을하고 꼬리잡이를하고 가마타고시집가는노름 말타고장가가는노름을하고 이렇개 밤이어둡도록 북적하니논다

밤이깊어가는집안엔 엄매는엄매들끼리 아르간에서들웃고 이야기하고 아이들은 아이들끼리 웋간한방을잡고 조아질하고 쌈방이굴리고 바리깨돌림하고 호박떼기하고 제비손이구손이하고 이렇게화디의사기방등에 심지를멫번이나독구고 홍게닭이멫번이나울어서 조름이오면 아릇목싸움 자리싸움을하며 히드득거리다 잠이든다 그래서는 문창에 텅납새의 그림자가치는아츰 시누이동세들이 욱적하니 흥성거리는 부엌으론 샛문틈으로 장지문틈으로 무이징게국을끄리는 맛있는내음새가 올라오도록잔다

여우난곬族

『현대조선문학전집(시가집)』(1938. 4)

명절날 나는 엄매 아배 따라 우리집 개는 나를 따러 진할머니 진 할아버지가 있는 큰 집으로 가면

얼굴에 별자국이 솜솜난 말수와 같이 눈도 껌벅거리는 하로에 베 한필을 짠다는 벌하나 건너집엔 복숭아 나무가 많은 新里고무 고무의 딸 李女 작은 李女

열여섯에 四十이 넘은 홀아비의 후처가 된 포족족하니 성이 잘나는 살빛이 매감탕같은 입술과 젖꼭지는 더까만 예수쟁이 마을 가까이 사는 土山고무 고무의 딸 承女 아들 承동이

六十里라고 해서 파랗게 뵈이는 山을 넘어 있다는 해변에서 과부가 된 코끝이 빨간 언제나 힌옷이 정하든 말끝에 설게 눈물을 짤때가 많은 큰골고무 고무의 딸 洪女 아들 洪동이 작은 洪동이

배나무 접을 잘하는 주정을 하면 토방돌을 뽑는 오리치를 잘놓는 먼섬에 반디젓 닭으려 가기를 좋아하는 삼춘, 삼춘 엄매 사춘 누이 사춘 동생들

이 그득히들 할머니 할아버지가 있는 안간에들 모여서 방안에서는 새옷의 풀내음새가 나고 또 인절미 송구떡 콩가루 찻떡의 내음새도 나고 끼때의 두부와, 콩나물과 볶은 잔디와 고사리와 도야지 비게는 무두 선득 선득 하니

찬것들이다

저녁 술을 놓은 아이들은 외양간 섶밭마당에 달린 배나무 동산에서 쥐 잡이를하고 숨굴막질을 하고 꼬리 잡이를하고 가마타고 시집가는 노름 말타고 장가가는 노름을 하고 이렇게 밤이 어둡도록 북적하니 논다.

밤이 깊어가는 집안엔 엄매는 엄매들 끼리 아르간에서들 웃고 이야기 하고 아이들은 아이들 끼리 우깐 한방을 잡고 조아질하고 쌈방이 굴리고 바리깨 돌림하고 호박 떼기하고 제비손이 구손이 하고 이렇게 화디의 사기방등에 심지를 멫번이나 독우고 홍게 닭이 멫번이나 울어서 조름이 오면 아르목싸움 자리 싸움을 하며 히드득거리다 잠이 든다 그래서는 문창에 텅납새의 그림자가 치는 아침, 시누이 동세들이 욱적하니 흥성거리는 부엌으론 새옛문 틈으로 장지 문틈으로 무이징게 국을 끓이는 맛있는 내음새가 올라 오도록 잔다.

* 이 작품은 처음 『조광』지에 발표될 때와 시집 『사슴』에 수록될 때, 그리고 『현대조선문학전집』에 재수록될 때마다 다른 얼굴을 하고 있다. 『조광』지에 발표할 때에는 8연으로 되어 있었는데, 시집 『사슴』에 수록될 때에는 4연으로 개작되었다. 그런데 뒤에 『현대조선문학전집』에 재수록될 때에는 다시 『조광』지에서와 마찬가지로 8연으로 재개작되고 있다. 처음엔 단어와 단어 사이를 띈 경우가 종종 발견되는데, 시집에 실릴 때에는 단어와 단어 사이가 현저하게 붙어 있다. 그러다 『현대조선문학전집』에 실릴 때에는 거의 현대 표기법에 맞게 띄어쓰기를 하고 있다. 『현대조선문학전집』에 재수록된 작품에서는 맞춤법도 거의 정확하다. 뒤에 실린 작품으로 갈수록 맞춤법과 띄어쓰기가 더 정확하게 지켜지고 있는 것은, 그전에 쓴 작품들의 띄어쓰기가 (시의 호흡과 관련이 있기도 하지만) 맞춤법과 띄어쓰기 혼란의 측면이 강하다는 것을 증명하는 것이다.
한편 시집 『사슴』에서는 특이한 행갈이 형태를 보인다. 4연에서 "배나무동산에서" 다음에 행갈이를 하고 그다음 행에서 한 칸 들여쓰기를 하고 있는 것이다. 시 전체의 행갈이 체제에서 보아 한 칸 들여쓴다는 것은 앞 행이 계속 이어진다는 것을 의미하는 것인데, 행을 중간에 나누었음에도 불구하고 마치 계속 이어지는 것처럼 한 칸 들여쓰기를 함으로써 시 양식의 일관성을 어기는 이채로운 형태를 보이고 있다. 뒤에 『현대조선문학전집』에 실릴 때에는 이를 정확히 교정하고 있다. 이 점에서 시집 안의 작품들은 표기법과 띄어쓰기와 행갈이 체제에서 다소 불안한 상태를 보이고 있다고 할 수 있다.
한편 재수록과정에서 일부 시어가 교체되고 있는데, 『조광』지에 발표될 때 "고양이잡이를 하고"라는 구절이 시집 『사슴』과 『현대조선문학전집』에 재수록될 때에는 "쥐잡이를 하고"로 바뀌고 있으며, 『조광』지와 『사슴』에서 "새옷의내음새가나고"라고 씌어진 구절은 『현대조선문학전집』에서는 "새옷의 풀내음새가 나고"로 바뀌고 있다.

統營

「조광」 1권 2호(1935. 12)

녯날엔 統制使가있었다는 낡은港口의 처녀들에겐 녯날이가지않은 千姬
  라는이름이많다
미역오리같이말라서 굴껍지처럼말없이사랑하다죽는다는
이千姬의하나를 나는어늬오랜客主집의 생선가시가있는마루방에서맞났다
저문六月의 바다가에선 조개도울을저녁 소라방등이붉으레한뜰에 김냄새
  나는 실비가날였다

統營

「사슴」(1936. 1. 20)

녯날엔 統制使가있었다는 낡은港口의처녀들에겐 녯날이가지않은 千姬라
  는이름이많다
미역오리같이말라서 굴껍지처럼말없시 사랑하다죽는다는
이千姬의하나를 나는어늬오랜客主집의 생선가시가있는 마루방에서맞났다
저문六月의 바다가에선조개도울을저녁 소라방등이붉으레한마당에 김냄
  새나는비가날였다

* 처음 발표된 작품이 시집에 실리면서 맞춤법과 띄어쓰기가 바뀌고 일부 시어가 교체되었다. 4행의 "뜰"이 "마당"으로, "실비"가 "비"로 바뀌었다.

흰밤

「조광」 1권 2호(1935. 12)

녯城의돌담에 달이올랐다
묵은초가집웋에 박이
또하나달같이 하이얗게빛난다
언젠가 마을에서 수절과부하나가 목을매여죽은밤도 이러한밤이었다

흰밤

「사슴」(1936. 1. 20)

녯城의돌담에 달이올랐다
묵은초가집웋에 박이
또하나달같이 하이얗게빛난다
언젠가마을에서 수절과부하나가 목을매여죽은밤도 이러한밤이었다

古夜

『조광』 2권 1호(1936. 1)

아배는타관가서오지않고 山비탈외따른집에 엄매와나와단둘이서 누가죽이는듯이 무서운밤집뒤로는 어느山골짝이에서 소를잡어먹는노나리군들이 도적놈들같이 쿵쿵거리며다닌다

날기명석을저간다는 닭보는할미를차굴린다는 땅아래 고래같은기와집에는 언제나니차떡에 청밀에 은금보화가그득하다는 외발가진조마구 뒷山어느메도 조마구네나라가있어서 오줌누러깨는재밤 머리ㅅ맡의문살에대인유리창으로 조마구군병의 새깜안대가리 새깜안눈알이드려다보는때 나는이불속에 자즈러붙어 숨도쉬지못한다

또 이러한밤같은때—시집갈처녀 망내고무가 고개넘어큰집으로 치장감을 가ㅈ고와서 엄매와둘이 소기름에쌍심지의 불을밝히고 밤이들도록 바느질을 하는밤같은때 나는아랫목의샅귀를들고 쇠든밤을내여 다람쥐처럼 밝어먹고 은행여름을인두불에 구어도먹고 그러다는 이불웋에서 광대넘이를뒤이고 또 눟어굴면서 엄매에게 웋목에두른평풍의 새빩안천두의이야기를 듣기도하고 고무더러는 밝는날 멀리는못난다는 뫼추라기를잡어달라고 졸으기도하고

내일같이명절날인밤은 부엌에쩨듯하니 불이밝고 솥뚜껑이놀으며 구수한 내음새 곰국이무르끓고 방안에는 일가집할머니도와서 마을의소문을펴며 조개송편에 달송편에 죈두기송편에 떡을빚는곁에서 나는 밤소 팥소 설탕든콩가루소를먹으며 설탕든콩가루소가 가장맛있다고 생각한다.

나는 얼마나반죽을 주믈으며 힌가루손이되어 떡을 빚고싶은지 모른다

섯달에내빌날이들어서 내빌날밤에 눈이오면 이밤엔 쌔하얀할미귀신의눈귀신도 내빌눈을받노라 못난다는말을 든든이여기며 엄매와나는 앙궁웋에 떡돌웋에 곱새담웋에 함지에 버치며 대냥푼을놓고 치성이나드리듯이 정한 마음으로 내빌눈 약눈을 받는다 이눈세기물을 내빌물이라고 제주병에 진상 항아리에 채워두고는 해를묵여가며 고뿔이와도 배앓이를해도 갑피기를 앓어도 먹을물이다

古夜

『사슴』(1936. 1. 20)

아배는타관가서오지않고 山비탈외따른집에 엄매와나와단둘이서 누가죽이는듯이 무서운밤집뒤로는 어늬山곬작이에서 소를잡어먹는노나리군들이 도적놈들같이 쿵쿵걸이며다닌다

날기멍석을저간다는 닭보는할미를차굴린다는 땅아래 고래같은기와집에는언제나 니차떡에 청밀에 은금보화가그득하다는 외발가진조마구 뒷山어늬메도 조마구네나라가있어서 오줌누러깨는재밤 머리맡의문살에대인유리창으로 조마구군병의 새깜안대가리 새깜안눈알이들여다보는때 나는이불속에자즐어붙어 숨도쉬지못한다

또이러한밤같은때 시집갈처녀망내고무가 고개넘어큰집으로 치장감을가

지고와서 엄매와둘이 소기름에쌍심지의불을밝히고 밤이들도록 바느질을하는밤같은때 나는아룻목의샅귀를들고 쇠든밤을내여 다람쥐처럼밝어먹고 은행여름을 인두불에구어도먹고 그러다는이불옿에서 광대넘이를뒤이고 또 눟어굴면서 엄매에게 웋목에둘은평풍의 샛빩안천두의이야기를듣기도하고 고무더러는 밝는날 멀리는못난다는뫼추라기를 잡어달라고졸으기도하고

내일같이명절날인밤은 부엌에 쩨듯하니 불이밝고 솥뚜껑이놀으며 구수한내음새 곰국이무르끓고 방안에서는 일가집할머니가와서 마을의소문을펴며 조개송편에 달송편에 죈두기송편에 떡을빚는곁에서 나는밤소 팥소 설탕든콩가루소를먹으며 설탕든콩가루소가가장맛있다고생각한다
나는얼마나 반죽을주물으며 힌가루손이되여 떡을빚고싶은지모른다

섯달에 내빌날이드러서 내빌날밤에눈이오면 이밤엔 쌔하얀할미귀신의눈귀신도 내빌눈을받노라못난다는말을 든든히녁이며 엄매와나는 앙궁웋에 떡돌웋에 곱새담웋에 함지에 버치며 대냥푼을놓고 치성이나들이듯이 정한마음으로 내빌눈약눈을받는다
이눈세기물을 내빌물이라고 제주병에 진상항아리에 채워두고는 해를묵여가며 고뿔이와도 배앓이를해도 갑피기를앓어도 먹을물이다

古夜

『현대조선문학전집(시가집)』(1938. 4)

아배는 타관가서 오지 않고 山비탈 외따른 집에 엄매와 나와 단둘이서 누가 죽이는듯이 무서운 밤 집뒤로는 어니 山곬작이에서 소를 잡어먹는 노나리군들이 도적놈들 같이 쿵쿵 거리며 다닌다.

날기 멍석을 저간다는 닭보는 할미를 차 굴린다는 땅아래 고래같은 기와집에는 언제나 니차떡에 청밀에 은금 보화가 그득하다는 외발가진 조마구 뒷山 어니메도 조마구네 나라가 있어서 오즘 누러 깨는재밤 머리맡의 문살에 대인 유리창으로 조마구 군병의 새까만 대가리 새까만 눈알이 들여다 보는때 나는 이불속에 자즈러붙어 숨도 쉬지 못한다.

또 이러한 밤 같은때 시집갈 처녀 망냥고무가 고개넘어 큰집으로 치장감을 가지고와서 엄매와 둘이 소기름에 쌍심지의 불을 밝히고 밤이 들도록 바누질을 하는 밤 같은때 나는 아르목의 살귀를 들고 쇠든밤을 내여 다람쥐처럼 밝아먹고 은행여름을 인두불에 구어도 먹고 그러다는 이불 우에서 광대넘이를 뒤이고 또누어굴면서 엄매에게 웃목에 둘은 평풍의 새빨간 천두의 이야기를 듣기도 하고 고무더러는 밝는날 멀리는 못난다는 뫼추라기를 잡어 달라고 조르기도 하고

내일 같이 명절날인 밤은 부엌에 쩨듯하니 불이 밝고 솥뚜껑이 놀으며 구수한 내음새 곰국이 무르끓고 방안에서는 일가집 할머니가 와서 마을의 소문을 펴며 조개송편에 달송편에 죈두기 송편에 떡을 빚는 곁에서 나는 밤소

팥소 설탕든 콩가루 소를 먹으며 설탕든 콩가루소가 가장 맛있다고 생각한다 또 나는 얼마나 반죽을 주물으며 힌가루 손이 되여 떡을 빚고싶은지도 모른다.

섯달에 내빌날이 들어서 내빌날 밤에 눈이 오면 이밤엔 쌔하얀 할미귀신의 눈귀신도 내빌눈을 받노라 못난다는 말을 든든히 여기며 엄매와 나는 아궁우에 떡돌우에 곱새담우에 함지에 버치며 대냥푼을 놓고 치성이나 드리듯이 정한 마음으로, 내빌눈 약눈을 받는다 이 눈세기물을 내빌물이라고 제주병에 진상항아리에 채워두고는 해를 묵여가며 고뿔이와도 배앓이를해도 갑피기를 앓어도 먹을 물이다.

* 『현대조선문학전집』에 재수록될 때에는 맞춤법과 띄어쓰기가 상당히 교정되고 있다. 또 『조광』지에서는 들여쓰기로 편집되던 것이 시집에서는 내어쓰기로 편집되고 『현대조선문학전집』에 실릴 때는 다시 들여쓰기로 편집되고 있다.

가즈랑집

「사슴」(1936. 1. 20)

승냥이가새끼를치는 전에는쇠메듣도적이났다는 가즈랑고개

가즈랑집은 고개밑의
山넘어마을서 도야지를 잃는밤 즘생을쫓는 깽제미소리가 무서웁게 들려
　오는집
닭개즘생을 못놓는
멧도야지와 이웃사춘을지나는집

예순이넘은 아들없는가즈랑집할머니는 중같이정해서 할머니가 마을을가
　면 긴담배대에 독하다는막써레기를 멫대라도 붗이라고하며

　간밤엔 셤돌아레 승냥이가왔었다는이야기
　어느메山곬에선간 곰이 아이를본다는이야기

나는 돌나물김치에 백설기를먹으며
녯말의구신집에있는듯이
가즈랑집할머니
내가날때 죽은누이도날때
무명필에 이름을써서 백지달어서 구신간시렁의 당즈깨에넣어 대감님께
　수영을들였다는 가즈랑집할머니
언제나병을앓을때면

신장님달련이라고하는 가즈랑집할머니
구신의딸이라고생각하면 슳버졌다

토끼도살이올은다는때 아르대즘퍼리에서 제비꼬리 마타리 쇠조지 가지취
고비 고사리 두릅순 회순 山나물을하는 가즈랑집할머니를딸으며
나는벌서 달디단물구지우림 둥굴네우림을 생각하고
아직멀은 도토리묵 도토리범벅까지도 그리워한다

뒤우란 살구나무아레서 광살구를찾다가
살구벼락을맞고 울다가웃는나를보고
미꾸멍에 털이멫자나났나보자고한것은 가즈랑집할머니다

찰복숭아를먹다가 씨를삼키고는 죽는것만같어 하로종일 놀지도못하고 밥
도안먹은것도
가즈랑집에 마을을가서
당세먹은강아지같이 좋아라고집오래를 설레다가였다

고방

『사슴』(1936. 1. 20)

낡은질동이에는 갈줄모르는늙은집난이같이 송구떡이오래도록 남어있었다

오지항아리에는 삼춘이밥보다좋아하는 찹쌀탁주가있어서
삼춘의임내를내어가며 나와사춘은 시큼털털한술을 잘도채어먹었다

제사ㅅ날이면 귀먹어리할아버지가예서 왕밤을밝고 싸리꼬치에 두부산적을께었다

손자아이들이 파리떼같이몽이면 곰의발같은손을 언제나 내어둘렀다

구석의나무말쿠지에 할아버지가삼는 소신같은집신이 둑둑이걸리어도있었다

넷말이사는컴컴한고방의쌀독뒤에서나는 저녁끼때에불으는소리를 듣고도못들은척하였다

모닥불

『사슴』(1936. 1. 20)

새끼오리도 헌신짝도 소똥도 갓신창도 개니빠디도 너울쪽도 짚검불도 가락닢도 머리카락도 헌겁조각도 막대꼬치도 기와장도 닭의짗도 개털억도 타는 모닥불

재당도 초시도 門長늙은이도 더부살이아이도 새사위도 갓사둔도 나그네도 주인도 할아버지도 손자도 붓장사도 땜쟁이도 큰개도 강아지도 모두 모닥불을쪼인다

모닥불은 어려서우리할아버지가 어미아비없는 서러운아이로 불상하니도 몽둥발이가된 슳븐력사가있다

모닥불

『현대조선문학전집(시가집)』(1938. 4)

새끼오리도 헌신짝도 소똥도 갓신창도 개니 빠디도 너울쪽도 짚검불도 가락잎도, 머리카락도 헌겊조각도 막대꼬치도 기와장도 닭의 짗도 개터럭도 타는 모닥 불.

재당도 초시도 門長늙은이도 더부사리 아이도 새사위도 갓사둔도 나그네도 주인도 할아버지도 손자도 붓장사도 땜쟁이도 큰개도 강아지도 모두 모

닥불을 쪼인다

모닥불은 어려서 우리 할아버지가 어미 아비 없는 설어운 아이로 불상하니도 몽둥발이가 된 슬픈 역사가 있다.

오리 망아지 토끼

「사슴」(1936. 1. 20)

오리치를 놓으려아배는 논으로날여간지오래다
오리는 동비탈에 그림자를떨어트리며 날어가고 나는 동말랭이에서 강아
　지처럼 아배를불으며 울다가
시악이나서는 등뒤개울물에 아배의신짝과 버선목과 대님오리를 모다던저
　벌인다

장날아츰에 앞행길로 엄지딸어지나가는망아지를내라고 나는졸으면
아배는행길을향해서 크다란소리로
　—매지야오나라
　—매지야오나라

새하려가는아배의지게에치워 나는山으로가며 토끼를잡으리라고생각한다
　맞구멍난토끼굴을아배와내가막어서면 언제나토끼새끼는 내다리아레
　로달어났다
나는 서글퍼서 서글퍼서 울상을한다

初冬日

『사슴』(1936. 1. 20)

흙담벽에 볓이따사하니
아이들은 물코를흘리며 무감자를먹었다

돌덜구에 天上水가 차게
복숭아낡에 시라리타래가 말러갔다

夏畓

「사슴」(1936. 1. 20)

짝새가 발뿌리에서닐은 논드렁에서 아이들은개구리의뒤ㅅ다리를 구어먹
었다

게구멍을쑤시다 물큰하고 배암을잡은눞의 피같은물이끼에 해볓이 따그웠다

돌다리에앉어 날버들치를먹고 몸을말리는아이들은 물총새가되었다

寂境

『사슴』(1936. 1. 20)

신살구를 잘도먹드니 눈오는아츰
나어린안해는 첫아들을낳었다

人家멀은山중에
까치는 베나무에서즞는다

컴컴한부엌에서는 늙은홀아버의시아부지가 미역국을끄린다
그마을의 외딸은집에서도 산국을끄린다

未明界

「사슴」(1936. 1. 20)

자즌닭이울어서 술국을끄리는듯한 鰍湯집의부엌은 뜨수할것같이 불이뿌연히밝다

초롱이히근하니 물지게군이우물로가며
별사이에바라보는그믐달은 눈물이어리었다

행길에는 선장대여가는 장군들의종이燈에 나귀눈이빛났다
어데서 서러웁게 木鐸을뚜드리는 집이있다

城外

「사슴」(1936. 1. 20)

어두어오는 城門밖의거리
도야지를몰고가는 사람이있다

엿방앞에 엿궤가없다

양철통을 쩔렁거리며 달구지는 거리끝에서 江原道로간다는길로든다

술집문창에 그느슥한그림자는 머리를얹혔다

秋日山朝

「사슴」(1936. 1. 20)

아츰볕에 섭구슬이한가로히익는 곬작에서 꿩은울어 山울림과작난을한다

山마루를탄사람들은 새ㅅ군들인가
파—*란한울에 떨어질것같이
웃음소리가 더러 山밑까지들린다

巡禮중이 山을올라간다
어제ㅅ밤은 이山절에 齋가들었다

무리돌이굴어날이는건 중의발굼치에선가

* 국립중앙도서관 소장본에는 따로 손을 댄 것처럼 아주 희미하게 '—' 표시가 있는데, 고려대 도서관 소장본에는 그런 표시가 없다.

曠原

「사슴」(1936. 1. 20)

흙꽃니는 일은봄의 무연한벌을
輕便鐵道가 노새의맘을먹고지나간다

멀리 바다가뵈이는
假停車場도없는 벌판에서
車는머물고
젊은새악시둘이날인다

靑柿

『사슴』(1936. 1. 20)

별많은밤
하누바람이불어서
푸른감이떨어진다 개가즞는다

山비

『사슴』(1936. 1. 20)

山뽕닢에 비ㅅ방울이친다

멧비들기가닐다

나무등걸에서 자벌기가 고개를들었다 멧비들기켠을본다

쓸쓸한길

「사슴」(1936. 1. 20)

거적장사하나 山뒤ㅅ녚비탈을올은다
아-딸으는사람도없시 쓸쓸한 쓸쓸한길이다
山가마귀만 울며날고
도적개ㄴ가 개하나 어정어정따러간다
이스라치전이드나 머루전이드나
수리취 땅버들의 하이얀복이 서러웁다
뚜물같이흐린날 東風이설렌다

柘榴

「사슴」(1936. 1. 20)

南方土 풀안돋은양지귀가본이다
해ㅅ비멎은저녁의 노을먹고삷다

太古에나서
仙人圖가꿈이다
高山淨土에山藥캐다오다

달빛은異鄕
눈은 정기속에 어우러진싸움

머루밤

「사슴」(1936. 1. 20)

불을끈방안에 횃대의하이얀옷이 멀리 추울것같이

개方位로 말방울소리가들려온다

門을열다 머루빛밤한울에
송이버슷의내음새가났다

女僧

『사슴』(1936. 1. 20)

女僧은 合掌하고 절을했다
가지취의 내음새가났다
쓸쓸한낯이 녯날같이 늙었다
나는 佛經처럼 설어워젔다

平安道의 어늬 山깊은 금덤판
나는 파리한女人에게서 옥수수를샀다
女人은 나어린딸아이를따리며 가을밤같이차게울었다

섭벌같이 나아간지아비 기다려 十年이갔다
지아비는 돌아오지않고
어린딸은 도라지꽃이좋아 돌무덤으로갔다

山꿩도 설게울은 슳븐날이있었다
山절의마당귀에 女人의머리오리가 눈물방울과같이 떨어진날이있었다

修羅

『사슴』(1936. 1. 20)

거미새끼하나 방바닥에 날인것을 나는아모생각없시 문밖으로 쓸어벌인다
차디찬밤이다

어니젠가 새끼거미쓸려나간곧에 큰거미가왔다
나는 가슴이짜릿한다*
나는 또 큰거미를쓸어 문밖으로 벌이며
찬밖이라도 새끼있는데로가라고하며 설어워한다

이렇게해서 아린가슴이 싹기도전이다
어데서 좁쌀알만한 알에서 가제깨인듯한 발이 채 서지도못한 무척적은 새끼거미가 이번엔 큰거미없서진곧으로와서 아물걸인다
나는 가슴이 메이는듯하다
내손에 올으기라도하라고 나는손을내어미나 분명히 울고불고할 이작은것은 나를 무서우이 달어나*벌이며 나를서럽게한다
나는 이작은것을 곻이 보드러운종이에받어 또 문밖으로벌이며
이것의엄마와 누나나 형이 가까이이것의걱정을하며있다가 쉬이 맞나기나 했으면 좋으렀만하고 슳버한다

* 국립중앙도서관 소장본에는 '짜랏한다'로 표기되어 있고, 고려대 도서관 소장본에는 '짜릿한다'로 표기되어 있다.
* 국립중앙도서관 소장본에는 '달어나'로 표기되어 있고, 고려대 도서관 소장본에는 '달이나'로 표기되어 있다.

노루

「사슴」(1936. 1. 20)

山곬에서는 집터를츠고 달궤를닦고

보름달아레서 노루고기를먹었다

절간의소이야기

「사슴」(1936. 1. 20)

병이들면 풀밭으로가서 풀을뜯는소는 人間보다靈해서 열거름안에 제병을
낳게할 藥이있는줄을안다고

首陽山의어늬오래된절에서 七十이넘은로장은이런이야기를하며 치마자
락의 山나물을추었다

오금덩이라는곧

「사슴」(1936. 1. 20)

어스름저녁 국수당돌각담의 수무나무가지에 녀귀의탱을걸고 나물매 갖후
　어놓고 비난수를하는 젊은새악시들
—잘먹고가라 서리서리물러가라 네소원풀었으니 다시침노말아라

벌개눞역에서 바리깨를뚜드리는 쇠ㅅ소리가나면
누가눈을앓어서 부증이나서 찰거마리를 불으는 것이다
마을에서는 피성한눈숡에 절인팔다리에 거마리를 붗인다

여우가 우는밤이면
잠없는 노친네들은일어나 팟을깔이며 방요를한다
여우가 주둥이를향하고 우는집에서는 다음날으레히 흉사가있다는것은 얼
　마나 무서운말인가

柿崎의 바다

『사슴』(1936. 1. 20)

저녁밥때 비가들어서
바다엔배와사람이*흥성하다

참대창에 바다보다푸른고기가께우며 섬돌에곱조개가붙는집의 복도에서는 배창에 고기떨어지는 소리가들렸다

이즉하니 물기에 누굿이젖은 왕구새자리에서 저녁상을받은 가슴앓는사람은 참치회를먹지못하고 눈물겨웠다

어득한 기슭의행길에 얼굴이했슥한처녀가 새벽달같이
아 아즈내인데 病人은 미억냄새나는덧문을닫고 버러지같이 눟었다

* 국립중앙도서관 소장본에는 '사람ㅣ'로 표기되어 있고, 고려대 도서관 소장본에는 '사람이'로 표기되어 있다.

彰義門外

「사슴」(1936. 1. 20)

무이밭에 흰나뷔나는집 밤나무 머루넝쿨속에 키질하는소리만이들린다
우물가에서 까치가작고즞거니하면
붉은숫닭이높이 샛덤이옿로올랐다
텃밭가在來種의林檎낡에는 이제도콩알만한푸른알이달렸고 히스무레한
  꽃도 하나둘퓌여있다
돌담기슭에 오지항아리독이빛난다

旌門村

『사슴』(1936. 1. 20)

주홍칠이날은旌門이하나 마을어구에있었다

「孝子盧迪之之旌門」—몬지가 겹겹이앉은 木刻의額에
나는 열살이넘도록 갈지字둘을웃었다

아카시아꽃의 향기가가득하니 꿀벌들이많이날어드는 아츰
구신은없고 부헝이가 담벽을띠쫗고 죽었다

기왓골에 배암이푸트*스름히빛난달밤이있었다
아이들은 쪽재피같이 먼길을돌았다

旌門집가난이는 열다섯에
늙은말군한테 시집을갔겄다

* 국립중앙도서관 소장본과 고려대 도서관 소장본 모두에 '트'로 표기되어 있는데, 모양이 '르'와 아주 비슷해서 오자인지 인쇄상태의 불량인지 확인하기 어렵다.

여우난곬

「사슴」(1936. 1. 20)

박을삼는집
할아버지와손자가오른집웅웋에 한울빛이진초록이다
우물의물이 쓸것만같다

마을에서는 삼굿을하는날
건넌마을서사람이 물에빠저죽었다는소문이왔다

노란싸리닢이한불깔린토방에 햇츩방석을깔고
나는호박떡을 맛있게도먹었다

어치라는山새는벌배먹어곻읍다는곬에서 돌배먹고앓븐배를 아이들은 띨배먹고나었다고하였다

三防

「사슴」(1936. 1. 20)

갈부던같은 藥水터의山거리엔 나무그릇과 다래나무짚팽이가많다

山넘어十五里서 나무뒝치차고 싸리신신고 山비에촉촉이젖어서 藥물을받으려오는 두멧아이들도있다

아레ㅅ마을에서는 애기무당이 작두를타며 굿을하는때가많다

統營

조선일보(1936. 1. 23)

舊馬山의 선창에선 조아하는사람이 울며날이는배에 올라서오는 물길이
반날
갓나는고당은 갓갓기도하다

바람맛도 짭짤한 물맛도짭짤한

전북에 해삼에 도미 가재미의 생선이조코
파래에 아개미에 호루기의 젓갈이조코

새벽녘의거리엔 쾅쾅 북이울고
밤새ㅅ것 바다에선 뿡뿡 배가울고

자다가도 일어나 바다로 가고십흔곳이다

집집이 아이만한 피도안간 대구를말리는곳
황화장사령감이 일본말을 잘도하는곳
처녀들은 모두 漁場主한테 시집을가고십허한다는곳
山념어로가는길 돌각담에 갸웃하는 처녀는 錦이라든이갓고
내가들은 馬山客主집의 어린딸은 蘭이라는이갓고

蘭이라는이는 明井골에산다든데

明井골은 山을넘어 柊栢나무푸르른 甘露가튼 물이솟는 明井샘이잇는 마을인데
샘터엔 오구작작 물을깃는처녀며 새악시들 가운데 내가조아하는 그이가 잇슬것만갓고
내가조아하는 그이는 푸른가지붉게붉게 柊栢꼿 피는철엔 타관시집을 갈것만가튼데
긴토시끼고 큰머리언고 오불고불 넘엣거리로가는 女人은 平安道서오신듯한데 柊栢꼿피는철이 그언제요

녯 장수모신 날근사당의 돌층게에 주저안저서 나는 이저녁 울듯울듯 閑山島바다에 뱃사공이되여가며
녕나즌집 담나즌집 마당만노픈집에서 열나흘달을업고 손방아만찟는 내사람을생각한다

—(南行詩抄)—

오리

「조광」 2권 2호(1936. 2)

오리야 네가좋은 淸明밑게밤은
옆에서 누가 빰을처도모르게 어둡다누나
오리야 이때는 따디기가되여 어둡단다

아무리 밤이좋은들 오리야
해변벌에선 얼마나 너이들이 욱자짓걸하며 멕이기에
해변땅에 나들이갔든 할머니는
오리새끼들은 장몽이나하듯이 떠들석하니 시끄럽기도하드란 숭인가

그래도 오리야 호젓한밤길을가다
가까운 논배미들에서
까알 까알하는 너이들의 즐거운말소리가나면
나는 내마을 그아는사람들의 짓걸짓걸하는 말소리같이 반가웁고나
오리야 너이들의 이야기판에 나도들어
밤을같이 밝히고싶고나

오리야 나는 네가좋구나 네가좋아서
벌논의눞옆에 쭈구렁벼알달린 집검불을 널어놓고
닭이짗올코에 새끼달은치를 묻어놓고
동둑넘에숨어서
하로진일 너를 기달인다

오리야 곻은오리야 가만히 안겼거라
너를팔어 술을먹는 盧장에령감은
홀아비 소의연 침을놓는 령감인데
나는 너를 백통전하나주고 사오누나

나를생각하든 그무당의딸은 내어린누이에게
오리야 너를 한쌍주두니
어린누이는 없고 저는 시집을갔다것만
오리야 너는 한쌍이 날어가누나

연자ㅅ간

『조광』 2권 3호(1936. 3)

달빛도 거지도 도적개도 모다 즐겁다
풍구재도 얼럭소도 쇠드랑볕도 모다 즐겁다

도적괭이 새끼락이나고
살진 쪽제비 트는 기지게길고

홰냥닭은 알을낳고 소리치고
강아지는 겨를먹고 오줌싸고

개들은 게뭏이고 쌈지거리하고
놓여난 도야지 둥구재벼오고

송아지 잘도 놀고
까치 보해 짖고

신영길 말이 울고가고
장돌림 당나귀도 울고가고

대들보우에 베틀도 채일도 토리개도 모도들 편안하니
구석구석 후치도 보십도 소시랑도 모도들 편안하니

黃日

「조광」 2권 3호(1936. 3)

한 十里 더가면 절간이 있을듯한마을이다. 낮기울은 볕이 장글장글하니 따사하다 흙은 젓이커서 살같이깨서 아지랑이낀 속이 안타까운가보다 뒤울안에 복사꽃핀 집엔 아무도없나보다 뷔인집에 꿩이날어와 다니나보다 울밖 늙은들매낢에 튀튀새 한불앉었다 힌구름 딸어가며 딱장벌레 잡다가 연두빛 닢새가 좋아 올나왔나보다 밭머리에도 복사꽃 피였다 새악시도 피였다새악시복사꽃이다 복사꽃 새악시다 어데서 송아지 매―하고 운다 골갯논드렁에서 미나리 밟고서서 운다 복사나무 아레가 흙작난하며 놀지 왜우노 자개밭둑에 엄지 어데안가고 누었다 아릇동리선가 말웃는 소리 무서운가 아릇동리 망아지 네소리 무서울라 담모도리 바윗잔등에 다람쥐 해바라기하다 조은다 토끼잠 한잠 자고나서 세수한다 힌구름 건넌산으로 가는길에 복사꽃 바라노라 섰다 다람쥐 건넌산 보고 불으는 푸념이 간지럽다

저기는 그늘 그늘 여기는 챙챙―
저기는 그늘 그늘 여기는 챙챙―

湯藥

「시와 소설」 1권 1호(1936. 3)

눈이오는데
토방에서는 질하로울에 곱돌탕관에 약이끓는다.
삼에 숙변에 목단에 백봉령에 산약에 택사의 몸을보한다는 六味湯이다.
약탕관에서는 김이올으며 달큼한 구수한 향기로운 내음새가나고
약이끓는 소리는 삐삐 즐거웁기도하다.

그리고 다딸인약을 하이얀 약사발에 밭어놓은것은
아득하니 깜하야 萬年녯적이 들은듯한데
나는 두손으로 공이 약그릇을들고 이약을내인 녯사람들을 생각하노라면
내마음은 끝없시 고요하고 또 맑어진다.

伊豆國湊街道

「시와 소설」 1권 1호(1936. 3)

녯적본의 휘장마차에
어느메 촌중의 새새악시와도 함께타고
머ㄴ바다가의 거리로 간다는데
금귤이 눌 한 마을마을을 지나가며
싱싱한 금귤을 먹는것은 얼마나 즐거운일인가.

南行詩抄 (一)

昌原道

조선일보(1936. 3. 5)

솔포기에 숨엇다
토끼나 꿩을 놀래주고십흔 山허리의길은

업데서 따스하니 손녹히고십흔 길이다

개덜이고 호이호이 희파람불며
시름노코 가고십흔 길이다

궤나리봇짐벗고 따ㅅ불노코안저
담배한대 피우고십흔길이다

승냥이 줄레줄레 달고가며
덕신덕신 이야기하고십흔 길이다

덕거머리총각은 정든님업고오고십흘길이다

南行詩抄 (二)

統營

조선일보(1936. 3. 6)

統營장 낫대들엇다

갓한닙쓰고 건시한접사고 홍공단단기한감끈코 술한병바더들고

화륜선 만저보려 선창갓다

오다 가수내 들어가는 주막압헤
문둥이 품마타령 듯다가

열닐헤달이 올라서
나루배타고 판데목 지나간다 간다

—徐丙織氏에게—

南行詩抄 (三)

固城街道

조선일보(1936. 3. 7)

固城장 가는길
해는둥둥놉고

개한아 얼린하지안는 마을은
해발은 마당귀에 맷방석하나
빩아코 노락코
눈이시울은 곱기도한 건반밥
아 진달래 개나리 한창퓌엿구나

가까이 잔치가잇서서
곱디고흔 건반밥을 말리우는마을은
얼마나 즐거운 마을인가

어쩐지 당홍치마 노란저고리입은 새악시들이
웃고살을것만가튼 마을이다

固城街道

『조선문학독본』(1938. 10)

固城장 가는 길
해는 둥둥 높고

개 하나 얼린 하지 않는 마을은
햇발은 마당귀에
맷방석 하나
빨갛고 노랗고 눈이 시울은
곱기도 한 건반밥

아 진달래 개나리 한창 피었구나

가까이 잔치가 있어서
곱디고운 건반밥을 말리우는 마을은
얼마나 즐거운 마을인가

어쩐지 당홍치마 노란 저고리 입은 새악시들이
웃고 살을것만 같은 마을이다.

* 『조선문학독본』에 재수록될 때에는 '南行詩抄'라는 연작시의 제목은 없고 '固城街道'라는 제목만 붙어 있다.

南行詩抄 (四)

三千浦

조선일보(1936. 3. 8)

졸레졸레 도야지새끼들이간다
귀밋이 재릿재릿하니 볏이 담복 따사로운거리다

재ㅅ덤이에 까치올으고 아이올으고 아지랑이올으고

해바라기 하기조흔 벼ㅅ곡간마당에
벼ㅅ집가티 누우란 사람들이 둘러서서
어늬눈오신날 눈을츠고 생긴듯한 말다툼소리도 누우라니

소는 기르매지고 조은다

아 모도들 따사로히 가난하니

咸州詩抄

『조광』 3권 10호(1937. 10)

北關

明太창난젓에 고추무거리에 막칼질한무이를 뷔벼익힌것을
이 투박한 北關을 한없이 끼밀고있노라면
쓸쓸하니 무릎은 꿇어진다

시큼한 배척한 퀴퀴한 이 내음새속에
나는 가느슥히 女眞의 살내음새를 맡는다

얼근한 비릿한 구릿한 이 맛속에선
깜아득히 新羅백성의 鄕愁도 맛본다.

노루

長津땅이 집웅넘에 넘석하는거리다
자구나무 같은것도 있다
기장감주에 기장찻떡이 흖한데다
이거리에 산곬사람이 노루새끼를 다리고왔다

산곬사람은 막베등거리 막베잠방둥에를입고

노루새끼를 닮었다
노루새끼등을쓸며
터앞에 당콩순을 다먹었다하고
설흔닷냥 값을불은다
노루새끼는 다문다문 힌점이 백이고 배안의털을 너슬너슬벗고
산곬사람을 닮었다

산곬사람의손을 핥으며
약자에쓴다는 홍정소리를 듣는듯이
새깜안눈에 하이얀것이 가랑가랑한다.

古寺

붓두막이 두길이다
이 붓두막에 놓인 사닥다리로 자박수염난 공양주는 성궁미를 지고올은다

한말밥을한다는 크나큰솥이
외면하고 가부틀고앉어서 염주도 세일만하다

화라지송침이 단채로들어간다는 아궁지
이 험상구즌아궁지도 조앙님은 무서운가보다

농마루며 바람벽은 모두들 그느슥히

흰밥과 두부와 튀각과 자반을 생각나하고

하폄도 남즉하니 불기와 유종들이
묵묵히 팔장끼고 쭈구리고앉었다

재안드는밤은 불도없이 캄캄한 까막나라에서
조앙님은 무서운 이야기나하면
모두들 죽은듯이 엎데였다 잠이들것이다

(歸州寺 — 咸鏡道咸州郡)

膳友辭

낡은 나조반에 흰밥도 가재미도 나도나와앉어서
쓸쓸한 저녁을 맞는다

흰밥과 가재미와 나는
우리들은 그무슨이야기라도 다할것같다
우리들은 서로 믿없고 정답고 그리고 서로 좋구나

우리들은 맑은물밑 해정한 모래톱에서 하구긴날을 모래알만 헤이며 잔뼈가 굵은탓이다
바람좋은 한벌판에서 물닭이소리를들으며 단이슬먹고 나이들은탓이다
외따른 산골에서 소리개소리배우며 다람쥐동무하고 자라난탓이다

우리들은 모두 욕심이없어 히여졌다
착하디 착해서 세괏은 가시하나 손아귀하나 없다
너무나 정갈해서 이렇게 파리했다

우리들은 가난해도 서럽지않다
우리들은 외로워할 까닭도없다
그리고 누구하나 부럽지도않다

힌밥과 가재미와 나는
우리들이 같이 있으면
세상같은건 밖에나도 좋을것같다

山谷

돌각담에 머루송이 깜하니 익고
자갈밭에 아즈까리알이 쏟아지는
잠풍하니 볕발은 곬작이다
나는 이곬작에서 한겨을을날려고 집을한채 구하였다

집이 몇집되지않는 곬안은
모두 터앝에 김장감이 퍼지고
뜰악에 잡곡낙가리가 쌓여서

어니세월에 뷔일듯한집은 뵈이지않었다
나는 작고 곬안으로 깊이 들어갔다

곬이다한 산대밑에 작으마한 돌능와집이 한채있어서
이집 남길동닯 안주인은 겨울이면 집을내고
산을돌아 거리로날여간다는말을하는데
해발은마당에는 꿀벌이 스무나문통있었다

낫기울은날을 해ㅅ볕 장글장글한 퇴ㅅ마루에 걸어앉어서
지난여름 도락구를타고 長津땅에가서 꿀을치고
　돌아왔다는 이 벌들을 바라보며 나는
날이 어서 추워저서 쑥국화꽃도 시들고
이 바즈런한 백성들도 다 제집으로 들은뒤에
이곬안으로 올것을 생각하였다

바다

「여성」 2권 10호(1937. 10)

바다ㅅ가에 왔드니
바다와같이 당신이 생각만 나는구려
바다와같이 당신을 사랑하고만 싶구려

구붓하고 모래톱을 올으면
당신이 앞선것만 같구려
당신이 뒤선것만 같구려

그리고 지중지중 물가를 거닐면
당신이 이야기를 하는것만 같구려
당신이 이야기를 끊은것만 같구려

바다ㅅ가는
개지꽃에 개지 아니 나오고
고기비늘에 하이얀 해ㅅ볓만 쇠리쇠리하야
어쩐지 쓸쓸만 하구려 섧기만 하구려

秋夜一景

「삼천리문학」 1집(1938. 1)

닭이 두홰나 울었는데
안방큰방은 홰즛하니 당등을하고
인간들은 모두 웅성웅성 깨여있어서들
오가리며 석박디를 썰고
생강에 파에 청각에 마늘을 다지고

시래기를 삶는 훈훈한 방안에는
양염내음새가 싱싱도하다

밖에는 어데서 물새가 우는데
토방에선 햇콩두부가 고요히 숨이들어갔다

山中吟

「조광」 4권 3호(1938. 3)

山宿

旅人宿이라도 국수집이다
모밀가루포대가 그득하니 쌓인 웃간은 들믄들믄 더웁기도하다.
나는 낡은 국수분틀과 그즈런히 나가누어서
구석에 데굴데굴하는 木枕들을 베여보며
이山골에 들어와서 이木枕들에 새깜아니때를 올리고간 사람들을 생각한다
그사람들의 얼골과 生業과 마음들을 생각해본다

饗樂

초생달이 귀신불같이 무서운 山골거리에선
첨아끝에 종이등의 불을밝히고
쩌락쩌락 떡을친다
감자떡이다
이젠 캄캄한 밤과 개울물 소리만이다

夜半

토방에 승냥이같은 강아지가 앉은집
부엌으론 무럭무럭 하이얀김이 난다.
자정도 활신 지났는데
닭을잡고 모밀국수를 눌은다고한다
어늬 山옆에선 캥캥 여우가운다

白樺

산골집은 대들보도 기둥도 문살도 자작나무다
밤이면 캥캥 여우가 우는山도 자작나무다
그맛있는 모밀국수를 삶는 장작도 자작나무다
그리고 甘露같이 단샘이 솟는 박우물도 자작나무다
山넘어는 平安道땅도 뵈인다는 이山골은 온통 자작나무다

나와 나타샤와 흰당나귀

「여성」 3권 3호(1938. 3)

가난한 내가
아름다운 나타샤를 사랑해서
오늘밤은 푹푹 눈이나린다

나타샤를 사랑은하고
눈은 푹푹 날리고
나는 혼자 쓸쓸히 앉어 燒酒를 마신다
燒酒를 마시며 생각한다
나타샤와 나는
눈이 푹푹 쌓이는밤 흰당나귀타고
산골로가쟈 출출이 우는 깊은산골로가 마가리에살쟈

눈은 푹푹 나리고
나는 나타샤를 생각하고
나타샤가 아니올리 없다
언제벌서 내속에 고조곤히와 이야기한다
산골로 가는것은 세상한데 지는것이아니다
세상같은건 더러워 버리는것이다

눈은 푹푹 나리고
아름다운 나타샤는 나를 사랑하고

어데서 흰당나귀도 오늘밤이 좋아서 응앙 응앙 울을것이다

夕陽

「삼천리문학」 2집(1938. 4)

거리는 장날이다

장날거리에 녕감들이 지나간다

녕감들은

말상을하였다 범상을하였다 쪽재피상을하였다

개발코를하였다 안장코를하였다 질병코를하였다

그코에 모두 학실을썼다

돌체돗보기다 대모체돗보기다 로이도돗보기다

녕감들은 유리창같은눈을 번득걸이며

투박한 北關말을 떠들어대며

쇠리쇠리한 저녁해속에

사나운 즘생같이들 살어졌다

故鄕

「삼천리문학」 2집(1938. 4)

나는 北關에 혼자 앓어누어서
어늬아츰 醫員을 뵈이었다
醫員은 如來같은 상을하고 關公의수염을 들이워서
먼녯적 어늬나라 신선같은데
새끼손톱 길게도은 손을내어
묵묵하니 한참 맥을집드니
문득물어 故鄕이 어데냐한다
平安道 定州라는 곧이라한즉
그렇면 아무개氏 故鄕이란다
그렇면 아무개氏ㅡㄹ 아느냐한즉
醫員은 빙긋이 우슴을 띄고
莫逆之間이라며 수염을 쓸다
나는 아버지로 섬기는이라한즉
醫員은 또다시 넌즈시 웃고
말없이 팔을잡어 맥을보는데
손길은 따스하고 부드러워
故鄕도 아버지도 아버지의 친구도 다 있었다

絶望

「삼천리문학」 2집(1938. 4)

北關에 게집은 튼튼하다

北關에 게집은 아름답다

아름답고 튼튼한 게집은있어서

힌저고리에 붉은 길동을달어

검정치마에 받어입은것은

나의 꼭하나 즐거운 꿈이였드니

어늬아츰 게집은

머리에 묵어운 동이를 이고

손에 어린것의 손을끌고

가펴러운 언덕길을

숨이차서 올라갔다

나는 한종일 서러웠다

개

『현대조선문학전집(시가집)』(1938. 4)

접시 귀에 소 기름이나 소뿔등잔에 아즈까리 기름을 켜는 마을에서는 겨을 밤 개 짖는 소리가 반가웁다.

이 무서운 밤을 아래 웃방성 마을 돌이다니는 사람은 있어 개는 짖는다.

낮배 어니메 치코에 꿩이라도 걸려서 山넘어 국수집에 국수를 받으려가는 사람이 있어도 개는 짖는다.

김치 가재미선 동침이가 유별히 맛나게 익는 밤

아배가 밤참 국수를 받으려가면 나는 큰마니의 돋보기를 쓰고 앉어 개짖는 소리를 들은것이다.

외가집

『현대조선문학전집(시가집)』(1938. 4)

내가 언제나 무서운 외가집은

초저녁이면 안팎마당이 그득하니 하이얀 나비수염을 물은 보득지근한 복쪽재비들이 씨굴씨굴 모여서는 쨩쨩 쨩쨩 쇳스럽게 울어대고

밤이면 무엇이 기와곬에 무리돌을 던지고 뒤우란 배낡에 쩨듯하니 줄등을 헤여달고 부뚜막의 큰 솥 적은 솥을 모주리 뽑아놓고 재통에간 사람의 목덜미를 그냥그냥 나려 눌러선 잿다리 아래로 쳐박고

그리고 새벽녘이면 고방 시렁에 채국채국 얹어둔 모랭이 목판 시루며 함지가, 땅바닥에 넘너른히 널리는 집이다.

내가생각하는것은

「여성」 3권 4호(1938. 4)

밖은 봄철날 따디기의 누굿하니 푹석한 밤이다
거리에는 사람두 많이나서 흥성 흥성 할것이다
어쩐지 이사람들과 친하니 싸단니고 싶은 밤이다

그렇것만 나는 하이얀 자리우에서 마른 팔뚝의
샛파란 피ㅅ대를 바라보며 나는 가난한 아버지를
가진것과 내가 오래 그려오든 처녀가 시집을간것과
그렇게도 살틀하든 동무가 나를 벌인일을 생각한다

또 내가 아는 그 몸이성하고 돈도있는 사람들이
즐거이 술을먹으려 단닐것과
내손에는 新刊書 하나도 없는것과
그리고 그 「아서라 世上事」라도 들을
류성기도 없는것을 생각한다

그리고 이러한 생각이 내눈가를 내가슴가를
뜨겁게 하는것도 생각한다

내가이렇게외면하고

『여성』 3권 5호(1938. 5)

내가 이렇게 외면하고 거리를 걸어가는것은 잠풍날씨가 너무나 좋은탓이고
가난한동무가 새구두를신고 지나간 탓이고 언제나 꼭같은 넥타이를매고 곻은사람을 사랑하는 탓이다

내가 이렇게 외면하고 거리를 걸어가는것은 또 내 많지못한 월급이 얼마나 고마운탓이고
이렇게 젊은나이로 코밑수염도 길러보는탓이고 그리고 어늬 가난한 집 부엌으로 달재 생선을 진장에 꼿꼿이 짖인것은 맛도 있다는말이 작고 들려오는 탓이다.

물닭의소리

「조광」 4권 10호(1938. 10)

三湖

문기슭에 바다해ㅅ자를 까꾸로 붙인집
산듯한 청삿자리 우에서 찌륵찌륵
우는 전북회를 먹어 한녀름을 보낸다

이렇게 한녀름을 보내면서 나는 하늑이는
물살에 나이금이 느는 꽃조개와함께
허리도리가 굵어가는 한사람을 연연해 한다

物界里

물밑— 이 세모래 닌함박은 콩조개만 일다.
모래장변— 바다가 널어놓고 못믿없어 드나드는 명주필을 짓구지 발뒤추
　　으로 찢으면
　　날과 씨는 모두 양금줄이되어 짜랑 짜랑 울었다

大山洞

비얘고지 비얘고지는
제비야 네말이다
저건너 노루섬에 노루없드란 말이지
신미두 삼각산엔 가무래기만 나드란 말이지

비얘고지 비얘고지는
제비야 네말이다
푸른바다 흰한울이 좋기도 좋단말이지
해밝은 모래장변에 돌비하나 섰단말이지

비얘고지 비얘고지는
제비야 네말이다
눈빩앵이 갈매기 발빩앵이 갈매기 가란말이지
승냥이 처럼 우는 갈매기
무서워 가란말이지

南鄉

푸른 바다가의 하이얀 하이얀 길이다

아이들은 늘늘히 청대나무말을 몰고

대모풍잠한 늙은이 또요 한마리를 드리우고 갔다.

이길이다
얼마가서 甘露같은 물이 솟는마을 하이얀 회담벽에 옛적본의 장반시계를 걸어놓은집 홀어미와 사는 물새같은 외딸의 혼사말이 아즈랑이 같이 낀곳은

夜雨小懷

캄캄한 비속에
새빩안 달이 뜨고
하이얀 꽃이 퓌고
먼바루 개가 짖는밤은
어데서 물외 내음새 나는밤이다

캄캄한 비속에
새빩안 달이 뜨고
하이얀 꽃이 퓌고
먼바루 개가 짖고
어데서 물외 내음새 나는 밤은

나의 정다운것들 가지 명태 노루 뫼추리 질동이 노랑나뷔 바구지꽃 모밀국수 남치마 자개집섹이 그리고 千姬라는 이름이 한없이 그리워지는 밤이로구나

꼴두기

신새벽 들망에
내가 좋아하는 꼴두기가 들었다
갓쓰고 사는 마음이 어진데
새끼 그믈에 걸리는건 어인일인가

갈매기 날어온다.

입으로 먹을 뿜는건
몇십년 도를 닦어 피는 조환가
압뒤로 가기를 마음대로 하는건
孫子의 兵書도 읽은것이다
갈매기 쫑얼댄다.

그러나 시방 꼴두기는 배창에 너불어저 새새끼같은 울음을 우는 곁에서
배ㅅ사람들의 언젠가 아홉이서 회를 처먹고도 남어 한깃씩 논아가지고갔
다는 크디큰 꼴두기의 이야기를 들으며 나는 슬프다

갈매기 날어난다.

가무래기의 樂

「여성」 3권 10호(1938. 10)

가무락조개난 뒷간거리에
빗을 얻으려 나는왔다
빗이안되어 가는탓에
가무래기도 나도 모도춥다
추운거리의 그도추운 능당쪽을 걸어가며
내마음은 웃줄댄다 그무슨 기쁨에 웃줄댄다
이추운세상의 한구석에
맑고 가난한 친구가 하나 있어서
내가 이렇게 추운거리를 지나온걸
얼마나 기뻐하며 락단하고
그즈런히 손깍지 벼개하고 누어서
이못된놈의 세상을 크게 크게 욕할것이다

멧새소리

「여성」 3권 10호(1938. 10)

첨아끝에 明太를 말린다

明太는 꽁꽁 얼었다

明太는 길다랗고 파리한 물고긴데

꼬리에 길다란 고드름이 달렸다

해는 저물고 날은 다가고 볕은 서러웁게 차갑다

나도 길다랗고 파리한 明太다

門턱에 꽁꽁 얼어서

가슴에 길다란 고드름이 달렸다

박각시 오는 저녁

『조선문학독본』(1938. 10)

당콩밥에 가지 냉국의 저녁을 먹고나서
바가지꽃 하이얀 지붕에 박각시 주락시 붕붕 날아오면
집은 안팎 문을 횅 하니 열젖기고
인간들은 모두 뒷등성으로 올라 멍석자리를 하고 바람을 쐬이는데
풀밭에는 어느새 하이얀 대림질감들이 한불 널리고
돌우래며 팟중이 산옆이 들썩하니 울어댄다.
이리하여 한울에 별이 잔콩 마당 같고
강낭밭에 이슬이 비 오듯 하는 밤이 된다.

넘언집 범같은 노큰마니

『문장』 1권 3집(1939. 4)

황토 마루 수무낡에 얼럭궁 덜럭궁 색동헌겁 뜯개조박 뵈짜배기 걸리고 오쟁이 끼애리 달리고 소삼은 엄신 같은 딥세기도 열린 국수당고개를 멫번이고 튀々 춤을 뱉고 넘어가면 곬안에 안윽히 묵은 녕동이 묵업 기도할 집이 한채 안기었는데

집에는 언제나 센개같은 게산이가 벅작궁 고아내고 말같은 개들이 떠들석 짖어대고 그리고 소거름 내음새 구수한 속에 엇송아지 히물쩍 너들씨는 데

집에는 아배에 삼춘에 오마니에 오마니가 있어서 젖먹이를 마을 청능 그늘밑에 삿갓을 씌워 한종일내 뉘어두고 김을 매려 단녔고 아이들이 큰마누래에 작은 마누래에 제구실을 할때면 종아지물본도 모르고 행길에 아이 송장이 거적뙈기에 말려나가면 속으로 얼마나 부러워 하였고 그리고 끼때에는 붓두막에 박아지를 아이덜 수대로 주룬히 늘어놓고 밥한덩이 질게한 술 들여틀여서는 먹였다는 소리를 언제나 두고 두고 하는데

일가들이 모두 범같이 무서워하는 이 노큰마니는 구덕살이같이 욱실욱실하는 손자 증손자를 방구석에 들매나무 회채리를 단으로 쩌다두고 딸이고 싸리갱이에 갓진창을 매여 놓고 딸이는데

내가 엄매등에 업혀가서 상사말같이 항약에 야기를 쓰면 한창 퓌는함박꽃을 밑가지 채 꺾어주고 종대에 달린 제물배도 가지채 쩌주고 그리고 그 애

끼는 게산이 알도 두손에 쥐어 주곤 하는데

우리 엄매가 나를 갖이는 때 이 노큰마니는 어늬밤 크나큰 범이 한마리 우리 선산으로 들어오는 꿈을 꾼 것을 우리엄매가 서울서 시집을 온것을 그리고 무엇 보다도 내가 이 노큰마니의 당조카의 맏손자로 난것을 다견하니 알뜰하니 깃거히 녁이는것이었다

童尿賦

「문장」 1권 5집(1939. 6)

봄첨날 한종일내 노곤하니 벌불 작난을 한날 밤이면 으레히 싸개동당을 지나는데 잘망하니 누어 싸는 오줌이 넙적다리를 흐르는 따끈따끈 한 맛 자리에 펑하니 괴이는 척척한 맛

첫 녀름 일은저녁을 해 치우고 인간들이 모두 터앞에 나와서 물외포기에 당콩포기에 오줌을 주는때 터앞에 발마당에 샛길에 떠도는 오줌의 매캐한 재릿한 내음새

긴 긴 겨울밤 인간들이 모두 한잠이 들은 재밤중에 나혼자 일어나서 머리맡 쥐발같은 새끼오강에 한없이 누는 잘매럽던 오줌의 사르릉 쪼로록하는 소리

그리고 또 엄매의 말엔 내가 아직 굳은 밥을 모르던때 살갗 퍼런 망내고무가 잘도 받어 세수를 하였다는 내 오줌빛은 이슬같이 샛맑앟기도 샛맑았다는 것이다.

安東

조선일보(1939. 9. 13)

異邦거리는
비오듯 안개가 나리는속에
안개가튼 비가 나리는속에

異邦거리는
콩기름 쪼리는 내음새속에
섭누에번디 삶는 내음새속에

異邦거리는
독기날 별으는 돌물네소리속에
되광대 켜는 되양금소리속에

손톱을 시펄하니 길우고 기나긴 창꽈쯔를 즐즐 끌고시펏다
饅頭꼭깔을 눌러쓰고 곰방대를 물고가고시펏다
이왕이면 香내노픈 취향梨돌배 움퍽움퍽 씹으며 머리채 츠렁츠렁 발굽을 차는 꾸냥과 가즈런히 雙馬車 몰아가고시펏다

(九, 八)

咸南道安

「문장」 1권 9호(1939. 10)

高原線 終點인 이 적은 停車場엔
그렇게도 우쭐대며 달가불시며 뛰어오던 뽕뽕車가
가이없이 쓸쓸하니도 우두머니 서있다

해빛이 초롱불 같이 히맑은데
해정한 모래부리 플랫폼에선
모두들 쩔쩔끓른 구수한 귀이리茶를 마신다

七星고기라는 고기의 쩜벙쩜벙 뛰노는 소리가
쨋쨋하니 들려오는 湖水까지는
들죽이 한불 새까마니 익어가는 망연한 벌판을 지나가야 한다.

西行詩抄 (一)

球塲路

조선일보(1939. 11. 8)

三里박 江쟁변엔 자갯돌에서
비멀이한 옷을 부숭부숭 말려입고 오는 길인데
山모롱고지 하나 도는 동안에 옷은 또 함북저젓다

한二十里 가면 거리라든데
한겻 남아 걸어도 거리는 뵈이지 안는다
나는 어니 외진 山길에서 맛난 새악시가 곱기도 하든것과
어니메 江물속에 들여다 뵈이든 쏘가리가 한자나 되게 크든것을 생각하며
山비에 저젓다는 말럿다 하며 오는길이다

이젠 배도 출출히 곱핫는데
어서 그 옹기장사가 온다는 거리로 들어가면 무엇보다도 몬저 『酒類販賣業』이라고
　써부친 집으로 들어가자

그 뜨수한 구들에서
따끈한 三十五度 燒酒나 한잔 마시고
그리고 그 시래기국에 소피를 너코 두부를 두고 끌인 구수한 술국을 트근
　히 멧사발이고 왕사발로 멧사발이고 먹자

西行詩抄 (二)

北新

조선일보(1939. 11. 9)

거리에서는 모밀내가 낫다
부처를 위하는 정갈한 노친네의 내음새가튼 모밀내가 낫다

어쩐지 香山부처님이 가까웁다는 거린데
국수집에서는 농짝가튼 도야지를 잡어걸고 국수에 치는 도야지고기는 돗바늘 가튼 털이 드문드문 백엿다
나는 이 털도 안뽑은 도야지 고기를 물구럼이 바라보며
또 털도 안뽑는 고기를 시껌언 맨모밀국수에 언저서 한입에 꿀꺽 삼키는 사람들을 바라보며
나는 문득 가슴에 뜨끈한것을 느끼며
小獸林王을 생각한다 廣開土大王을 생각한다

西行詩抄 (三)

八院

조선일보(1939. 11. 10)

차디찬 아침인데
妙香山行 乘合自動車는 텅하니 비어서
나이 어린 계집아이 하나가 오른다
옛말속 가치 진진초록 새저고리를 입고
손잔등이 밧고랑처럼 몹시도 터젓다
계집아이는 慈城으로 간다고하는데
慈城은 예서 三百五十里 妙香山百五十里
妙香山 어디메서 삼촌이 산다고 한다
쌔하야케 얼은 自動車 유리창박게
內地人 駐在所長가튼 어른과 어린아이 둘이 내임을 낸다
계집아이는 운다 느끼며 운다
텅 비인 車안 한구석에서 어느 한사람도 눈을 씻는다
계집아이는 몃해고 內地人 駐在所長집에서
밥을 짓고 걸레를 치고 아이보개를 하면서
이러케 추운 아침에도 손이 꽁꽁얼어서
찬물에 걸레를 첫슬것이다

西行詩抄 (四)

月林장

조선일보(1939. 11. 11)

『自是東北八○粁熙川』의 標말이 선곳
돌능와집에 소달구지에 싸리신에 옛날이 사는 장거리에
어니 근방山川에서 덜걱이 껙껙 검방지게 운다

초아흐레 장판에
산 멧도야지 너구리가죽 튀튀새 낫다
또 가얌에 귀이리에 도토리묵 도토리범벅도낫다

나는 주먹다시 가튼 떨당이에 꿀보다도 달다는 강낭엿을 산다
그리고 물이라도 들듯이 샛노라티 샛노란 山골 마가을 벼테 눈이 시울도
록 샛노라티 샛노란 햇기장 쌀을 주물으며
기장쌀은 기장찻떡이 조코 기장차랍이 조코 기장감주가 조코 그리고 기장
쌀로 쑨 호박죽은 맛도 잇는것을 생각하며 나는 기뿌다

木具

「문장」 2권 2호(1940. 2)

五代나 날인다는 크나큰집 다 찌글어진 들지고방 어득시근한 구석에서 쌀독과 말쿠지와 숫돌과 신뚝과 그리고 넷적과 또 열두 데석님과 친하니 살으면서

한해에 멫번 매연지난 먼 조상들의 최방등 제사에는 컴컴한 고방 구석을 나와서 대멀머리에 외얏맹건을 질으터 맨 늙은 제관의손에 정갈히 몸을 씻고 교우 욿에 모신 신주 앞에 환한 초불밑에 피나무 소담한 제상위에 떡 보탕 시케 산적 나물지짐 반봉 과일들을 공손하니 받들고 먼 후손들의 공경스러운 절과 잔을 굽어보고 또 애끊는 통곡과 축을 귀에하고 그리고 합문뒤에는 흠향오는 구신들과 호호히 접하는것

구신과 사람과 넋과 목숨과 있는것과 없는것과 한줌흙과 한점살과 먼 넷조상과 먼 훗자손의 거룩한 아득한 슬픔을 담는것

내손자의손자와 손자와 나와 할아버지와 할아버지의 할아버지와 할아버지의 할아버지의 할아버지와…… 水原白氏 定州白村의 힘세고 꿋꿋하나 어질고 정많은 호랑이 같은 곰같은 소같은 피의 비같은 밤같은 달같은 슬픔을 담는것 아 슬픔을 담는것

수박씨, 호박씨

「인문평론」 2권 6호(1940. 6)

어진 사람이 많은 나라에 와서
어진 사람의 즛을 어진사람의 마음을 배워서
수박씨 닦은것을 호박씨 닦은 것을 입으로 앞니빨로 밝는다

수박씨 호박씨를 입에 넣는 마음은
참으로 철없고 어리석고 게으른 마음이나
이것은 또 참으로 밝고 그윽하고 깊고 무거운 마음이라
이마음안에 아득하니 오랜 세월이 아득하니 오랜 지혜가 또 아득하니 오랜 人情이 깃들인것이다
泰山의 구름도 黃河의 물도 옛님군의 땅과 나무의 덕도 이마음안에 아득하니 뵈이는 것이다

이 적고 가부엽고 갤족한 히고 깜안 씨가
조용하니 또 도고하니 손에서 입으로 입에서 손으로 올으날이는 때
벌에 우는 새소리도 듣고싶고 거문고도 한곡조 뜯고싶고 한 五千말 남기고 函谷關도 넘어가고싶고
기쁨이 마음에 뜨는 때는 히고 깜안 씨를 앞니로 까서 잔나비가 되고
근심이 마음에 앉는때는 히고 깜안 씨를 혀끝에 물어 까막까치가 되고

어진 사람이 많은 나라에서는
五斗米를 벌이고 버드나무아래로 돌아온 사람도

그 넓차개에 수박씨 닮은것은 호박씨 닮은것은 있었을것이다
나물먹고 물마시고 팔벼개하고 누었든 사람도
그 머리 맡에 수박씨 닮은것은 호박씨 닮은것은 있었을것이다.

北方에서
—鄭玄雄에게—

「문장」 2권 6호(1940. 7)

아득한 넷날에 나는 떠났다
扶餘를 肅愼을 渤海를 女眞을 遼를 金을,
興安嶺을 陰山을 아무우르를 숭가리를.
범과 사슴과 너구리를 배반하고
송어와 메기와 개구리를 속이고 나는 떠났다.

나는 그때
자작나무와 익갈나무의 슬퍼하든것을 기억한다
갈대와 장풍의 붙드든 말도 잊지않었다
오로촌이 멧돝을 잡어 나를 잔치해 보내든것도
쏠론이 십리길을 딸어나와 울든것도 잊지않었다.

나는 그때
아모 익이지못할 슬픔도 시름도 없이
다만 게을리 먼 앞대로 떠나나왔다
그리하여 따사한 해ㅅ귀에서 하이얀 옷을 입고 매끄러운 밥을먹고 단샘을
마시고 낮잠을 잤다
밤에는 먼 개소리에 놀라나고
아츰에는 지나가는 사람마다에게 절을 하면서도
나는 나의 부끄러움을 알지못했다.

그동안 돌비는 깨어지고 많은 은금보화는 땅에 묻히고 가마귀도 긴 족보를 이루었는데

이리하야 또 한 아득한 새 넷날이 비롯하는때

이제는 참으로 익이지못할 슬픔과 시름에 쫓겨

나는 나의 넷 한울로 땅으로— 나의 胎盤으로 돌아왔으나

이미 해는 늙고 달은 파리하고 바람은 미치고 보래구름만 혼자 넋없이 떠도는데

아, 나의 조상은 형제는 일가친척은 정다운 이웃은 그리운것은 사랑하는 것은 우럴으는것은 나의 자랑은 나의 힘은 없다 바람과 물과 세월과 같이 지나가고 없다.

許俊

「문장」 2권 9호(1940. 11)

그 맑고 거룩한 눈물의 나라에서 온 사람이여
그 따마하고 살틀한 볕살의 나라에서 온 사람이여

눈물의 또 볕살의 나라에서 당신은
이세상에 나드리를 온것이다
쓸쓸한 나드리를 단기려 온것이다

눈물의 또 볕살의 나라 사람이여
당신이 그 긴 허리를 구피고 뒤짐을 지고 지치운 다리로
싸움과 흥정으로 왁자짓걸하는 거리를 지날때든가
추운겨울밤 병들어누은 가난한 동무의 머리맡에 앉어
말없이 무릎우 어린고양이의 등만 쓰다듬는때든가
당신의 그 고요한 가슴안에 온순한 눈가에
당신네 나라의 맑은 한울이 떠오를것이고
당신의 그 푸른 이마에 삐여진 억개쭉지에
당신네 나라의 따사한 바람결이 스치고 갈것이다

높은산도 높은 꼭다기에 있는듯한
아니면 깊은 문도 깊은 밑바닥에 있는듯한 당신네 나라의
하늘은 얼마나 맑고 높을것인가
바람은 얼마나 따사하고 향기로울 것인가

그리고 이 하늘아래 바람결속에 퍼진
그 풍속은 인정은 그리고 그말은 얼마나 좋고 아름다울 것인가

다만 한마람 목이 긴 詩人은 안다
「도스토이엡흐스키」며 「죠이쓰」며 누구보다도 잘 알고 일등가는 소설도 쓰지만
아모것도 모르는듯이 어드근한 방안에 굴어 게으르는것을 좋아하는 그 풍속을

사랑하는 어린것에게 엿한가락을 아끼고 위하는 안해에겐 해진옷을 입히면서도
마음이 가난한 낯설은 마람에게 수백량돈을 거저 주는 그 인정을 그리고 또 그 말을
마람은 모든것을 다 잃어벌이고 넋하나를 얻는다는 크나큰 그말을

그 멀은 눈물의 또 볕살의 나라에서
이 세상에 나들이를 온 사람이여
이 목이 긴 詩人이 또 게산이 처럼 떠곤다고
당신은 쓸쓸히 웃으며 바독판을 당기는구려

「호박꽃초롱」 序詩

강소천 시집 『호박꽃 초롱』(1941. 1)

한울은
울파주가에 우는 병아리를 사랑한다.
우물돌 아래 우는 돌우래를 사랑한다.
그리고 또
버드나무밑 당나귀 소리를 임내내는 詩人을 사랑한다.

한울은
풀 그늘밑에 삿갓쓰고 사는 버슷을 사랑한다.
모래속에 문잠그고 사는 조개를 사랑한다.
그리고 또
두틈한 초가집웅밑에 호박꽃 초롱 혀고 사는 詩人을 사랑한다.

한울은
공중에 떠도는 흰구름을 사랑한다.
골자구니로 숨어흐르는 개울물을 사랑한다.
그리고 또
안윽하고 고요한 시골 거리에서 쟁글쟁글 햇볓만 바래는 詩人을 사랑한다.

한울은
이러한 詩人이 우리들속에 있는것을 더욱 사랑하는데
이러한 詩人이 누구인것을 세상은 몰라도 좋으나

그러나

그이름이 姜小泉 인것을 송아지와 꿀벌은 알을것이다.

歸農

「조광」 7권 4호(1941. 4)

白狗屯의 눈녹이는 밭가운데 땅풀리는 밭가운데
촌부자 老王하고 같이 서서
밭최뚝에 즘부러진 땅버들의 버들개지 피여나는데서
볕은 장글장글 따사롭고 바람은 솔솔 보드라운데
나는 땅님자 老王한데 석상디기 밭을 얻는다

老王은 집에 말과 나귀며 오리에 닭도 우울거리고
고방엔 그득히 감자에 콩곡석도 들여 쌓이고
老王은 채매도 힘이들고 하루종일 百鈴鳥 소리나 들으려고
밭을 오늘 나한데 주는것이고.
나는 이젠 귀치않은 測量도 文書도 실증이 나고
낮에는 마음놓고 낮잠도 한잠 자고싶어서.
아전노릇을 그만두고 밭을 老王한데 얻는것이다.

날은 챙챙 좋기도 좋은데
눈도 녹으며 술렁거리고 버들도 잎트며 수선거리고
저한쪽 마을에는 마돗에 닭개즘생도 들떠들고
또 아이어른 행길에 뜰악에 사람도 웅성웅성 홍성거려
나는 가슴이 이무슨흥에 벅차오며
이봄에는 이밭에 감자 강냉이 수박에 오이며 당콩에 마늘과 파도 심그리
　라 생각한다

수박이 열면 수박을 먹으며 팔며
감자가 앉으면 감자를 먹으며 팔며
까막까치나 두더쥐 돗벌기가 와서 먹으면 먹는대로 두어두고
도적이 조금 걷어가도 걷어가는대로 두어두고
아, 老王, 나는 이렇게 생각하노라
나는 老王을 보고 웃어말한다

이리하여 老王은 밭을 주어 마음이 한가하고
나는 밭을 얻어 마음이 편안하고
디퍽 디퍽 눈을 밟으며 터벅터벅 흙도 덮으며
사물사물 해별은 목덜미에 간지로워서
老王은 팔장을 끼고 이랑을 걸어
나는 뒤짐을 지고 고랑을 걸어
밭을 나와 밭뚝을 돌아 도랑을 건너 행길을 돌아
집웅에 바람벽에 울바주에 볕살 쇠리쇠리한 마을을 가르치며
老王은 나귀를 타고 앞에 가고
나는 노새를 타고 뒤에 따르고
마을끝 虫王廟에 虫王을 찾어뵈려 가는길이다
土神廟에 土神도 찾어뵈려 가는길이다

국수

「문장」 3권 4호(1941. 4)

눈이 많이 와서
산엣새가 벌로 날여 멕이고
눈구덩이에 토끼가 더러 빠지기도하면
마을에는 그무슨 반가운것이 오는가보다
한가한 애동들은 여둡도록 꿩사냥을 하고
가난한 엄매는 밤중에 김치가재미로 가고
마을을 구수한 즐거움에 싸서 은근하니 흥성 흥성 들뜨게 하며
이것은 오는것이다
이것은 어늬 양지귀 혹은 능달쪽 외따른 산녑 은댕이 예데가리밭에서
하로밤 뽀오한 흰김속에 접시귀 소기름불이 뿌우현 부엌에
산멍에같은 분틀을 타고 오는것이다
이것은 아득한 녯날 한가하고 즐겁든 세월로 부터
실같은 봄비속을 타는듯한 녀름 볕속을 지나서 들쿠레한 구시월 갈바람속을 지나서
대대로 나며 죽으며 죽으며 나며 하는 이 마을 사람들의 으젓한 마음을 지나서 텁텁한 꿈을 지나서
집웅에 마당에 우물든덩에 함박눈이 푹푹 싸히는 여늬 하로밤
아배앞에 그어린 아들앞에 아배앞에는 왕사발에 아들앞에는 새끼사발에
그득히 살이워 오는것이다
이것은 그 곰의 잔등에 업혀서 길여났다는 먼 녯적 큰마니가
또 그 집등색이에 서서 자채기를 하면 산넘엣 마을까지 들렸다는

면 녯적 큰 아바지가 오는것같이 오는것이다

아, 이 반가운것은 무엇인가
이 히수무레하고 부드럽고 수수하고 슴슴한것은 무엇인가
겨울밤 쩡 하니 닉은 동티미국을 좋아하고 얼얼한 댕추가루를 좋아하고
싱싱한 산꿩의 고기를 좋아하고
그리고 담배내음새 탄수내음새 또 수육을 삶는 육수국 내음새 자욱한 더
북한 삿방 쩔쩔 끓는 아르굳을 좋아하는 이것은 무엇인가

이 조용한 마을과 이마을의 으젓한 사람들과 살틀하니 친한것은 무엇인가
이 그지없이 枯淡하고 素朴한것은 무엇인가

흰 바람벽이 있어

「문장」 3권 4호(1941. 4)

오늘저녁 이 좁다란방의 흰 바람벽에

어쩐지 쓸쓸한것만이 오고 간다

이 흰 바람벽에

히미한 十五燭전등이 지치운 불빛을 내어던지고

때글은 다낡은 무명샷쯔가 어두운 그림자를 쉬이고

그리고 또 달디단 따끈한 감주나 한잔 먹고싶다고 생각하는 내 가지가지

외로운 생각이 헤매인다

그런데 이것은 또 어인일인가

이 흰 바람벽에

내 가난한 늙은 어머니가 있다

내 가난한 늙은 어머니가

이렇게 시퍼러둥둥하니 추운날인데 차디찬 물에 손은 담그고 무이며 배추를 씿고있다

또 내 사랑하는 사람이 있다

내 사랑하는 어여쁜 사람이

어늬 먼 앒대 조용한 개포가의 나즈막한 집에서

그의 지아비와 마조 앉어 대구국을 끓여놓고 저녁을 먹는다

벌서 어린것도 생겨서 옆에 끼고 저녁을 먹는다

그런데 또 이즈막하야 어늬사이엔가

이 흰 바람벽엔

내 쓸쓸한 얼골을 쳐다보며

이러한 글자들이 지나간다

—나는 이 세상에서 가난하고 외롭고 높고 쓸쓸하니 살어가도록 태어 났다

그리고 이세상을 살어가는데

내 가슴은 너무도 많이 뜨거운것으로 호젓한것으로 사랑으로 슬픔으로 가득찬다

그리고 이번에는 나를 위로하는듯이 나를 울력하는듯이

눈질을하며 주먹질을하며 이런 글자들이 지나간다

—하늘이 이세상을 내일적에 그가 가장 귀해하고 사랑하는것들은 모두 가난하고 외롭고 높고 쓸쓸하니 그리고 언제나 넘치는 사랑과 슬픔 속에 살도록 만드신것이다

초생달과 바구지꽃과 짝새와 당나귀가 그러하듯이

그리고 또 「프랑시쓰 · 쨈」과 陶淵明과 「라이넬 · 마리아 · 릴케」가 그러하듯이

촌에서 온 아이

「문장」 3권 4호(1941. 4)

촌에서 온 아이여

촌에서 어제밤에 乘合自働車를 타고 온 아이여

이렇게 추운데 웃동에 무슨 두룽이같은것을 하나 걸치고 아래두리는 쪽 밝아벗은 아이여

뽈다구에는 징기징기 앙광이를 그리고 머리칼이 놀한 아이여

힘을 쓸랴고 벌서부터 두다리가 푸둥푸둥하니 살이 찐 아이여

너는 오늘아츰 무엇에 놀라서 우는구나

분명코 무슨 거즛되고 쓸데없는것에 놀라서

그것이 네 맑고 참된 마음에 분해서 우는구나

이집에 있는 다른 많은 아이들이

모도들 욕심사납게 지게굳게 일부러 청을 돋혀서

어린아이들 치고는 너무나 큰소리로 너무나 튀겁많은 소리로 울어대는데

너만은 타고난 그 외마디소리로 스스로웁게 삼가면서 우는구나

네 소리는 조금 썩심하니 쉬인듯도 하다

네 소리에 내 마음은 반끗히 밝어오고 또 호끈히 더워오고 그리고 즐거워 온다

나는 너를 껴안어 올려서 네 머리를 쓰다듬고 힘껏 네 적은 손을 쥐고 흔들고 싶다

네 소리에 나는 촌 농사집의 저녁을 짛는때

나주볕이 가득 들이운 밝은 방안에 혼자 앉어서

실감기며 버선짝을 가지고 쓰렁쓰렁 노는 아이를 생각한다

또 녀름날 낮 기운때 어른들이 모두 벌에 나가고 텅 뷔인 집 토방에서
햇강아지의 쌀랑대는 성화를 받어가며 닭의똥을 주어먹는 아이를 생각한다
촌에서 와서 오늘 아츰 무엇이 분해서 우는 아이여
너는 분명히 하늘이 사랑하는 詩人이나 농사군이 될것이로다

澡塘에서

「인문평론」 3권 3호(1941. 4)

나는 支那나라사람들과 가치 목욕을 한다
무슨 殷이며 商이며 越이며하는 나라사람들의 후손들과 가치
한물통안에 들어 목욕을 한다
서로 나라가 달은 사람인데
다들 쪽발가벗고 가치 물에 몸을 녹히고 있는것은
대대로 조상도 서로 모르고 말도 제각금 틀리고 먹고입는것도 모도 달은데
이렇게 발가들벗고 한물에 몸을 씿는것은
생각하면 쓸쓸한 일이다
이 딴나라사람들이 모두 니마들이 번번하니 넓고 눈은 컴컴하니 흐리고
그리고 길즛한 다리에 모두 민숭민숭 하니 다리털이 없는것이
이것이 나는 웨 작고 슬퍼지는 것일까
그런데 저기 나무판장에 반쯤 나가누어서
나주볕을 한없이 바라보며 혼자 무엇을 즐기는듯한 목이긴 사람은
陶然明은 저러한 사람이였을것이고
또 여기 더운물에 뛰어들며
무슨 물새처럼 악악 소리를 질으는 삐삐 파리한 사람은
楊子라는 사람은 아모래도 이와같었을것만 같다
나는 시방 녯날 晋이라는 나라나 衛라는 나라에 와서
내가 좋아하는 사람들을 맞나는것만 같다
이리하야 어쩐지 내마음은 갑자기 반가워지나
그러나 나는 조금 무서웁고 외로워진다

그런데 참으로 그 殷이며 商이며 越이며 衛며 晋이며하는나라사람들의 이 후손들은
얼마나 마음이 한가하고 게으른가
더운물에 몸을 불키거나 때를 밀거나 하는것도 잊어벌이고
제 배꼽을 들여다 보거나 남의 낯을 처다 보거나 하는것인데
이러면서 그 무슨 제비의 춤이라는 燕巢湯이 맛도있는것과
또 어늬바루 새악씨가 곱기도한것 같은것을 생각하는것일것인데
나는 이렇게 한가하고 게으르고 그러면서 목숨이라든가 人生이라든가 하는것을 정말 사랑할줄아는
그 오래고 깊은 마음들이 참으로 좋고 우럴어진다
그리나 나라가 서로 달은 사람들이
글세 어린 아이들도 아닌데 쪽발가벗고 있는것은
어쩐지 조금 우수웁기도하다

杜甫나李白같이

「인문평론」 3권 3호(1941. 4)

오늘은 正月보름이다
대보름 명절인데
나는 멀리 고향을 나서 남의나라 쓸쓸한 객고에 있는 신세로다
녯날 杜甫나 李白같은 이나라의 詩人도
먼 타관에 나서 이 날을 맞은일이 있었을것이다
오늘 고향의 내집에 있는다면
새옷을입고 새신도 신고 떡과 고기도 억병 먹고
일가친척들과 서로 뫃여 즐거이 웃음으로 지날것이였만
나는 오늘 때묻은 입듯옷에 마른물고기 한토막으로
혼자 외로히 앉어 이것저것 쓸쓸한 생각을하는것이다
녯날 그 杜甫나 李白같은 이나라의 詩人도
이날 이렇게 마른물고기 한토막으로 외로히 쓸쓸한 생각을 한적도 있었을
것이다
나는 이제 어늬 먼 왼진 거리에 한고향사람의 조고마한 가업집이 있는것
을 생각하고
이집에가서 그 맛스러운 떡국이라도 한그릇 사먹으리라한다
우리네 조상들이 먼먼 녯날로 부터 대대로 이날엔 으레히 그러하며 오듯이
먼 타관에 난 그 杜甫나 李白같은 이나라의 詩人도
이날은 그어늬 한고향 사람의 주막이나 飯館을 찾어가서
그 조상들이 대대로 하든 본대로 元宵라는떡을 입에대며
스스로 마음을 느꾸어 위안하지 않었을것인가

그러면서 이 마음이 맑은 넷 詩人들은
먼훗날 그들의 먼 훗자손 들도
그들의 본을 따서 이날에는 元宵를 먹을것을
외로히 타관에 나서도 이 元宵를 먹을것을 생각하며
그들이 아득하니 슬펐을듯이
나도 떡국을 노코 아득하니 슬플것이로다
아, 이 正月 대보름 명절인데
거리에는 오독독이 탕탕 터지고 胡弓소리 뻴뻴높아서
내쓸쓸한 마음엔 작고 이 나라의 넷詩人들이 그들의 쓸쓸한 마음들이 생각난다
내 쓸쓸한 마음은 아마 杜甫나 李白같은 사람들의 마음인지도 모를것이다
아모려나 이것은 넷투의 쓸쓸한 마음이다

머리카락

매일신보(1942. 11. 15)

큰마니야 네머리카락 엄매야 네머리카락 삼춘엄매야 네머리카락

머리 빗고 빗덥에서 꽁지는 머리카락

큰마니야 엄매야 삼춘엄매야

머리카락을 텅납새에 끼우는 것은

큰마니머리카락은 아릇간 텅납새에 엄매머리카락은 웃깐 텅납새에 삼춘엄매머리카락도 웃깐 텅납새에 텅납새에 끼우는것은

큰마니야 엄매야 삼춘엄매야

일은 봄철 산넘어 먼데 해변에서 가무래기오면

힌가무래기 검가무래기 가무래기 사서 하리불에 구어먹잔 말이로구나

큰마니야 엄매야 삼춘엄매야

머리카락을 텅납새에 끼우는 것은

구시월 화하두서 황하당세 오면

막대침에 가는 세침 바눌이며 취열옥색 꼭두손이 연분홍 물감도 사잔 말이로구나

山

「새한민보」 1권 14호(1947. 11)

머리 빗기가 싫다면
니가 들구 나서
머리채를 끄을구 오른다는
山이 있었다.

山 너머는
겨드랑이에 깃이 돋아서 장수가 된다는
덕거 머리 총각들이 살아서
색씨 처녀들을 잘도 업어 간다고 했다
산 마루에 서면
멀리 언제나 늘 그물그물
그늘만 친 건넌 山에서
벼락을 맞아 바윗돌이 되었다는
큰 땅괭이 한마리
수염을 뻗치고 건너다보는 것이 무서웠다

그래도 그 쉬영꽃 진달래 빨가니 핀 꽃 바위 너머
山 잔등에는 가지취 뻑국채 게루기 고사리 山나물 판
山 나물 냄새 물씬 물씬 나는데
나는 복장 노루를 따라 뛰었다.

적막강산

『신천지』 11 · 12 합병호(1947. 12)

오이 밭에 벌 배채 통이 지는 때는
산에 오면 산 소리
벌로 오면 벌 소리

산에 오면
큰 솔 밭에 뻐꾸기 소리
잔 솔 밭에 덜거기 소리

벌로 오면
논두렁에 물닭의 소리
갈 밭에 갈새 소리

산으로 요면 산이 들썩 산 소리 속에 나 홀로
벌로 오면 벌이 들석 벌소리 속에 나 홀로

定州 東林 九十여里 긴긴 하로 길에
산에 오면 산 소리 벌에 오면 벌 소리
적막 강산에 나는 있노라

이 原稿는 내가 以前에 가지고 잇던것이다 …… 許埈

마을은 맨천 구신이 돼서

『신세대』 3권 3호(1948. 5)

나는 이 마을에 태어나기가 잘못이다
마을은 맨천 구신이 돼서
나는 무서워 오력을 펼수 없다
자 방안에는 성주님
나는 성주님이 무서워 토방으로 나오면 토방에는 디운구신
나는 무서워 부엌으로 들어가면 부엌에는 부뜨막에 조앙님

나는 뛰쳐나와 얼른 고방으로 숨어 버리면 고방에는 또 시렁에 데석님
나는 이번에는 굴통 모통이로 달아가는데 굴통에는 굴대장군
얼혼이 나서 뒤울안으로 가면 뒤울안에는 곱새녕 아래 털능구신
나는 이제는 할수 없이 대문을 열고 나가려는데
　대문간에는 근력 세인 수문장

나는 겨우 대문을 삐쳐나 밖앝으로 나와서
밭 마당귀 연자간 앞을 지나가는데 연자간에는 또 연자망구신
나는 고만 디겁을 하여 큰 행길로 나서서
　마음 놓고 화리서리 걸어가다 보니
아아 말 마라 내 발뒤축에는 오나 가나 묻어 다니는 달걀구신
마을은 온데 간데 구신이 돼서 나는 아무데도 갈수 없다

(이 詩는 戰爭前부터 詩人이 하나 둘 써노앗든 作品들中의 하나로 偶然히도 내가 保管하여두었든 것이다—許俊)

七月 백중

「문장」 3권 5호(1948. 10)

마을에서는 세불 김을 다 매고 들에서
개장취념을 서너번 하고 나면
백중 좋은 날이 슬그머니 오는데
백중날에는 새악씨들이
생모시치마 천진푀치마의 물팩치기 껑추렁한 치마에
쇠주푀적삼 항나적삼의 자지고름이 기드렁한 적섬에
한끝나게 상 나들이 옷을 있는대로 다 내 입고
머리는 다리를 서너켜레씩 들여서
시뻘건 꼬둘채 댕기를 삐뚜룩하니 해 꽂고
네날백이 따백이 신을 맨발에 바꿔 신고
고개를 몇이라도 넘어서 약물터로 가는데
무썩무썩 더운 날에도 벌 길에는
건들건들 씨연한 바람이 불어 오고
허리에 찬 남갑사 주머니에는 오랫만에 돈푼이 들어 즈벅이고
광지보에서 나온 은장두에 바눌집에 원앙에 바둑에
번들번들 하는 노리개는 스르럭 스르럭 소리가 나고
고개를 몇이라도 넘어서 약물터로 오면
약물터엔 사람들이 백재일치듯 하였는데
봉갓집에서 온 사람들도 만나 반가워하고
깨죽이며 문주며 섭가락앞에 송구떡을 사거 권하거니 먹거니하고
그러다는 백중 물을 내는 소내기를 함뿍 맞고

호주를하니 젖여서 달아나는데
이번에는 꿈에도 못잊는 봉갓집에 가는 것이다
봉가집을 가면서도 七月 그믐 초가을을 할 때까지
평안하니 집사리를 할 것을 생각하고
애끼는 옷을 다 적시어도 비는 씨원만 하다고 생각한다

(이 詩는 戰爭前부터 내가 간직하여두었던 것을 詩人에겐 묻지않고 敢이 發表한다 許俊)

南新義州柳洞朴時逢方

『학풍』 창간호(1948. 10)

어느 사이에 나는 아내도 없고, 또,
아내와 같이 살던 집도 없어지고,
그리고 살뜰한 부모며 동생들과도 멀리 떨어져서,
그 어느 바람 세인 쓸쓸한 거리 끝에 헤매이었다.
바로 날도 저물어서,
바람은 더욱 세게 불고, 추위는 점점 더해 오는데,
나는 어느 木手네 집 헌 샅을 깐,
한 방에 들어서 쥔을 붙이었다.
이리하여 나는 이 습내 나는 춥고, 누긋한 방에서,
낮이나 밤이나 나는 나 혼자도 너무 많은 것 같이 생각하며,
딜옹배기에 북덕불이라도 담겨 오면,
이것을 안고 손을 쬐며 재우에 뜻 없이 글자를 쓰기도 하며,
또 문 밖에 나가디두 않구 자리에 누어서,
머리에 손깍지 벼개를 하고 굴기도 하면서,
나는 내 슬픔이며 어리석음이며를 소 처럼 연하여 쌔김질하는 것이었다.
내 가슴이 꽉 메어 올 적이며,
내 눈에 뜨거운 것이 핑 괴일 적이며,
또 내 스스로 화끈 낯이 붉도록 부끄러울 적이며,
나는 내 슬픔과 어리석음에 눌리어 죽을 수 밖에 없는 것을 느끼는 것이었다.
그러나 잠시 뒤에 나는 고개를 들어,
허연 문창을 바라보든가 또 눈을 떠서 높은 턴정을 쳐다보는 것인데,

이 때 나는 내 뜻이며 힘으로, 나를 이끌어 가는 것이 힘든 일인 것을 생각
하고,
이것들보다 더 크고, 높은 것이 있어서, 나를 마음대로 굴려 가는 것을 생
각하는 것인데,
이렇게하여 여러 날이 지나는 동안에,
내 어지러운 마음에는 슬픔이며, 한탄이며, 가라앉을 것은 차츰 앙금이 되
어 가라앉고,
외로운 생각만이 드는 때 쯤 해서는,
더러 나줏손에 쌀랑쌀랑 싸락눈이 와서 문창을 치기도 하는 때도 있는데,
나는 이런 저녁에는 화로를 더욱 다가 끼며, 무릎을 꿇어 보며,
어니 먼 산 뒷옆에 바우 섶에 따로 외로이 서서,
어두어 오는데 하이야니 눈을 맞을, 그 마른 잎새에는,
쌀랑쌀랑 소리도 나며 눈을 맞을,
그 드물다는 굳고 정한 갈매나무라는 나무를 생각하는 것이었다.

백석의 시세계와 시사적 의의

고형진

1. 모국어의 확장

백석은 오랫동안 현대시사의 광상 속에 매몰되어 있다 뒤늦게 발굴된 보석 같은 시인이다. 현대시사의 광맥을 새롭게 탐색해들어가던 1980년대 초반에 비로소 온전히 채굴되기 시작한 그의 시는 지상의 진열대 위에 놓이면서 찬란한 빛깔과 광택을 지닌 보석으로 광채를 뿜기 시작했다. 백석 시의 발굴로 우리 시사는 한층 새롭고 풍요로운 진영을 갖추게 되었다. 소월과 만해와 지용 세 인물에 의해 초석을 다진 것으로 알려졌던 우리 현대시의 역사는 백석의 출현으로 새로운 시야와 설명을 필요로 하게 되었다. 1935년부터 1940년대 초반에 이르는 기간에 집중적으로 시를 발표했던 백석은 소월과 만해와 지용이 다져놓은 현대시의 기틀 위에 새로운 시의 문법을 세워나감으로써 우리 시의 미학과 영역을 크게 넓혀나갔다. 백석은 종래의 우리 시가 미처 가보지 못한 새로운 길을 끊임없이 개척해나감으로써 우리 시의 용적을 크게 확장시켰다. 지용이 우리 시에 최초로 현대시의 호흡과 맥박을 불어넣은 시인이라면, 백석은 그 생명체에 다양한 조직과 기관을 이식시켜 활발한 생명력을 불어넣은 시인이라고 할 수 있다. 왕성한 생명체는 뛰어난 번식력을 갖는 법이어서, 그의 시는 후대의 시인들에게 깊숙이 번져나갔다. 백석의 시는 당대는 물론 오늘의 시인들에게도 끊임없는 영향을 미치고 있으며, 그 영향력은 젊은 시인들에까지도 닿아 있다. 이처럼 우리 시사에서 우뚝 솟아 있는 백석 시의 비의는 구체적으로 무엇일까?

백석 시가 현대시사에서 갖는 가장 기본적인 성취는 모국어의 확장이라고 할 수 있다. 그는 무수한 평안 방언들을 시어로 끌어들였는데, 그 낱말들은 대부분 사물이나 인물을 지칭하는 체언들에 집중되어 있다. 말투는 거의 정확히 표준어에 의존하면서도 사물명이나 인명에서 평안 방언을 사용하는 것은, 그의 시어 구사가 우리말의 확장에 놓여 있음을 단적으로 보여주는 것이다. 그러기에 그의 시에서 방언 구사는 평안 방언에만 한정되지 않는다. 그의 시에는 평안 방언 외의 다른 지역 언어들도 등장하고 있다. 자신의 고향언어인 평안 방언에 비해서는 사용 빈도가 낮지만, 그의 시에 출현하는 방언들은 거의 우리 국토 전 지역에 걸쳐 있다. 널리 알려진 대로, 백석은 남도의 통영에서부터 저 멀리 북관까지, 그리고 나중에는 만주 지역에서 한동안 체류하기도 하는 등 드넓은 지역에 걸쳐 많은 기행을 하였는데, 그가 거쳐간 모든 지역의 언어들이 그의 시에 출현하고 있다. 그리고 이때에 구사된 방언들도 말투가 아닌 사물명이나 인명에 집중되고 있다.

또 그의 시에는 고어를 포함해서 우리의 토착어들이 무수히 등장하고 있다. 흔히 백석 시에 수없이 등장하는 낯선 어휘들을 모두 방언으로 생각하기 쉽지만, 사실 방언보다 더 많은 수의 어휘들은 대부분 사전에 등재되어 있는 순우리말들이다. 사전에서 잠자고 있는 아름다운 우리말들을 끌어내 시의 언어로 수용하고 있는 것이다. 역시 체언에 집중된 그 아름다운 고유어들은 우리의 생활 현장의 모든 영역에 걸쳐 포진해 있다. 구체적인 생활 현장 속에 박혀 있는 다양한 직종의 인간 군상들, 그들의 생활 터전인 집과 세간들, 그들이 입고 다니는 의복과 음식, 그리고 그들의 생활 태도와 풍속 등, 생활의 구석구석을 반영하는 낱낱의 말들이 언어의 성찬을 이루고 있다. 투박하면서도 정감 넘치는 이 토속어들의 향연 속에서 뜻과 소리가 어우러지는 언어의 축제가 벌어지고, 깊고도 애잔한 토착생활의 체취와 숨결이 발산되고 있다.

그런가 하면 감각어의 구사도 다채롭고 화려하다. 상황과 정서적 기능이 강조되어 형용사와 부사가 유난히 발달하고 의성어와 의태어의 활용범위가 매우 넓은 우리말의 특성이 백석 시에서 유감없이 발휘되고 있다. 백석은 이 감각어의 활용에선 음운변화를 시도하여 말소리의 느낌을 조절하고 있지만, 기본적으로 사전 속의 낱말이나 방언이나 고어에 뿌리를 둔 우리 토박이말들을 수없이 불러내는 데 초점을 맞추고 있다. 토박이말로 점철된 수많은 사물명과 인명, 그리고 감각어들의 성찬으로 그의 시는 우리말의 보고를 이루고 있다. 소월이 우리말의 선율을 아름답게 가꾼 시인이고 지용이 우리말을 조탁한 시인이라면, 백석은 우리말을 '채집'한 시인이다. 시에서 언어의 중요성을 최초로 자각한 시인이 지용이라면, 풍요로운 우리의 낱말 밭을 주시하고 그 안에 심어져 있는 주옥같은 말들을 캐내어 시를 쓴 최초의 시인은 백석이다. 백석은 시어를 발굴하면서 시를 썼고, 그에 의해 우리말의 용적은 획기적으로 확대되었다.

2. 구문의 개척

백석은 우리말의 구문들을 다채롭게 활용했다. 소월이 우리말의 율격을 세우는 데 주력하고 지용이 우리말의 감각을 다듬는 데 치중하였다면, 백석은 우리말의 문장구조를 응시하면서 구문의 묘미와 효과를 찾아내는 데 주력하였다. 백석은 우리말의 다양한 구문이 품고 있는 미묘한 의미자질을 시의 의미 환기에 적절히 활용하였다. 그의 시에서 우리말의 여러 구문들은 매우 효과적인 시적 기능을 수행하면서 시 읽기의 묘미를 제공한다. 백석은 우리말 구문의 아름다움을 일깨워준 최초의 시인이고, 구문의 미적 자질을 시의 효과로 활용한 최초의 시인이다. 백석의 시가 오늘의 젊은 시인들에게까지 깊숙이 영향을 미치고 있는 것도 바로 이 구문의 각별함 때문이다.

백석이 가장 즐겨 사용한 것은 반복과 나열과 부연으로 어떤 사실이나 정황 등을 줄줄이 이어나가는 '엮음'의 구문이다. 엮음아라리, 사설시조, 휘모리잡가 등과 같은 전통시가의 주된 표현 형태인 이 엮음의 구문은, 말이 연속적으로 엮어지기 때문에 기본적으로 흥미와 속도감을 유발한다. 이 엮음의 구문은 판소리 사설에서 뛰어난 표현의 미학을 발휘하며 개별 장면이나 상황의 정서를 강화, 확대시켜 부분의 독자성을 강조하는 판소리의 양식적 특성을 수행하는 데 중요한 역할을 하기도 한다. 이러한 엮음의 구문을 백석은 시적 상황에 맞춰 적절히 활용한다. 낯선 진술 형태와 독특한 시 형식으로 백석 시의 개성적인 면모를 상징하는 작품으로 간주되는 「여우난골족族」이라는 시는 바로 이러한 엮음의 구문이 지닌 미학을 바탕으로 한 작품이다. 유년 화자의 시점으로 명절날의 풍속을 진술하고 있는 이 작품은 엮음의 구문을 통해 흥미와 속도감과 장면 극대화의 효과를 유발시켜, 우리의 전통적인 명절 풍속 안에 깃든 들뜨고, 북적거리고, 풍성하고, 흥겨운 정취를 한껏 살려내고 있다. 「모닥불」에서는 엮음의 구문이 매우 정교한 시적 장치로 기능한다. 이 시에서는 엮음의 구문 중에서도 사물들을 길게 나열하기만 하는 표현 형태를 보이는데, 일견 단순해 보이는 이 나열의 어법이 시의 의미를 생생히 드러내는 데 뛰어난 역할을 한다.

새끼오리도 헌신짝도 소똥도 갓신창도 개니빠디도 너울쪽도 짚검불도 가락닢도 머리카락도 헝겊조각도 막대꼬치도 기왓장도 닭의 짗도 개터럭도 타는 모닥불

재당도 초시도 문장門長 늙은이도 더부살이 아이도 새사위도 갓사둔도 나그네도 주인도 할아버지도 손자도 붓장사도 땜쟁이도 큰 개도 강아지도 모두 모닥불을 쪼인다

—「모닥불」 중에서

첫 연에서는 모닥불을 지피는 잡다한 질료들이 '도'라는 접사에 의해 무수히 나열되어 있다. '도'라는 말은 같은 종류의 것들이 첨가되는 의미를 갖는 보조사여서, 이 접사를 동반한 나열의 구문은 모닥불을 지피는 질료들이 일정한 간격을 두고 모닥불 안으로 연달아 던져지는 운동감을 전해주며, 그러한 잡다한 질료들이 모여 활활 타오르는 모닥불의 모습을 생생히 보여준다. 이 모닥불의 생성과 연소의 현장은 특별한 의미를 발산한다. 모닥불을 위해 연속적으로 던져지는 그 잡다한 질료들은 하나같이 하찮고 쓸모없는 것들이다. 어둠을 밝히고 온기를 전해주는 모닥불의 그 뜨거운 사랑은 바로 하찮고 쓸모없는 것들이 모여서 일궈내는 것임을 이 현장은 우리에게 생생히 일깨워준다. 둘째 연에서도 유사한 방식으로 엮음의 구문이 구사된다. 여기서는 모닥불을 쬐는 군상들을 '도'라는 접사에 의해 무수히 나열함으로써, 모닥불을 중심으로 둥그렇게 모여앉아서 불을 쬐는 모습을 환기시킨다. '도'라는 접사에 의해 일정하게 나열되는 구문의 형태가 선후와 좌우와 상하의 차

별 없이 평등의 원리가 지배하는 원의 형태를 떠올리게 한다. 그 원의 형태는 바로 모닥불의 사랑을 똑같이 분배받는 모습이다. 나이와 지위의 고하를 막론하고, 심지어는 인간과 동물까지도 이 지상에 존재하는 모든 것들은 평등하게 세상의 사랑을 받으며 살아가야 한다는 것을 이 모닥불의 현장은 우리에게 일깨우고 있다. 이처럼 이 시는 '도'라는 접사를 동반한 나열의 구문으로 모닥불이 피어오르고 모닥불을 쬐는 현장을 생생히 그리고 있을 뿐만 아니라, 그 생동감 넘치는 현장 묘사를 통해 사랑과 평등의 의미를 일깨워주고 있다.

백석은 길게 이어지는 엮음의 구문을 구사하면서도 또 한편으론 간명하게 끊어지는 서술구문을 구사하였다. 특히 서술형 어미 '-다'를 사용하면서 짧게 끊어내는 구문의 사용은 그의 시에서 각별한 효과를 내고 있다.

거리는 장날이다
장날 거리에 녕감들이 지나간다
녕감들은
말상을 하였다 범상을 하였다 쪽재피상을 하였다
개발코를 하였다 안장코를 하였다 질병코를 하였다
그 코에 모두 학실을 썼다
돌체돋보기다 대모체돋보기다 로이도돋보기다
녕감들은 유리창 같은 눈을 번득거리며
투박한 북관말을 떠들어대며
쇠리쇠리한 저녁해 속에
사나운 즘생같이들 사러졌다

—「석양夕陽」 전문

이 시는 북관(함경도) 지역의 어느 장터에서 본 인상적인 모습을 그리고 있다. 북관의 장터에서 시인의 눈을 압도한 것은 동물의 형상에 돋보기를 쓴 얼굴을 하고 투박한 북관 말을 떠들어대며 지나가는 북관 지역의 영감들이다. "사나운 즘생"에 비유된 그들의 강인한 인상은 쇠리쇠리한 석양빛과 호응하면서 북관 영감들의 강한 기력과 생활력을 환기시킨다. 북관 장터의 풍경을 지배하는 북관 영감들의 강인한 모습은 바로 이 시의 구문을 통해 더욱 생생히 새겨진다. 수식어를 완전히 배제하고 어떤 연결어도 사용하지 않은 채 오직 서술형 어미 '-다'만을 사용하면서 최대한 짧게 끊어내는 이 서술구문은 매우 퉁명스럽고 무뚝뚝한 느낌을 준다. 그 서술구문은 북관 말의 투박한 느낌을 고스란히 전해주며 시 전체를 투박한 말투로 공명시키고 있다. 이러한 서술구문은 「멧새 소리」에서도 구사된다. 이 시에서는 처마 끝에 기다란 고드름을 매단 채 차갑게 얼어붙은 명태와 그 명태에 투영된 화자의 얼어붙은 초상이 바로 서술형 어미 '-다'로 끝나는 간명한 서술구문의 그 무뚝뚝하고 퉁명한 소리자질로 한층 비감하게 환기된다. 서술형 어미 '-다'를 사용하는 서술구문은 근대에 와서야 비로소 정착된 문체인데, 백석은 일찌기 이 구문을 시의 정서 환기에 효과적으로 활용한 것이다.

우리말의 구문에 대한 백석의 천착은 명사구문의 활용에서 더욱 빛을 낸다. '~이다'와 '~이다'의 특별한 형태인 '~것이다'와 같은 명사구문은 서술어가 명사로 끝남으로써 동사나 형용사로 끝나는 서술구문과는 다른 의미자질을 갖는다. 동사나 형용사로 끝나는 서술구문은 그 서술어가 지칭하는 동작이나 상태가 강조되지만, '~이다'로 끝나는 명사구문은 그 문장 안에 진술된 사태에 의미의 중심이 놓이게 된다. 백석은 이런 명사구문의 성질을 잘 활용해서 시적인 정서와 의미를 창출해낸다. 가령 「외갓집」 같은 시는 유년 화자가 외갓집에서 겪은 공포감을 진술한 작품인데, '무섭다'는 느낌을 술부가 아닌 주부로 이동시키고 무서움을 유발시킨 갖가지 체험들을 길게 묘사한 다음 마지막에 "집이다"라는 서술구로 끝을 맺고 있다. 사태의 진술이 극대화되는 이런 '~이다' 구문의 구사는 길게 묘사되는 유년 화자의 외갓집 체험이 한층 생기를 띠게 만들며, 그리하여 독자들은 유년 화자가 겪은 경험세계를 생생히 공유하면서 유년 화자의 공포감을 고스란히 느끼게 된다. 백석 시가 평명한 언어로 짜여 있으면서도 그 언어가 활력을 띠며 경험세계를 감각적으로 재생시키고 있는 데는 사태를 극대화시키는 '~이다' 구문이 커다란 역할을 하고 있다.

백석 시의 구문 활용은 '~것이다' 구문에서 백미를 이룬다. '~것이다' 구문은 '이다' 앞에 불완전명사인 '것'이 붙은 것으로서 '~이다' 구문과 같은 것으로 취급되지만, 어떤 문장의 경우엔 특별한 의미자질을 갖는다. 즉, 발화자가 그 앞의 내용을 대상화시키면서 특별히 강조하는 의미를 갖게 되는 것이다. 이런 특성으로 인해 '~것이다' 구문은 당시 크게 유행하던 무성영화의 변사의 문체로서 자주 구사되기도 했는데, 백석은 이 구문을 자신의 시에 절묘하게 활용하고 있다. 「동뇨부童尿賦」와 「넘언집 범 같은 노큰마니」 같은 시가 대표적인 경우에 해당한다. 이 두 작품은 유년 시절의 가장 인상적인 경험이라고 할 수 있는 '오줌'과 '할머니 댁 나들이'에 대한 추억을 회상하고 있는 작품이다. 「동뇨부」는 유년 화자를 통해 오줌에 얽힌 사연을 감각적으로 그려내고 있고, 「넘언집 범 같은 노큰마니」는 역시 유년 화자를 내세워 할머니 댁으로 나들이 가서 겪은 일들을 동작동사로 서술하여 체험의 구체성과 역동성을 살리고 있다. 그런데 이 두 작품은 모두 마지막 대목에 가선 '~것이다' 구문을 사용함으로써, 지금까지 진행된 유년 화자의 체험적 진술을 대상화시켜 말하는 새로운 발화자를 생성시키고 있다. 그리하여 어린 시절의 경험들을 발화자인 '나'의 마음속에서 지워지지 않는 애틋한 추억으로 만들고, 또 유년 화자의 경험세계를 하나의 보편적이고 객관적인 '이야기의 세계'로 만들어 독자들에게 한층 친밀하게 전달하고 있다.

「남신의주 유동 박시봉방南新義州柳洞朴時逢方」에서는 '~것이다' 구문이 더욱 밀도 있게 구사된다. 객지에서 자신의 지난 삶을 성찰하면서 바람직한 삶의 자세에 대해 생각해보고 있는 이 작품은 일인칭 화자의 내면 성찰을 '~것이다' 구문으로 진술하여, 일인칭 화자의 성찰을 대상화시켜 말하는 또하나의 발화자 '나'를 생성시킨다. 이경수가 지적한 바 있듯이 이런 시적 구문은 시 속의 '나'의 성찰을 돌아보는 또하나의 '나'의 존재를 부각시켜 '나'의 성찰을 더욱 깊고 치열하게 만들고 있는 것이다. 백석 시 가운데 최고의 절창으로 꼽히는 이 작품의 깊이와 호소력에는 '~것이다' 구문의 활용이 지대한 역할을 하고 있는 것이다.

3. 시 형식의 혁신

백석은 종래의 우리 시 형식에 일대 혁신을 일으켰다. 정제된 운율로 가지런하게 말을 늘어놓았던 형식을 과감하게 뛰어넘어 말들을 장황하게 늘어놓는 사설체의 형식을 시도하였다. 앞서 살펴본 엮음의 구문에 해당하는 이런 긴 사설체로 삶의 행위들을 낱낱이 서술하기도 해서 독자들에게 짤막한 '이야기'를 들려주고 있다. '서사지향적인 시' 또는 '이야기 시'로 명명될 수 있는 이러한 새로운 시의 형식은 지용이 시도했던 산문시와는 다른 것이며, 김동환이 「국경의 밤」에서 시도했던 긴 '이야기 시'와도 구별된다. 백석의 시에는 일련의 시간적인 진행 안에 인물들의 행위가 구체적으로 진술되고, 때로는 인물의 육성이 표출되기도 하며, 시의 운율이 선율의 아름다움으로 흐르는 것이 아니라 인물의 행위를 표상하는 데 기여하고 있다. 이런 시적 태도와 언어적 구조는 다분히 서사적인 형식에 닿아 있는 것이다. 하지만 그의 시에서 '이야기 구조'는 서사양식에서처럼 사건의 서사적 진행에 초점이 맞춰져 있는 것이 아니라, 개별 장면의 묘사와 서술에 의미의 중심이 놓여 있다. 각 장면들은 대체로 엮음의 구문을 통해 상황과 정서가 크게 강화되어 있다. 개별 장면들은 그 자체로 독립성을 갖고 극대화되어 있으면서 동시에 전체의 이야기 구조와 맞물려 있다. 「고야古夜」 같은 시는 밤에 얽힌 서로 다른 네 가지의 장면이 조합되어 한 편의 시를 이루고 있기도 하다. 이처럼 개별 장면들이 독립되어 각 장면의 상황과 정서를 드러내는 데 주력하면서, 동시에 그 장면이 전체의 이야기 구조에 맞물려 있는 시의 형식은 우리의 전통적인 문학양식인 판소리의 형식에 접맥되어 있는 것이다. 엮음의 구문으로 속도감 있는 운문의 문체를 드러내면서, 또 한편으로 운율을 느낄 수 없는 산문체가 작품 안에 공존하고 있는 형식도 운문과 산문이 교차되는 판소리의 문체를 연상시킨다. 백석은 판소리에서 그 흔적을 찾을 수 있는 독특한 형식의 '서사지향적인 시'를 내놓아 시 형식의 폭을 크게 넓혔고, 독자들에게 시 읽기의 색다른 즐거움을 제공하고 있다.

그런가 하면, 백석은 전에 볼 수 없었던 아주 짤막한 길이의 시 형태를 시도하기도 했다. 「비」와 「노루」라는 시는 단 두 줄로 한 편의 시를 완결시키고 있으며, 「청시靑柿」 「산山비」 「하답夏畓」 같은 시는 세 줄로 구성되어 있다. 「흰밤」이나 「초동일初冬日」 같은 시도 매우 간명한 형태를 띠고 있다. 특히 이 가운데서 단 2행만으로 구성된 시는 매우 이색적인 것이다. 그토록 간명한 시의 형태는 당시로서는 거의 처음 나타난 것이라 할 수 있다. 우리의 현대시는 가장 이상적인 정형시가인 시조의 3행을 바탕으로 자유시의 실험을 시도한 것으로 볼 수 있다. 그래서 근대의 현대시에선 대체로 한 연이 3행을 전후로 짜여 있는 경우가 많고, 그런 관행은 지금도 사라지지 않고 있다. 단연으로 된 경우 이 3행에서 1행을 더하기도 하고 빼기도 했는데, 뺄 경우엔 여러 연으로 만들기도 했다. 김영랑이 주로 시도한 4행시가 전자에 해당하고, 2행 1연의 시 형태로 압축과 여백의 미를 창조해낸 지용의 시가 후자에 해당한다. 그런데 백석은 여기에 단 2행만으로 된 가장 압축된 시의 형태를 내놓은 것이다. 「비」라는 시는 그 가운데서도 가장 성공작으로 꼽히는데, 첫 행에서는 비 내리는 풍경을 시각 이미지로 묘사하고, 둘째 행에서는 후각 이미지로 묘사함으로써 비 내리는 마을의 토속적인 정취를 더할 나위 없이 풍부하고 깊게 전해준다. 백석은 단 2행만으로 높은 미학성을 지닌 시의 형식을 완성해냄으로써 우리 시의 단형을 새롭게 창조해낸 것이다.

백석이 개척한 시의 형식에서 또하나 빼놓을 수 없는 것은 시의 제목이다. 작품의 제목은 본래 하나의 텍스트를 형성하는 필수적인 요소의 하나인데, 백석은 그 제목에 남다른 미학을 부여하였다. 백석은 진정한 의미에서 제목의 중요성을 터득하고 실현한 최초의 시인이다. 유종호가 지적한 바 있듯이 그는 종전까지 다른 시인들이 시도하지 않은 새롭고 파격적인 제목을 시에 붙이기도 하였다. 백석이 일궈낸 제목의 미적 특징들을 구체적으로 살펴보면 다음과 같다.

먼저 지명과 인명을 그대로 작품의 제목으로 삼으면서 특별한 시적 효과를 내고 있다. '여우난골족族' '가즈랑집' '허준許俊'과 같은 제목이 여기에 해당한다. '여우난골'과 '가즈랑'은 모두 토속적인 지명인데, 그 지명이 품고 있는 기표와 기의가 고스란히 작품의 내용을 상징적으로 드러낸다. '여우가 나타난 골짜기'라는 의미의 '여우난골'이란 지명은 그곳이 우리의 전통과 풍속이 고스란히 살아 있는 토속적인 산골 마을임을 환기시킨다. '가즈랑'이라는 지명의 기표에선 투박하면서도 꼬불꼬불한 느낌, 또 카랑카랑하면서도 강인한 느낌이 풍겨난다. 그런 느낌은 고개 너머 깊숙한 산골에서 홀로 꼿꼿하게 살아온 무당 할머니의 이미지를 환기시켜준다. '허준'은 백석과 가까운 문우인데, 친한 친구의 이름을 그대로 작품의 제목으로 삼아 매우 특별한 인물로 승화시키고 있다. '남신의주 유동 박시봉방' 같은 제목은 지명과 인명을 동시에 사용해서 마치 편지봉투의 발신인 주소 같은 의미를 만들고 있다. 이 시의 내용은 편지의 사연을 연상시킨다. 백석은 제목과 본문을 합쳐서 하나의 '편지' 형식으로 시를 쓰고 있는 것이다.

'적경寂境' '향악饗樂' '선우사膳友辭' 같은 제목은 한자 조어를 통해 작품의 의미를 상징적으로 전해주고 있다. 「적경」은 나이 어린 아내의 첫 출산을 두고 사람과 사람, 사람과 자연 사이의 사랑의 교류를 전해주는 작품인데, 마음속에서 조용히 전해지는 진정한 사랑이 바로 '고요하고 평온한 지경'이란 의미의 '적경寂境'이란 제목에 적절히 함축되어 있다. 「향악」은 산 속의 깊은 마을에서 울려퍼지는 떡 치는 소리와 개울물 소리를 묘사하고 있는 작품인데, 여기에 '향악饗樂', 즉 '잔치의 노래'라는 제목을 붙임으로써 순박한 산골의 생활 현장에서 울려퍼지는 아름다운 삶의 소리를 전해주고 있다. '잔치의 노래'라는 뜻의 '향악'이라는 제목은 시의 내용보다도 더 시적이다. 「선우사」는 흰밥에 가재미 하나만을 반찬으로 하는 소박한 식사를 미더운 친구와 대화를 나누는 것에 빗대서 표현하고 있는 작품인데, 이런 의미가 '반찬 친구'라는 의미의 '선우膳友'라는 제목 속에 운치 있게 함축되어 있다.

시의 제목이 작품의 의미를 승화시키는 예는 「수라修羅」와 「멧새 소리」 같은 시에서 백미를 이룬다. 「수라」는 시인이 기거하는 방 안에서 거미 새끼와 그 어미가 서로를 찾아 헤매는 상황을 진술하고 있는 작품이다. 시의 내용은 매우 평범한데, 여기에 '수라', 즉 눈뜨고 볼 수 없을 만큼 끔찍한 현장을 의미하는 '아수라장'에서 유래한 말이 제목으로 쓰임으로써 거미 가족의 이산과 재회의 과정에 끔찍한 긴장을 불러일으킨다. 그것은 하나의 우화가 되어 공동체적 삶의 붕괴와 회복의 과정이 얼마나 끔찍하고 힘든 것인지를 깨닫게 한다. 「멧새 소리」는 처마 끝에 고드름을 매단 채 꽁꽁 얼어붙어 있는 명태를 묘사하고 있는 작품인데, 시인은 여기에 시에는 전혀 등장하지 않는 '멧새 소리'라는 제목을 붙임으로써 처마 끝에 새파랗게 얼어붙은 채 처연하게 매달려 있는 명태가 주는 비감함을 '멧새 소리'라는 청각 이미지로 환기시키고 있다. 시각적 묘사가 주는 비감함에 청각심상을 부여하여 그 비감함을 독자들의 가슴속 깊숙이 공명시키고 있는 것이다. 이처럼 백석의 시에서 제목은 매우 중요한 역할을 하고 있다. 백석은 제목이 시의 중요한 한 행을 차지한다는 것을 자각한 최초의 시인이라고 할 수 있다.

4. 감각의 갱신

백석은 시의 대상을 다채로운 감각으로 포착하였다. 종래의 우리 시가 시각적인 반응에만 치중한 데 비해, 백석은 시각 외에 청각, 후각, 촉각, 미각 등 거의 모든 감각으로 시의 대상에 반응하고 교감하였다. 그리하여 그의 시에서는 대체로 한 편의 시 안에 여러 감각들이 공존한다. 앞서 언급한 바 있는 「비」라는 시는 바로 이런 시인의 감각적 반응을 잘 보여주는 작품이다. 시인은 비 내리는 풍경을 시각과 후각의 두 가지 감각으로 포착하여 비 내리는 마을의 토속적인 풍경과 정취를 생생히 전해준다.

이미지를 감각적인 표현이라는 넓은 의미로 사용할 때, 백석이 구사한 후각 이미지와 미각 이미지는 선구적인 것이다. 백석은 시각 이미지로 시의 회

화성에 치중하던 우리 시에 후각과 미각 이미지를 보탬으로써 우리 시의 감각을 보다 강렬하게 만들고 우리 시를 생활 속에 밀착시켜나갔다. 후각과 미각은 보다 구체적인 생활 현장의 체취가 묻어나는 감각이다.

백석은 비유를 통해 이미지를 만들 때, 그 비유의 수단vehicle을 일관되게 우리의 토속적인 사물로 삼는다. 「비」에서 비가 내려 아카시아 꽃잎이 땅 위에 떨어져 있는 풍경을 '흰 두레방석'에 빗댄 것이나, 비 내린 날의 느낌을 '개비린내'라는 후각으로 표현한 것들도 바로 그런 예이다. 이밖에 "뜨물같이 흐린 날"(「쓸쓸한 길」), "구덕살이같이 욱실욱실하는 손자 증손자"(「넘언집 범 같은 노큰마니」), "살빛이 매감탕 같은"(「여우난골족」) 등의 표현들도 모두 그러하다. 곡식을 씻어낸 '뜨물(뜨물)'은 흐린 날씨의 탁한 시야와 우중충한 표정을 적절하게 그려내고 있으며, '구덕살이(구더기)'는 누런 얼굴에 때가 잔뜩 낀 시골의 조무래기 아이들이 득실거리는 느낌을 잘 그려내고 있고, 엿 같은 것을 고아낸 물을 지칭하는 '매감탕'은 누렇고 윤기 없는 시골 사람의 피부색을 적절히 그려낸다. 이러한 이미지들은 사물에 대한 인상을 적절히 그려낼 뿐만 아니라 토속적인 생활정취까지도 자아낸다. 백석은 기본적으로 감각의 선명함을 추구한 시인이 아니기 때문에 비유를 통한 이미지 표현이 지용만큼 날카롭지는 않지만, 대신에 우리의 토속적인 사물에 빗대어 시의 대상을 적절히 그려내고, 나아가 우리의 토속적인 생활정취를 물씬 풍겨내는 특징을 보인다. 이미지가 감각의 싱싱함만을 추구하는 것이 아니라 생활의 체취와 기운까지도 자아내는 것이 바로 백석 시가 지닌 이미지 표현의 중요한 특징인 것이다. 백석이 시각 이미지에 머물지 않고 후각과 미각을 포함해 다양한 감각을 펼쳐 보이는 것도 결국은 생활정서를 풍부하게 드러내려는 의도에서 비롯된 것이다.

그런가 하면 「산山비」 같은 시에서는 이미지 표현의 또다른 신경지를 보여준다. 이 시는 백석 시로선 예외적으로 오로지 자연의 세계만을 묘사하고 있는데, 자연의 질서를 그려내는 언어 구사가 남다르다.

> 산山뽕닢에 빗방울이 친다
> 멧비들기가 닌다
> 나무등걸에서 자벌기가 고개를 들었다 멧비들기켠을 본다
>
> ―「산비」 전문

단 세 줄의 간명한 진술로 되어 있는 이 작품은 산 속에 비가 내리면서 일어나는 자연물 사이의 연쇄적 반응을 극도의 절제된 언어로 그린다. 비유어는 물론 일체의 수식어를 모두 제거하고 최소한의 문장성분만으로 진술함으로써 산 속의 고요한 모습을 그대로 드러내고 있다. 고요한 산 속에 빗방울이 떨어지면서 일어나는 미세하고 은밀한 자연의 움직임은 '친다' '닌다' '들었다' '본다'는 네 개의 서술어만을 통해 드러난다. 그 서술어들은 빗방울의 낙하와 멧비둘기의 수직상승, 자벌기의 회전 등, 산 속에서 연쇄적으로 일어나는 자연물들의 여러 움직임을 그대로 보여준다. 여기서 화자는 완전히 뒤로 물러나 있다. 오로지 호젓한 산 속에서 일어나는 미세한 자연의 움직임만이 드러나 있을 뿐이다. 화자의 의식을 배제한 채, 극도의 절제된 언어로 오로지 있는 그대로의 자연의 움직임만을 드러내는 이 시는 거의 선적인 지각을 보여주는 것이다. 이러한 선적인 지각은 시집 『백록담』으로 대표되는 지용의 후기 시에 나타난 시적 특징이기도 하다. 이 점에서 백석 시와 지용의 후기 시 사이에는 어느 정도의 시적 교감이 흐르고 있다고 할 수 있다.

5. 생활정서의 시적 육화

백석은 우리 시를 생활 속으로 밀착시켰다. 개인적인 서정이나 자연의 성찰에 치중하던 우리 시는 백석의 시에 와서 비로소 삶의 한복판으로 들어오게 되었다. 백석은 구체적인 생활 현장에서 벌어지는 낱낱의 삶의 세목들을 시의 세계 속에 펼쳐나갔다. 백석은 시가 삶과 유리된 저편의 추상적인 예술품이 아니라 인간의 삶 속에 밀착된 매우 구체적인 생활의 기록이자 성찰이라는 것을 보여준 최초의 시인이다. 백석이 오랜 시간적 상거에도 불구하고 오늘의 젊은 시인들에게까지 깊은 영향을 미치고 있는 것도 구문의 활용과 함께 생활에 밀착된 시를 써나간 특성에 크게 기인하는 것이다.

백석의 시에는 거의 매 편마다 음식물이 등장하는데, 이 역시 생활에 밀착된 백석 시의 특성과 깊은 관련이 있다. 음식은 말할 것도 없이 생활 현장에 가장 깊숙이 밀착되어 있는 사물이며 생활문화의 하나를 이루고 있기도 하다. 음식을 만들고 여럿이 함께 나눠 먹는 것 자체가 의미 있는 생활문화를 형성하고 있는 것이다. 특히 특별한 놀이기구가 없던 지난날 유아들에게 음식을 먹는 행위는 그 자체가 더없이 즐거운 놀이의 하나이기도 했다. 백석 시에 무수히 등장하는 음식들은 일제강점기의 궁핍한 생활상이 반영된 측면이 있지만, 더 근본적으론 구체적인 생활문화와 놀이문화의 형상화 속에서 나타난 시적 현상인 것이다. 그의 시에서 음식은 우리의 생활정서를 애틋하게 드러내는 절실한 언어의 역할을 하고 있다.

구체적인 생활 현장 속에 아로새겨진 삶의 세목들을 그려내는 백석 시에서 눈에 띄는 현상은 풍속의 재현이다. 풍속이란 말 그대로 예부터 내려오는 생활의 관습이며 우리의 생활 곳곳에 뿌리박혀 있는 전통문화이다. 구체적인 생활 현장을 자세히 그려내는 백석 시에는 자연히 풍속의 세계가 자주 노출되고 있으며, 또 어떤 시에서는 의도적으로 우리의 전통적인 풍속을 자세히 묘사하기도 한다.

그의 시 곳곳에서 드러나는 풍속의 세계는 다양하기 그지없다. 「여우난골족」에서는 일가친척들이 큰집에 한데 모여 풍성하게 장만한 음식을 먹고 이야기꽃을 피우며 지내는 우리의 따뜻한 명절 풍속이 구체적으로 그려져 있다. 그 가운데는 '꼬리잡이' '호박떼기' '쌈방이굴리기' '제비손이구손이' '바리깨돌림' 같은 아이들의 놀이 풍속도 자세히 그려져 있다. 아이들의 놀이 풍속은 「고야」에도 나타난다. 「여우난골」에는 바가지를 만들기 위해 박을 삶는 풍속이 나오고, 삼의 껍질을 벗기기 위해 수증기로 삼을 익히는 삼굿의 풍속이 나온다. 「쓸쓸한 길」과 「여승女僧」에서는 장사葬事와 관련된 풍속이 나온다. 「쓸쓸한 길」에서는 극빈자나 어린아이가 죽었을 때 거적으로 대충 말아서 장사를 치렀던 '거적장사'의 풍속이 나오고, 「여승」에서는 어린아이의 초라한 무덤인 '돌무덤'의 풍속이 나온다. 「목구木具」에서는 제례祭禮의 풍속이 구체적으로 나온다. 「칠월七月 백중」에는 농사일이 끝날 무렵인 칠월 보름 백중날 여러 잔치를 벌이는 농경사회 특유의 세시풍속이 구체적으로 그려져 있다.

백석 시에는 속신과 관련된 풍속도 많이 나온다. 「고야」에는 납일에 내리는 눈을 받아 감기나 배앓이나 이질 등의 치료에 썼던 민간요법이 나오고, 「오금덩이라는 곳」에서는 부증이나 피멍이 들 때, 또는 팔다리가 저릴 때 거머리를 붙여 피를 뽑아 치료하는 민간요법이 나오며, 「동뇨부」에는 유아의 오줌으로 피부병을 치료하는 민간요법이 나온다. 그런가 하면 「오금덩이라는 곳」에는 또 여우가 우는 날이면 흉사가 있다는 속신에 따라 팥을 뿌리거나 오줌을 누는 등의 벽사辟邪 속신이 나오기도 한다. 「가즈랑집」에는 무당의 풍속이 나온다. 마을에 아이가 날 때 무명필에 이름을 쓰고 백지를 달아 귀신에게 바쳐 무병장수를 기원하는 마을 생활의 수호자로서의 무당의 풍속이 자세히 그려져 있다. 이 시에는 그 무당 할머니가 갖가지 산나물을 캐는 장면이 진술되기도 하는데, 거기에 열거되어 있는 산나물들은 그 무당 할머니가 굿할 때 제상의 음식으로 올리는 것으로 짐작된다.

백석 시에 그려져 있는 이 갖가지 풍속들은 우리 고유의 생활문화와 정취를 짙게 드러내는 역할을 하는데, 때로는 그 안에 사회·역사적 메시지가 함축되어 있기도 하다. 가령 명절날의 풍속을 그리고 있는 「여우난골족」의 경우 큰집에 모여 있는 일가친척들은 저마다 불행을 안고 살아가는 인물들인데, 명절날 큰집에 모여서는 풍성하고 따뜻하며 즐거운 시간을 보낸다. 이 명절날의 행복은 바로 혈연적인 연대감에서 오는 것이다. 이런 명절 풍속의 구체적인 재현은 그런 혈연적 연대가 붕괴되는 일제강점기의 사회 현실에 대한 뼈아픈 성찰을 담고 있는 것이다. 먹거리 풍속이 나오는 「국수」나 「북신北新」 같은 시에서는 보다 직접적으로 민족의식과 역사의식을 드러낸다. 두 작품 모두 우리 전통 음식의 풍속을 그리면서, 그 음식문화 속에 깃들어 있는 민족의 심성을 성찰하고 우리의 오랜 역사를 상기해낸다.

한편 백석은 많은 기행시들을 쓰기도 했다. 그의 생은 유랑과 기행으로 점철되어 있고, 그는 그때마다 많은 기행시들을 남겼다. 그의 기행은 가깝게는 고향 인근의 평안도 일대에서 시작해 멀리는 남쪽 끝자락의 통영까지, 그리고 다시 저 위쪽의 북관 지역까지 뻗쳐 있고, 나중에는 만주 지역으로 건너가 그곳에서 일정 기간 체류하기도 했다. 백석은 이런 기행 체험을 바탕으로 '남행시초' '서행시초' '함주시초' 등의 기행시 연작을 썼으며, 그 외에 「통영統營」 「석양夕陽」 「고향故鄕」 「절망絶望」 「함남도안咸南道安」 등과 같은 타향 체험의 작품들을 썼다. 더없이 드넓게 걸쳐 있는 여러 기행지에서의 체험을 바탕으로 한 이 기행시편들은 우리나라 지방의 독특한 풍물과 생활 표정들을 보여준다. 거기에는 유서 깊은 통영 지역의 고풍스럽고 고즈넉한 바닷가의 풍경이 인화되어 있고, 따뜻하고 정감 넘치는 남도의 인정이 어려 있다. 또 평안도 일대의 풍성한 장터 풍경이 담겨 있고, 함경도 함흥 지역의 깊숙한 산간 지역 사람들의 순박하고 원색적인 생활 표정이 나타나 있으며, 북관 장터를 지배하는 북관 영감들의 강인한 생활 표정이 드러나 있다. 또 「함남도안」 같은 시는 부전강 상류 지역에 있으면서 철도 노선의 종점이기도 하여 강변 풍경과 역 풍경이 조화를 이루는 도안道安 지역 일대의 운치 있는 풍경을 전해주고 있으며, 당시에 조성된 커다란 인공호수인 부전호수가 사람의 발길을 끌어당기는 명승지였음을 짐작하게 한다. 그런가 하면 「팔원八院」 같은 시에는 일제의 주재소장 집에서 일하는 아이보개의 서글픈 생활이 나타나 있다. 시인이 평안도의 팔원 지역 일대를 버스로 기행할 때 목격한, 주재소장 식구들의 배웅을 받으며 버스 안에 올라탄 아이보개의 안쓰러운 용모가 그대로 찍혀 있다. 그것은 기행을 통해 체감한 일제강점기의 비극적인 삶의 현장인 것이다. 그의 기행시편은 우리나라 국토의 여러 풍경들을 낱낱이 보여준다. 당대의 산천과 생활 표정이 알알이 박혀 있는 그 생생한 현장 사진 속에 당대를 살았던 우리들의 아름다운 빛과 어두운 그림자가 애틋하게 비치고 있다.

6. 서정시의 새로운 지평

백석은 서정시의 아름다움과 가치를 새롭게 일깨워주었다. 백석은 여러 인물들의 행위를 낱낱이 서술하는 이야기 형식의 시만 쓴 것이 아니라, 일인칭 화자의 주관적 독백을 표출하는 전형적인 서정시도 썼다. 백석이 쓴 서정시는 전에 볼 수 없었던 참신함으로 가득 차 있다. 막연한 감상으로 얼룩지거나 초월적 세계에 대한 동경으로 표백되곤 했던 종래의 서정시는 백석의 손에 의해 탈태되고, 새로운 어법과 태도의 서정시가 탄생하게 되었다. 백석이 구사한 서정의 언어들은 특별한 수사나 조탁이 시도되지 않아서 평명하기 그지없지만, 그 언어들은 더없이 맑고 투명하다. 백석은 이슬처럼 영롱하고 청정한 언어로 마음속에서 일렁이는 감정의 무늬를 섬세하게 표현해내었다. 헛된 감상의 범람을 자제한 채 차분히 자신의 감정을 응시하며 내면에서 번져나가는 마음의 빛을 유리알처럼 투명한 언어로 실어내어 인생의 고뇌와 진실을 독자들의 가슴속에 심어주고 있다.

서정시의 꽃이라고 할 수 있는 연시에서부터 백석은 서정시의 새로운 경지를 보여준다. 시의 제목에서부터 참신함이 묻어나는 「나와 나타샤와 흰 당나귀」라는 작품은 면면히 이어져온 우리 연시의 전통을 일거에 탈바꿈시키고 있다. 그동안 우리의 연시들은 한결같이 이별의 상황에서 솟구치는 여성의 애절한 마음을 노래해왔는데, 이 시는 남성 화자가 눈 오는 날 소주를 마시며 사랑하는 여자를 그리워하는 마음을 노래하고 있다. 이 시의 남성 화자가 취기 속에서 사랑하는 나타샤와 함께 흰 당나귀를 타고 눈이 푹푹 쌓이는 밤중에 마가리(오두막집)로 가 같이 살고자 하는 상상을 하는 것은 더없이 낭만적이고 환상적이다. 그리고 이런 시인의 마음을 실어내는 언어도 매우 투명하고 감미롭다. 백석은 구체적인 현실의 정황에 바탕을 둔 절실한 그리움을 눈처럼 맑고 포근한 언어로 드러내어 생생하고 아름다운 사랑 노래를 들려준다.

일인칭 화자의 내면 독백을 특징으로 하는 서정시에선 자아 성찰의 시적 태도가 자주 시도되는데, 백석은 이 점에서도 선구적이고 독창적인 경지를 일궈냈다. 그의 시 가운데 절창 중의 절창으로 꼽히는 두 작품, 「흰 바람벽이 있어」와 「남신의주 유동 박시봉방」은 바로 이 내성적인 서정시의 진수를 보여준다. 두 작품에서 시인의 내성적 목소리는 절절하게 울려퍼진다. 시인의 내면 깊숙이에서 길어지는 진실한 생의 성찰이 절실한 울림을 주는 데에는 자기 성찰의 시적 장치가 커다란 몫을 한다. 「흰 바람벽이 있어」에서는 일종의 스크린 역할을 하는 '흰 바람벽'을 통해 자기 성찰이 이루어진다. '흰 바람벽'을 통해 시인의 추억이 지나가고, 마침내 시인의 내성적 목소리가 자막으로 처리된다. 그 목소리의 실제 주인공인 '나'는 스크린 속에서 펼쳐지는 '나'를 보는 관객이 된다. '나'가 스크린을 통해 이렇게 둘로 분리되면서 나의 성찰은 한층 깊이를 갖게 되고, 객관성을 확보하게 된다. 「남신의주 유동 박시봉방」에서는 이런 스크린의 역할을 '구문'이 대신한다. 앞 장에서 살펴보았듯이 '~것이다' 구문으로 '나'의 성찰을 돌아보는 또하나의 '나'의 존재를 부각시켜 '나'의 성찰을 매우 깊고 치열한 것으로 만드는 것이다. 여기에다 편지 형식의 시 형태까지 보태진다. 편지는 가장 내밀하고 솔직한 자기 성찰의 글쓰기 양식이다. 그래서 독자들은 이 시에서 편지에 적힌 시인의 사연을 읽는 느낌을 받으며 시인의 자기 성찰을 더없이 진솔한 내성의 목소리로 듣게 되는 것이다.

백석 시에서 일인칭 화자의 내면 독백은 사적인 삶의 정서로만 한정되지 않는다. 시인의 독백은 사회적, 역사적 자아의 목소리까지 담아낸다. 시인은 「북방北方에서」라는 작품에서 그 깊고 웅장한 목소리를 들려준다. 만주 지역에 기거하는 시적 자아가 자신의 삶을 성찰하고 있는 이 시에서 백석은 시적 자아를 아득한 역사 속으로 투신시킨다. "아득한 넷날에 나는 떠났다"라고 첫머리에서 그가 외쳤을 때, 그 일인칭 화자는 곧 시인의 의식 속에 배어 있는 과거의 우리 조상이다. 시인은 과거 우리 조상들이 광활한 만주 지역을 버리고 한반도의 평안도 이남으로 내려온 퇴행과 은둔의 역사를 성찰한다.

그 서럽고 아쉬운 역사는 일제의 강점 아래 놓이게 된 당대의 뼈아픈 현실로 이어진다. 그리하여 시인은 자신의 '태반', 즉 우리의 옛 영토인 만주에 와서 옛날의 영광을 찾고자 하지만, 그 영광의 역사는 오랜 세월의 흐름과 함께 사라지고 말았음을 한탄하며 시를 맺고 있다. 상실된 우리 땅과 역사에 대한 깊은 탄식에는 그만큼 깊은 역사의식과 감각이 팽팽하게 살아 있는 것이다.

백석은 서정시도 사회 · 역사적 목소리를 낼 수 있음을 보여줌으로써 서정시의 폭을 크게 넓혔다. 그는 언어, 감각, 문장, 형식, 양식, 태도 등 시의 모든 미적 자질에 걸쳐 재래의 것을 벗어내고 새로운 것을 추구해나갔다. 그는 '다른 시'를 위해 부단히 개척하고 실험했다. 그는 1930년대 그 어떤 시인보다 과감한 모더니스트였던 것이다. 오늘의 독자들이, 그리고 오늘의 시인들이 그에게 열광하는 것은 바로 백석의 그 모던한 행적 때문일 것이다.

백석 시 원본의 언어와 표기법, 그리고 정본의 원칙

고형진

I. 백석 시 원본의 언어와 표기법

백석 시의 원문을 처음 대하는 독자들은 낯선 어휘들로 가득 찬 문장에 놀라게 된다. 오늘의 일상에서 자주 보기 어려운 어휘들이 줄줄이 나열되고 있는 그의 시들을 읽으면서 독자들은 당황하고 신기한 느낌에 빠져든다. 백석 시의 중요한 매력의 하나인 시어들의 생소함은 노골적인 방언의 구사가 중요한 원인이다. 백석은 자신의 고향 언어인 평안 방언을 깊이 있게 구사하였다. 특히 그의 방언 구사는 사물이나 사람을 지칭하는 체언에 집중되어 있어서 독자들에게 체감되는 생소함은 훨씬 크다. 그의 시에서 방언은 거의 외래어와 같은 낯선 느낌을 준다.

백석 시의 생소함에는 고어의 구사도 한몫을 한다. 백석은 방언 외에 고어도 더러 구사했다. 고어는 대체로 방언으로 남아 사용되는 경우가 많아 방언과 고어는 많은 부분이 겹치지만, 백석이 구사한 고어 중에는 평안 방언으로 남아 사용되는 경우 말고 중세나 근세 국어에서만 사용되던 단어들도 더러 발견된다. 노골적인 방언 구사에 고어까지 겹쳐서 백석 시는 독자들에게 한층 낯설고 신비한 모습으로 다가온다.

그런데 방언과 고어로 가득 찬 백석 시의 생소한 언어밭을 더욱 난해하게 만드는 것은 표기법의 혼란이다. 백석 시의 표기법은 오늘날 우리가 접하는 한글맞춤법과는 많은 차이가 있다. 한글맞춤법 통일안은 1933년 10월에 처음 제정되어 1936년 10월에 표준어 사정안이 만들어졌고, 1937년 3월 사정안에 맞춰 개정된 한글맞춤법 통일안이 발표되었다. 한편 백석은 1935년에 시단에 데뷔하였고 그 이듬해인 1936년 1월에 시집 『사슴』을 발표하면서 본격적으로 작품활동을 시작했다. 그러므로 그는 한글맞춤법 통일안이 제정되고 완성되어가는 과도기에 작품을 쓴 셈이고, 따라서 표기법에서 혼란을 드러낼 수밖에 없었다. 이것은 동시대에 작품활동을 했던 시인, 작가들에게서 공통적으로 나타나는 현상이기도 하다. 여기에다 오자의 문제까지 더해진다. 백석의 경우 지금보다 열악할 수밖에 없었던 당시의 출판 사정 외에도 방언·고어의 유별난 사용 때문에 오자의 발생 확률도 상대적으로 높았다고 할 수 있다.

백석의 시어들을 둘러싼 이런 특별한 사정을 염두에 두면, 백석 시 원본의 언어에 대한 매우 면밀한 검토와 주의가 요구된다. 생소하고 난해한 백석 시의 언어밭에서 방언·고어와 혼란된 표기법·오자들을 구분해서 짚어내는 일이 필요하다. 다시 말해 백석 시의 미적 자질을 형성하는 방언·고어의 구체적인 특징과 사례들을 밝혀내고, 아울러 그보다는 혼란된 표기법의 표출로 간주할 만한 것들과 오자들을 밝혀내는 일이 필요하다. 물론 이러한 작업은 근원적인 난제를 안고 있긴 하다. 1933년에 제정된 한글맞춤법이란 것이 결국 방언과 고어를 정리하고 통일한 것이기 때문에, 백석 시에서 어떤 것이 의도된 방언·고어이고 어떤 것이 표기법의 혼란인지를 명확히 판명하기란 쉽지 않다. 다만, 지금까지 축적된 방언 연구와 사전 자료, 그리고 그의 전 작품의 용례에 대한 면밀한 검토를 통해, 음성적인 변화를 수반하는 모든 방언·고어들의 특징과 사례들을 밝혀내고, 음성적인 변화가 거의 수반되지 않으면서 당시에 제정된 맞춤법 통일안에 위배되는 표기들의 사례들을 밝혀낼 수 있을 것이다. 그러한 과정을 통해 방언과 고어와 조어의 구사는 최대한 살리고, 그 외에 표기법의 문제와 관련된 경우로 볼 수 있는 단어들은 맞춤법 통일안에 따른 현대어 표기법으로 고쳐서 백석 시의 새로운 정본을 만들어내고자 하였다. 이러한 작업은 백석이 구사한 방언과 고어와 조어를 도드라지게 하여 백석이 원래 의도했던 원본의 향취를 더욱 살리고, 또 표기법의 정돈으로 백석 시를 오늘의 독자들에게 한층 친숙하게 만드는 길이 될 것이다.

II. 백석 시의 방언

백석은 자신의 고향인 정주를 중심으로 한 평북 방언과 평안남도 일대를 아우르는 평안 방언을 집중적으로 구사했다. 그가 구사한 방언에는 평안도와 인접한 함경도 지역, 그리고 경상도 지역과 중부 지역의 방언까지도 포함되는데, 그 주류는 평안 지역에 집중되어 있다. 그리하여 우선 그의 시에 나타난 평안 방언의 특징과 사례들을 음운, 어휘, 어법의 세 층위를 통해 중점적으로 살펴보며, 이에 곁들여 여타 지역의 방언들에 대해서도 알아보도록 한다.

1. 음운

평안 방언은 중앙어와는 다른 여러 음운적 특성을 보인다. 대표적인 평안 방언 연구자인 김영배(1977)와 최학근(1982)의 견해를 중심으로 평안 방안의 중요한 음운적 특성을 살펴보면 다음과 같다.[1] 먼저 평안 방언의 가장 뚜렷한 음운적 특징으로 비구개음화와 비두음법칙 현상을 꼽을 수 있다. 일반적으로 국어에서 자음인 /ㄷ, ㅌ/가 /이/ 모음과 결합하면 /ㅈ, ㅊ/ 등으로 구개음화되는 현상이 나타나는데, 평안 방언에서는 이러한 변화가 실현되지 않는다. 또 어두에 오는 /ㄴ/나 /ㄹ/가 /이/ 모음 앞에서 탈락하는 두음법칙 현상도 평안 방언에서는 나타나지 않는다. 고어에서의 /ㄴ, ㄹ/의 음가가 그대로 살아 있는 것이다. 또 중세국어에서 치음인 /ㅅ, ㅈ, ㅊ/ 다음에 오는 /으/ 모음 중 일부는 중앙어에서는 /이/ 모음으로 바뀌는 경향을 보이는데, 평안 방언에서는 이런 음운현상이 나타나지 않는다. 즉, '아침' '거짓'처럼 중앙어에서 /이/ 모음으로 변화되어 발음되는 것이 평안 방언에서는 여전히 고어의 표기대로 '아츰' '거즛'처럼 발음되는 것이다. /이/ 모음 동화작용이 심하게 나타는 것도 평안 방언의 중요한 특성으로 꼽힌다. 또 /으/ 모음이 /우/ 모음으로 실현되는 것도 평안 방언의 중요한 특성의 하나이다(특히 2음절 이하에서). 이밖에도 평안 방언은 중앙어와는 다른 여러 음운현상을 많이 드러낸다. 이와 같은 평안 방언 특유의 음운현상을 반영하는 단어들이 백석 시에 매우 다양하게 나타난다. 백석 시의 언어 가운데 평안 방언의 음운현상을 드러내는 단어들을 사례별로 정리하면 다음과 같다.

---

1) 아래에서 설명하는 평안 방언의 중요한 음운현상은 김영배의 『평안 방언의 음운체계 연구』(동국대학교 한국학연구소, 1977)와 최학근의 「평안도 방언 연구」(『한국방언학』, 태학사, 1982)에서 연구된 것을 요약, 정리한 것이다. 두 연구서는 백석 시의 방언 연구에 절대적인 도움을 준다.

(1) 비구개음화

금덤판(금점金店판)[2], 당등(장등長燈), 덜구(절구), 데석(제석帝釋), 동티미(동치미), 디겁(질겁), 디운구신(지운地運구신), 딜옹배기(질옹배기), 석상디기(석섬지기), 따디기(따지기), 질들다(길들다), 짗(깃), 턴정(천정), 털능구신(철륭구신)

(2) 비두음법칙[3]

녀름(여름), 녀기다(여기다), 녯날(옛날), 녯적(옛적), 녕동(영동楹棟), 녚차개(옆차개), 니마(이마), 닉다(익다), 닌함박(이남박), 닢새(잎새), 력사(역사), 령감(영감)

(3) /ㅅ, ㅈ, ㅊ/ 다음의 /이/ 모음이 /으/ 모음으로 실현

거즛(거짓), 넌즛이(넌지시), 아즈랑이(아지랑이), 아츰(아침), 자즈러붙다(자지러붙다), 즛(짓), 츠다(치다), 햇츩방석(햇칡방석)

(4) /이/ 모음 동화

개장취념(개장추렴), 냅일(납일臘日), 되여(되어), 뛰여(뛰어), 매여(매어), 멫(몇), 뵈이다(보이다), 소내기(소나기), 쇠주푀적삼(소주포적삼), 쐬이다(쏘이다), 외얏맹건(오얏망건), 지렝이(지렁이), 지팽이(지팡이), 천진푀치마(천진포치마), 채매(채마菜麻)

---

2) 이 글에서 괄호 안에 있는 말들은 모두 표준어이다. 그리고 필요에 따라 표준어에 한자를 붙여 이해를 돕는다.

3) 백석 시의 언어에 나타난 비구개음화와 비두음법칙 현상은 강희숙의 「백석의 시어와 구개음화」(『한국언어문학』 53집, 2004. 12)에서 상세하게 논의된 바 있다.

(5) /으/가 /우/로 실현

기뿌다(기쁘다), 눞(늪), 누궂하다(누긋하다), 뚜물(뜨물), 마눌(마늘), 물쿤(물큰), 비눌(비늘), 하눌(하늘)

(6) /오/가 /우/로 실현

고무(고모), 몽둥발이(몽동발이), 사춘(사촌), 신미두(신미도), 아훕(아홉), 은장두(은장도), 전북(전복), 하누바람(하늬바람)

(7) 기타 평안 방언의 음운현상

① /이/가 /우/로 실현: 수무나무(시무나무)

② /어/가 /오/로 실현: 몬저(먼저)

③ /으/가 /이/로 실현: 얼린(얼른), 보십(보습)

④ /어/가 /에/로 실현: 동세(동서)

⑤ /어/가 /아/로 실현: 거마리(거머리)

⑥ /위/가 /우/로 실현: 구신(귀신)

⑦ /어/가 /으/로 실현: 버슷(버섯)

⑧ /아/가 /애/로 실현: 보래(보라)

(8) 고어의 /ㆍ/가 /아/로 실현

백석 시의 언어 가운데에서 '나려' '나리다' 등은 표준어의 '내려' '내리다' 등에 해당하는 말이다. '나려' '나리다' 등은 고어의 'ᄂᆞ리다'에서 온 말이다. 고어의 /ㆍ/가 평안 방언에서는 /아/로 변이되어 나타난 현상인 것이다.[4] 그

4) 김영배는 평안 방언에서 고어의 /ㆍ/는 /아/와 /오/로 변화한다고 지적한다. 김영배, 같은

런데 백석 시엔 '나리다'뿐만 아니라 중앙어에서 '꼭대기'로 표기되는 것을 '꼭다기'로 표기하고, 또 '지내다'로 표기되는 것도 '지나다'로 표기하는 등 오늘날 '애' 음으로 표기되는 것이 현저하게 '아' 음으로 표기되고 있다. 이런 현상이 백석만의 표기인지 당시 방언의 일반적인 표기인지는 좀더 면밀한 검토가 필요할 듯한데, 일단 중앙어와는 다른 음성적 차이를 지닌 이런 음운현상을 백석 특유의 개인 방언으로 보아 정본에서는 원문 그대로 따랐다.

2. 어휘

평안 방언은 중앙어와는 다른 어형의 어휘들을 많이 갖고 있다. 평안 방언의 고유한 어형들은 친족, 신체, 집, 옷, 음식, 병, 물건, 자연, 시·공간 등등의 여러 영역에 걸쳐 두루 나타나며, 형용사와 부사 등의 감각어와 동사에서도 나타난다. 이처럼 여러 영역에 걸쳐 포진해 있는 평안 방언의 색다른 어휘들이 백석 시에 두루 나타난다. 중앙어에서 음운변화를 거친 정도의 방언으로 뜻을 짐작할 수 있는 어휘들을 제외하고 중앙어와 다른 형태를 드러내는 평안 방언의 어휘들을 추려보면 대략 다음과 같다(평안 방언이면서 함경도를 포함해 북쪽 지역에서 사용되는 언어들도 포함).

가이없이, 강쟁변, 게사니, 고아내다, 고조곤히, 곱새, 구덕살이, 길동, 김치가재미, 깽제미, 끼애리, 나주볕, 나줏손, 날기, 내임, 녕, 농마루, 눈숡, 느꾸다, 니빠디, 니차떡, 달은치, 달재, 당즈깨, 당추, 당콩, 덜거기, 돌능와집, 돌우래, 뒝치, 떠고다, 마가리, 마가을, 마누래, 말랭이, 먼바루, 모롱고지, 무

글, 39쪽.

리, 문주, 물팩치기, 바리깨, 반디, 방등, 벌기, 보해, 분틀, 상사말, 새꾼, 새하다, 세괏다, 쇠리쇠리하다, 아르대, 아즈내, 앞대, 어니, 어니메, 오력, 오리치, 오마니, 올코, 이스라치, 자갯돌, 잠방둥에, 재밤, 재통, 조박, 조아질, 즘퍼리, 지게굳다, 집난이, 차랍, 큰마니, 텅납새, 토리개, 트근하다, 학실, 항약, 헤다, 화디, 후치[5]

한편 어휘의 측면에서 백석 시의 방언은 평안 방언 외에 다른 지역에서 쓰이는 방언들도 포함하고 있다. 가령 '질게' '아배' 등은 함경도 방언에 속하며, '껍지' '산대' '내음새' 등은 경상도 방언에 속한다. 함경도와 경상도는 그가 한동안 머물거나 각별한 느낌으로 여행을 했던 곳이다. 백석은 자신이 머물거나 다녀간 곳의 언어들을 자신의 시적 언어로 삼으면서 시어의 폭을 크게 확대시켰음을 알 수 있다.

3. 어법

평안 방언은 중앙어와는 다른 독특한 질감의 어법을 지닌다. 그런데 이 어법의 층위에서 백석 시의 방언 구사는 현저하게 약화되어 있다. 음운과 어휘의 층위에서 매우 빈번하게 평안 방언을 구사한 백석은 어법의 층위에선 거의 중앙어를 구사하고 있는 특징을 보인다. 그는 격어미의 경우 정확히 중앙의 표준어를 사용하고 있다. 평안 방언의 주격 어미는 명사의 말음절末音節이 '이'로 끝나는 경우 '-래'나 '-레'가 붙어서 '내래' '내레' 등으로 쓰이는 경

5) 이밖에도 백석 시에는 '포족족하다' '게모이다' '끼밀다' '낫대들다' '달가불시다' '락단하다' '즘부러지다' '지르트다' '오구작작' '지중지중' 등 평안 방언으로 한정할 수 없지만 사전에서 찾아볼 수 없는 생소한 형용사와 부사, 동사들이 무수히 나온다.

우가 많고, 공동격의 경우 '-와'를 쓰긴 하지만 그보다 '-서까랑' '-랑' 등이 붙어서 '내서까랑' '엄마랑 누나랑' 등으로 사용되는 경우가 훨씬 많으며, 연결어미의 경우 '그래설라무네' '그러니까니' 등이, 종결어미의 경우 '-수다' '-하웨다' 등이 사용되는데,[6] 이런 어미는 백석 시에서 전혀 찾아볼 수 없다. 특히 부정형 연결어미인 '-지'는 평안 방언에서 비구개음화 현상이 반영된 '-디'로 발음되어 평안 방언의 특색을 가장 선명하게 보여주는 연결어미인데, 이 경우도 백석 시에서는 표준어 그대로 '-지'로 사용된다.[7] "넷날이가지않은"(「통영統營」), "숨도 쉬지 못한다" "빛고싶은지모른다"(「고야古夜」), "하로종일 놀지도못하고"(「가즈랑집」) 등과 같은 예가 그러한 것들이다. 다만, 딱 한 군데 「남신의주 유동 박시봉방南新義州柳洞朴時逢方」에서만 "나가디두 않고"라는 구절이 사용될 뿐이다.

어법은 일상적인 언어생활의 화법과 발음을 반영하는 것이어서, 어법이 표준어를 견지하고 있다는 것은 발화자의 언어가 기본적으로 표준어의 기저 위에서 이루어져 있다는 것을 의미하는 것이다. 백석은 일본에 유학해서 영문학을 전공했고 귀국해서는 조선일보 출판부에서 편집 일을 했으며, 그후에는 교사생활을 하는 등 중앙어의 구사가 요청되는 환경 속에서 생활했다. 그는 의식적으로 중앙어를 구사하는 바탕 위에서 사물이나 인물을 지칭하는 체언의 영역에서 집중적으로 방언을 '채집'한 것이며, 방언 속에 이어져오고 있는 우리말의 원래 음가를 찾아서 우리말의 원형과 그 정서를 구현해낸 것으로 볼 수 있다. 그의 시에서 방언 구사는 바로 모국어의 확장과 긴밀히 관련되어 있는 것이다.

---

6) 최학근, 같은 글, 479~481쪽.

7) 이 점에 대해서는 김영배와 강희숙이 지적한 바 있다. 김영배, 「백석 시의 방언에 대하여」, 『한실 이상보 박사 회갑기념 논총』, 1987, 656쪽; 강희숙, 같은 글, 105쪽.

4. 방언과 중앙어의 혼재, 그리고 정본 표기의 원칙

지금까지 백석 시에 구사된 방언의 특징을 음운, 어휘, 어법의 층위에 걸쳐 자세하게 검토해보았다. 백석은 어법의 층위에선 중앙어를 기저로 하면서, 음운과 어휘의 층위에서 평안 방언을 매우 폭넓게 사용하고 있는 것을 확인하였다.

그런데 백석은 음운과 어휘의 층위에서도 이러한 평안 방언들을 일방적으로 사용한 것은 아니었다. 그는 평안 방언을 사용하면서 한편으론 중앙어를 병행해 구사했다. 여기서 백석의 언어 구사가 기본적으로 중앙어를 기저로 하며 그 위에 평안 방언을 중심으로 한 지역 언어가 놓여 있음을 다시 한번 확인하게 된다. 그러면 중앙어와 방언의 사용 빈도수는 어떠할까? 어휘에 따라 차이는 있지만, 전체적인 빈도수 면에서 볼 때 방언의 사용이 중앙어보다 크게 앞서고 있다. 그러니까 백석은 기본적으로 중앙어를 구사하는 가운데 독특한 음운과 생소한 어형을 지닌 방언을 구사함으로써 시적 언어의 영역을 넓히고 미적 자질을 확장시켜나간 것으로 볼 수 있다. 이러한 점에 비추어서 중앙어와 병행된 백석 시의 방언 구사는 음운과 어휘와 어법의 층위에서 모두 있는 그대로 살리는 것이 마땅하다.

III. 백석 시의 고어

백석은 방언 이외에 고어도 사용했다. 그런데 앞서 말한 바와 같이 고어 중에는 방언으로 남아 계승되는 경우가 많다. 앞서 살펴본 비두음법칙이 반영된 단어들, 그리고 /ㅅ, ㅈ, ㅊ/ 다음에 오는 /으/가 /이/로 바뀌지 않고 그대로 사용되는 단어들이 그러한 예이다. 이런 단어들은 방언이면서 고어에 해당하는 것들이다. 또 '갓신(가죽신)' '겨을(겨울)' '거륵하다(거룩하다)' '든(던)'[8] '짗(깃)' '안해(아내)' '업데다(엎드리다)' '질들다(길들다)' '혀다(켜다)'[9] '헤다(세다)' 등도 모두 고어인데 지금은 방언형으로 남아 있는 말들이다.

방언으로 남은 고어가 아닌 순수한 고어의 형태를 시의 언어로 쓴 경우도 적지 않다. '그믈(그물)' '가부엽다(가볍다)' '불상하다(불쌍하다)' '뷔다(비다)' '나뷔(나비)' '문허지다(무너지다)' '단니다(다니다)' '어늬(어느)' 같은 어휘들이 이에 해당한다. 고어에 뿌리를 두고 있는 이런 어휘들은 평안 방언에선 발견되지 않는 말들이다. 당시 백석이 시적인 의도를 가지고 일부러 이런 고어의 형태를 찾아 쓴 것인지, 아니면 고어의 표기가 당시까지 전해져 통용되던 것을 그냥 수용한 것인지는 판단하기 어렵다. 동시대의 다른 시인, 작가들의 작품에서도 이런 표기들이 발견되는 것으로 보아서 아마 후자일 가능성이 높은데, 그렇더라도 고어에 그 흔적이 뚜렷하고 또 음성적 차이가 뚜렷하기 때문에 백석이 쓴 원래 표기 그대로 따르는 것이 바람직하다고 생각된다.

---

8) '든(던)'의 경우는 조금 복잡하다. 고어에선 '든'과 '던'이 같은 의미로 혼용되었고, 평안 방언에선 /어/가 /으/로 실현되는 경우가 많아 '든'을 평안 방언으로 볼 수도 있다. 백석은 주로 '든'을 많이 사용하고 있지만, 종종 '던'을 혼용하기도 했다. 당시의 맞춤법 통일안에서는 '든'을 '던'으로 표기하라고 명시되어 있다. 따라서 이것은 표기법의 혼란으로 볼 수 있겠는데, 백석 시는 '던'보다 발음하기 편한 '든'이 그 앞의 단어와 어울려서 한결 자연스러운 소리를 내는 경우가 많아 '든'으로 표기된 것을 모두 '던'으로 고치면 자연스러운 말소리의 흐름이 차단되기 쉽다. 이런 점을 고려해서 정본에서는 '든'과 '던'은 원문 그대로 표기했다.

9) 백석 시에서는 '켜다'의 고어이면서 평안 방언인 '혀다'와 또다른 평안 방언인 '헤다'가 같이 사용되고 있다.

그런데 이런 고어의 표기 가운데 일부는 표기법의 혼란으로 볼 만한 것들이 있다. 가령, '나드리' '박아지' 같은 단어들이 그러하다. 이 단어들은 고어에 뿌리를 둔 말인데, 백석은 고어 표기인 '나드리'와 맞춤법에 따른 표기인 '나들이'를 혼용하고 있다. '박아지'의 경우도 '바가지'와 혼용하고 있다. 똑같이 발음되는 이 단어들을 혼용하고 있는 것은 어느 한쪽이 의도된 고어의 표기라기보다는 표기법의 혼란으로 나타난 결과로밖에 볼 수 없다. 즉, 아직 맞춤법 통일안이 깊이 뿌리내리지 못한 과도기 속에서 연철과 분철의 혼란을 겪은 것이 아닌가 짐작된다. 비록 고어이지만 의도적 고어라기보다는 표기법의 혼란으로 볼 수 있는 경우, 또는 설사 의도된 고어 표기라고 하더라도 음성적 차이가 거의 없어 맞춤법 통일안에 맞춰 표기하는 것이 오히려 백석 시 이해에 도움을 주는 경우는 맞춤법 통일안에 맞게 교정하는 것이 바람직하다고 생각된다. 이러한 표기법의 문제에 대해서는 다음 장에서 따로 자세히 알아보도록 한다.

Ⅳ. 백석 시의 표기법

1. 백석 시의 표기법과 한글맞춤법 통일안

백석 시의 언어 가운데에는 음성적 차이가 거의 없거나, 설사 있더라도 아주 미세하여 시의 정서에 큰 영향을 미치지 못함에도 불구하고 같은 단어가 두 가지로 표기되는 경우가 적지 않다. 앞서 살펴본 '박아지/바가지' '나들이/나드리' 외에도, '웃음/우슴' '무겁다/묵업다' '슬프다/슳브다' '놓고/노코' '곳/곧' '밭/밧' '볕/볏' '우/웋' '있다/잇다' 등과 같은 이중표기의 예가

수없이 발견된다. 이런 단어들은 대체로 고어에 뿌리를 두고 있는 말들이다. 그러니까 백석은 고어 표기와 맞춤법에 맞춘 표기를 병행하고 있는 셈인데, 그렇다고 이때의 고어 표기를 의도된 언어 구사로 보긴 어렵다. 음성적, 정서적 차이가 극히 미세한 이런 표기들은 맞춤법 통일안의 과도기에 발생한 표기법의 혼란으로 보아야 할 것이다.

백석은 1935년부터 작품활동을 시작했는데, 이 시기는 한글맞춤법 통일안이 제정되고 정착되어가는 과도기였다. 중앙어의 사용 환경 속에서 시를 쓴 백석은 기본적으로 맞춤법 통일안에 맞추어서 시를 쓴 것으로 보인다. 당시로서는 매우 까다로웠을 맞춤법 통일안의 여러 규정들이 백석 시에 잘 지켜지는 경우가 많아, 백석이 이 규정안을 준수하려는 의식이 강했음을 짐작하게 한다. 하지만 맞춤법 통일안이 정착되는 과도기였기에 완전히 규정에 맞는 표기법이 이루어질 수는 없었을 것이며, 또 말이란 것이 역사성과 사회성을 갖는 것이어서 오랜 기간 써오던 표기법을 한 번의 규정 제정으로 일시에 통일시킬 수는 없는 노릇이다. 앞서 예시한 백석 시의 이중표기들은 이런 맥락에서 나타난 현상으로 보인다.

이처럼 음성적, 정서적 차이가 거의 없어 의도적 고어 사용이라기보다는 맞춤법 통일안의 과도기에 발생한 표기법의 혼란으로 간주할 만한 경우는, 앞서 거론한 연철, 분철의 혼란 외에 받침의 혼란, 된소리의 혼란, 사이시옷의 혼란 등을 들 수 있다. 이처럼 표기법의 혼란으로 간주할 만한 것들은 맞춤법에 맞는 표기로 고치는 것이 바람직하다고 하겠다. 이제 이하에서 당시에 제정된 맞춤법 통일안에 위배된 사례들을 구체적으로 검토해보고자 한다.

2. 백석 시 표기법의 혼란

(1) 연철과 분철의 혼란

당시의 한글맞춤법 통일안의 대원칙은 '한글의 표의화'[10]였다. 소리글자인 한글의 특성을 살리되, 뜻글자의 기능도 어느 정도 확보하려는 것이 당시 한글맞춤법 통일안의 기본 원칙이었다. 그리하여 말의 원형을 살려 쓰는 경향이 강해졌고, 대체로 분철의 형태를 지향했다. 하지만 여기에는 무수한 예외가 있었고, 그런 것들이 하나하나 맞춤법 규정에 명시되어 있다. 그래서 엄밀하게 말하면 분철과 연철이 혼재된 상황인데, 대체로 백석은 이런 규정을 그대로 따르지 않아서 혼란된 표기를 보인다. 연철과 분철과 관련해 백석이 혼란을 보인 표기법의 원칙과 구체적인 단어의 사례는 다음과 같다.

① 한글맞춤법 통일안의 제3장 제2절 '어간과 어미'의 제8항에는 '용언의 어간과 어미는 구별하여 적는다'[11]고 명시되어 있는데, 백석 시에는 '조코(좋고)'[12] '노락코(노랗고)' '노코(놓고)' '나즌(낮은)' '노픈(높은)' '바더(받어)'

---

10) 신창순 외, 『국어표기법의 전개와 검토』, 한국정신문화연구원, 1992, 248쪽.

11) 당시의 한글맞춤법 통일안에 대해서는 한글학회, 『한글맞춤법 통일안(1933~1980)』(한글학회, 1989)을 참조했음.

12) 1933년에 제정된 한글맞춤법 통일안에는, 이 규정에 대한 예시로 '좋고'라는 단어가 빠져 있다. 1937년 표준안 사정안에 따른 개정안에는 '좋고'라는 단어가 예시로 들어가 있다. 백석 시의 경우 대체로 이 시기 전에는 '조코'라고 표기되다가, 그 이후에는 현저하게 '좋고'라는 표기가 많아지고 있다. 이러한 사실에서 백석 시의 표기법이 맞춤법 통일안의 과도기에 혼란을 보이면서, 이 규정을 따르려는 노력을 보이고 있다는 사실을 추론할 수 있다. 따라서 이런 혼란된 표기법은 맞춤법에 맞게 교정하는 것이 백석 시의 근본정신을 계승하는 것이라는 것을 다시 한 번 확인하게 된다.

'가티(같이)' '가치(같이)' 등으로 규정에 어긋난 표기를 보인다.

② 같은 조항의 부기에는, '어원이 분명한 것은 본 어간과 어미를 구별하여 적고, 그 어원이 분명하지 아니한 것은 본 어간과 본 어미를 구별하여 적지 아니한다'고 명시되어 있고, '들어가다'와 '쓰러지다' 등을 각각의 예로 들고 있는데, 백석 시에는 '드러서(들어서)'로 규정에 어긋난 표기를 보인다.

③ 第6절 '어원 표시' 第12항에 '어간에 '이'가 붙어서 명사나 부사로 되고, '음'이 붙어서 명사로 전성할 적에는 구개음화의 유무를 막론하고 그 어간의 원형을 밝히어 적는다'고 명시되어 있고, 그 예로 '웃음' '걸음' 등을 들고 있는데, 백석 시에는 '조름(졸음)' '우슴(웃음)' '거름(걸음)' '없시(없이)' 등으로 규정에 어긋난 표기를 보인다.

④ 같은 절 第15항에는 '명사 아래에 '이' 이외의 딴 홑소리가 붙어서 타사로 변하거나 뜻만이 변할 적에는 그 명사의 원형을 밝히어 적지 아니한다'고 명시되어 있고, 그 예로 '지붕' 등을 들고 있는데, 백석은 '집웅(지붕)' '박아지(바가지)' '뜰악(뜨락)' '개털억(개터럭)' 등으로 규정에 어긋난 표기를 보인다.

⑤ 같은 절 第17항에는 '어간에 '브'가 붙어서 타사로 전성하거나 뜻만이 변할 적에는 그 어간의 원형을 밝히어 적지 아니한다'고 명시되어 있고, '슳브다'를 잘못된 예로 들고 있는데, 백석은 '슳브다(슬프다)'로 규정에 어긋난 표기를 보인다.

⑥ 같은 절 제22항에는 '의성 의태적 부사나, '하다'가 붙지 아니하는 어원적 어근에 '이'나 '히'나 또는 다른 소리가 붙어서 명사나 부사로 될 적에는, 그 어원을 밝히어 적지 아니한다'고 명시되어 있다.[13] 그래서 '꾀꼴이'가 아니고 '꾀꼬리', '개굴이'가 아니고 '개구리'로 적어야 되는데, 백석은 '덜거기'를 '덜걱이'로 표기하여 규정에 어긋나 있다.

⑦ 같은 절 제26항에는 '용언의 어간에 다른 소리가 붙어서 된 것이라도 그 뜻이 아주 딴 말로 변한 것은 그 어간의 원형을 밝히어 적지 아니한다'고 명시하고, 그 예로 '드리다獻' '만나다逢'[14] 등을 들고 있는데, 백석은 '들이듯이(드리듯이)' '맞나다(만나다)' 등으로 규정에 어긋난 표기를 보인다.

⑧ 같은 절 제27항에는 '받침이 있는 용언의 어근이나 어간에 접미사가 붙어서 딴 독립한 단어가 성립될 적에는 그 접미사의 원형을 밝히어 적지 아니한다'고 명시하고, '밝앟다'를 잘못된 예로 들고 있는데, 백석은 '빩앟다' 등으로 규정에 어긋난 표기를 보인다.

⑨ 같은 장 제4절 '변격용언'의 제10항에는 '다음과 같은 변격용언을 인정하고, 각각 그 특유한 변칙을 좇아서 어간과 어미가 변함을 인정하고 변한 대로 적는다'고 명시하고 제3조에선 ㅎ변칙용언의 ㅎ탈락활용에 대해, 제5조에서 ㅂ변칙용언의 ㅂ탈락용언에 대해 예시하고 있는데, 백석 시에는 '깜안(까만)' '고흔, 곻은(고운)' '곻이(고이)' 등으로 규정에 어긋난 표기를 보인다.

---

13) 이 조항은 1937년 개정된 판에 추가로 붙은 것이다.

14) 이 표준말의 사례는 1937년 개정판에 들어가 있다.

한글맞춤법 통일안에 명시된 위의 경우 외에도, '골짜기'를 '곬작이'로 표기하거나 '위'를 ㅎ종성체언을 살려 '웋'로 표기한 것 등도 어원을 좇으려는 의식이 지나쳐 분철로 잘못 표기한 예들이다. 또 '이른早'을 '일은'으로, '버린除'을 '벌인'으로, '넌즈시'를 '넌즛이'로 표기한 것도 어원의식의 혼란으로 분철하여 잘못 표기한 예들이다. 한편 '갖후다'의 경우는 1933년과 1937년의 맞춤법 규정에는 올바른 표준말의 예로 명시되어 있는데(제6절 제19항), 1940년의 개정판 이후부터는 '갖추다'가 표준말로 등재되어 있다. '갖후다'는 특별히 고어나 방언 표기가 아니기 때문에 정본에선 '갖추다'로 표기했다.

(2) 받침 표기의 혼란

한글맞춤법 통일안 제3장 제5절 받침 규정의 제11항에 'ㄷㅈㅊㅋㅌㅍㅎㄲㅆㄳㄵㄶㄽㄾㄿㅀᇚㅄ의 열여덟 받침을 더 쓴다'고 명시되어 있고, 구체적인 예를 자세히 들고 있다. 또 그 앞의 제2장 제4절 'ㄷ 받침소리'의 제6항에는 '아무 까닭이 없이 ㄷ 받침으로 나는 말 가운데 ㄷ으로만 나는 것이나 ㅅ으로도 나는 것이나를 막론하고 재래의 버릇을 따라 ㅅ으로 통일하여 적는다'고 되어 있다. 백석은 대체로 이런 받침 규정을 잘 준수하고 있는데, 다음의 단어들에 대해서는 혼란된 표기를 보인다.

갓(갓新), 곧(곳), 낙(낟穀), 멧(몇), 돗(돝猪), 밧(밭), 밧(밖), 볏, 볒(볕), 빗(빛), 밋(밑), 섭(섶薪), 젓(젖乳), 젖(젓醢), 집(짚), 샅귀(삿귀), 돗보기(돋보기), 듯다(듣다聽), 갓다(같다), 업데다(엎드리다)[15], 붗다(붙다), 십다(싶다欲),

15) '업데다'는 '엎드리다'의 고어, 평안 방언이다. 그래서 정본에선 고어의 형태는 살리면서 받침 ㅂ은 맞춤법 규정에 따른 ㅍ으로 바꾸어 '엎데다'로 표기했다.

씿다(씻다)

위의 표기들은 대부분 고어의 형태들인데, 그렇다고 백석이 고어의 표기를 의식하면서 의도적으로 그렇게 표기한 것으로 보긴 어렵다. '젓醢'이라는 말은 고어에서도 그대로 '젓'이라고 표기되는데, 백석은 이를 '젓'과 '젖' 두 가지로 표기하고 있다. 그런가 하면 표준어 '위'에 해당하는 말을 백석은 '웋'나 '우' 두 가지로 표기하고 있는데, 여기서 '웋'라는 표기는 고어의 원형 의식이 잘못 표출된 것이라고 할 수 있다. 즉, 표준어의 '위'라는 말의 고어는 '우'인데 이 말은 ㅎ종성체언이다. 그래서 '우' 다음에 가령 '의'가 붙을 때에는 '우희'라고 표기된다. 백석은 말의 원형을 좇으려는 분철의식에 따라 ㅎ종성체언인 고어의 '우'를 '웋'라고 잘못 표기한 것이다. 따라서 백석 시에 쓰인 이런 받침 표기들은 모두 표기법의 혼란에 해당하므로 정본에선 바로잡아 썼다. 다만 '우'라는 표기는 고어의 형태이고 '위'라는 현대 표준어와는 음성이 다르므로 그대로 살렸다.

한편 쌍받침의 경우에는 단일받침보다는 훨씬 정확하게 표기된다. '꺾다' '핥다' '읽다' '밟다' '닦다' '닮다' '삶다' '젊다' '섧다' '않다' 등의 간단하지 않은 쌍받침이 모두 정확히 표기되고 있다. 표준어 '나무'에 해당하는 말은 '낡'으로 표기되고 있는데, 당시의 맞춤법 통일안에서는 정확한 표기법이다.[16] 하지만 쌍받침의 경우에도 다음의 몇 가지 경우는 잘못 표기되고 있다.

박(밖), 꿀어(꿇어跪), 끄리는(끓이는), 언고(얹고), 흖한(흔한), 젊다(젊

16) '낡'은 당시로서는 정확한 표기지만, 오늘날 현대어 표기법에서 '나무'로 바뀌었으므로 정본에선 '나무'로 표기했다. '낡'을 '나무'로 바꿈으로써 한 음절이 두 음절로 길어지는 차이가 발생하지만, 시의 전체적인 호흡상 크게 무리가 있는 것은 아니다.

다)[17]

'않다'라는 말은 정확히 표기하고 있는데, '않는'과 '않는다'로 표기될 때에는 '안는' '안는다' 등으로 잘못 표기하고 있다.

백석 시에서 가장 이채로운 것은 특이한 쌍받침이 표기되는 점이다. 백석은 ㄹ변칙용언을 활용할 때 ㄹ 받침을 탈락시키지 않고 그대로 유지하고 있다.

승냥이가 개울물 흐르듯 욺다(「산지山地」)
쇠듦밤을내여(「고야」)
쇠메듦도적이났다는(「가즈랑집」)
맷비들기가닒다(「산비」)
門을 엶다(「머루밤」)
노을먹고삶다(「석류石榴」)
남길동닮 안주인은(「산곡山谷」)
藥이있는줄을앎다고(「절간의 소 이야기」)

위에 예시한 '욺' '듦' '닒' '엶' '삶' '닮' '앎' 등은 모두 활용될 때 어간의 'ㄹ'이 탈락하는 ㄹ변칙용언들이다. 그런데 백석은 '울다' '들다' '열다' '살다' '달다' '알다' 등의 용언들의 현재형이나 관형형을 적을 때 'ㄹ'을 탈락시키지 않고 그대로 유지시키면서 현재형 어미인 'ㄴ'과 함께 사용하고 있다.

---

17) '젊다'의 경우는 고어에 뿌리를 둔 표기인데, 당시 맞춤법 규정에는 쌍받침 ㄻ에 대한 명시적인 언급은 없다. 앞서 언급했듯이 당시의 받침 규정에는 쌍받침으로 ㄲ, ㅆ, ㄳ, ㄵ, ㄶ, ㄽ, ㄿ, ㄾ, ㅀ, ㅁㄱ, ㅄ을 더 쓴다고만 명시되어 있다. ㄻ과 '젊다'에 대한 표준말의 예는 1980년 개정판에서 명시되고 있다.

이것도 말의 원형을 살려 쓰려는 분철의식에서 비롯된 것으로 추정된다.[18)] 그런데 이런 ㄹㄴ의 쌍받침이 들어간 위의 표기들은 모두 단독형으로 쓰이고 있어, 실제론 ㄹㄴ의 발음이 모두 날 수 없고 'ㄴ'의 음가만이 살게 된다. 결국 이렇게 표기해도 맞춤법 통일안의 변칙용언의 규정에 따른 표기와 같은 결과를 낳게 되는 것이다. 따라서 해독의 혼란을 일으킬 소지가 있는 낯선 표기를 그대로 살리기보다는 맞춤법 통일안에 따른 표기법으로 바꾸는 것이 바람직하다고 생각되어 정본에선 모두 규정에 맞추어서 표기하였다.[19)]

＊ '갓갓기도 하다'의 경우

舊馬山의 선창에선 조아하는사람이 울며날이는배에 올라서오는 물길이반날 갓나는고당은 갓갓기도 하다

—「통영」 중에서

인용한 구절에서 '갓갓기도하다'는 '갓 같기도 하다'는 뜻으로 추정된다.[20)] 앞서 잘못 표기된 받침의 예에서 지적했듯이 백석은 '같다'를 '같다'와 '갓다'로 이중표기하면서 혼란을 일으키고 있다. 이런 사실에 비추어서 위의 '갓갓기도 하다'는 '갓 같기도 하다'는 뜻으로 추정된다. 따라서 인용한 구절

---

18) 김명인, 김영배, 이동순 등이 이런 표기 방식에 대해 주목한 바 있다. 김명인, 『한국근대시의 구조 연구』, 한샘, 1988; 김영배, 같은 글; 이동순, 「백석 문학 텍스트의 완전한 정본을 위하여」, 『잃어버린 문학사의 복원과 현장』, 소명출판, 2005.

19) 「고야」가 1938년에 간행된 『현대조선문학전집』에 재수록될 때는 '쇠듣밤'이 '쇠든밤'으로 규정에 맞게 표기되고 있다.

20) 김영범, 「백석 시어 연구」, 고려대학교 대학원 석사논문, 2004, 42~44쪽.

은 화자가 구마산에서 배를 타고 통영으로 들어가면서 갓으로 유명한 통영의 고장을 바라보며 마치 갓 모양과도 같다고 진술한 것으로 풀이해볼 수 있다. 통영 여행길에서 솟아나는 화자의 흥취는 '같다'가 '갓다'로 표기되면서 '갓'이 연달아 세 번 반복되는 언어유희로 한층 극대화되고 있다. 따라서 이 경우 '갓갓기도 하다'를 '갓 같기도 하다'로 바꾸면 시의 미감이 현저하게 훼손되므로, 이 구절의 경우 예외적으로 원문의 표기대로 따랐다.[21]

(3) 된소리의 혼란

한글맞춤법 통일안 제2장의 제1절 '된소리'의 제3항에 '한 단어 안에서 아무 뜻이 없는 두 음절 사이에서 나는 된소리는 모두 아래 음절의 첫소리를 된소리로 적는다'고 명시하면서, 올바른 표기로 '어깨' '새끼' 등을 예로 들고 있는데, 백석 시에는 '억개(어깨)' '색기(새끼)' '욱자짓걸(왁자지껄)' '붓두막(부뚜막)' '햇슥한(해쓱한)'[22] 등으로 규정에 어긋난 표기를 보인다.

이 된소리 규정은 1989년에 개정된 맞춤법 통일안(1988년 문교부 고시)에는 보다 상세하게 풀이된다. 예를 들면 ㄴ, ㄹ, ㅁ, ㅇ 받침 뒤에서 나는 된소리의 경우에 뒷말의 된소리를 적도록 규정하고 있다('잔뜩' '벌써' '훨씬' 등). 또 '그 밖의 표기법' 조항에서 접미사 '-군'과 '-꾼'의 형태에 대해 모두 '-꾼'으로 통일하여 적도록 규정하고 있다.

그런데 백석 시에는 '벌서(벌써)' '글세(글쎄)' '떠들석(떠들썩)' 등과 같이 표기하고 있고, 또 '말군(말꾼)' '노나리군(노나리꾼)' '물지게군(꾼)' 'ᄉᆡᆺ군

---

21) 또다른 이유는 '갓갓기도하다'를 '갓 같기도 하다'로 보는 것은 상당한 설득력이 있으나 그래도 어디까지나 추정이라는 사실이다. 작품에 대한 어느 해석을 절대적인 것으로 간주해서 텍스트의 원문을 자의적으로 수정할 수는 없는 일이다.

22) 이 표준말의 사례는 1937년 개정판에 들어가 있다.

(새꾼)' '말군(말꾼)' '농사군(농사꾼)'과 같이 접미사 '-꾼'을 모두 '-군'으로 표기하고 있다. 백석이 활동하던 1930년대의 맞춤법 통일안에는 이런 사항에 대한 구체적인 언급이 없기 때문에 백석 시의 표기가 반드시 규정에 어긋난 것으로 보긴 어렵다. 하지만 이런 표기들을 그대로 둘 경우 의미의 혼란을 일으킬 수 있으므로 정본에서는 현대의 맞춤법 규정에 맞게 고쳐서 표기했다.

(4) 사이시옷의 혼란

한글맞춤법 통일안 제3장 제7절 '품사 합성'의 제30항에는 사이시옷 표기 규정이 명시되어 있다. 이 규정에 의하면, '복합명사 사이에서 나는 사이시옷은 홀소리 아래에서 날 적에는 위의 홀소리에 ㅅ을 받치고, 닿소리와 닿소리 사이에서는 적지 아니한다'고 명시하고 있다. 그래서 예를 들면 홀소리 밑의 사이시옷인 경우에 '뒷간' '잇몸'처럼 'ㅅ'을 적고 닿소리 밑의 사이시옷인 경우엔 '문간' '손등'처럼 'ㅅ'을 적지 않는다는 점 등을 예시하고 있다.[23)]

그런데 백석 시에서는 '제사ㅅ날' '비ㅅ방울' '뒤ㅅ다리' '따ㅅ불' '해ㅅ귀' '재ㅅ더미'처럼 홀소리 밑의 사이시옷인 경우에 앞 음절에 'ㅅ'을 받치지 않고 두 낱말 사이에 표기하고 있다. 이것은 중세국어의 표기법을 그대로 이은 것이다. 사이시옷은 제정 당시에도 논란이 많았고, 1940년에 개정된 맞춤법 통일안에서는 옛 표기처럼 사이시옷을 복합명사의 중간에 표기하는 것으로 바꿨다가, 그후에 다시 앞말의 받침에 붙여 표기하도록 개정했으며, 그 규정이 오늘날까지 이어져오고 있다. 이런 사정에 비추어보면 당시 백석이 사이시옷 규정을 정확히 지키기는 쉬운 일이 아니었을 것으로 짐작된다.

23) 닿소리의 사례는 1937년 개정판에 들어가 있다.

또 맞춤법 통일안 제정 당시에는 사이시옷 규정이 매우 간단했는데 그후 개정이 거듭되면서 세부규정이 추가되어 최근에는 아주 상세한 규정이 마련되어 있고, 표준어의 사례도 구체적으로 언급되어 있다. 그래서 당시에는 사이시옷을 붙이지 않았던 표기가 최근의 맞춤법 규정에서는 붙여야 하는 경우도 발생하고 있다.

복합명사를 표기할 때 받침으로 들어가는 사이시옷 규정은 받침 표기와 관련된 것이라고 할 수 있다. 받침의 경우 정본에선 맞춤법 통일안의 규정을 준수하기로 했기 때문에 사이시옷 역시 맞춤법 통일안의 근본정신을 살려서 현대어 표기에 맞게 고쳤다.

한편 사이시옷은 아니지만, 백석 시에는 의문형 '-ㄴ(은)가', 관형형 어미 '-ㄴ/은', 격조사 '-ㄹ/을'이 앞말에 결합될 때, 결합 형태에서 'ㄴ'과 'ㄹ'을 따로 떼어 한 형태소처럼 표기하는 경우가 있다. 다음과 같은 예들이 그러하다.

도적개ㄴ가 개하나 어정어정따러간다(「쓸쓸한 길」)
머ㄴ바다가의 거리로 간다는데(「이두국주가도伊豆國湊街道」)
그렇면 아무개氏ㅡㄹ 아느냐한즉(「고향故鄕」)

자음 하나를 한 형태소처럼 독립해 표기하는 경우는 1940년 개정된 맞춤법 통일안의 합성명사 규정에서 일부 나타나 있기는 하나, 그후 오늘날까지 이런 식의 표기는 존재하지 않는다. 따라서 이런 표기들은 정본에선 모두 현대어 표기에 맞게 '도적갠가' '먼 바닷가' '아무개씰' 등으로 고쳤다.[24]

---

24) '듥다'처럼 ㄹ변칙용언의 활용에서 어근의 ㄹ 받침을 그대로 유지한 것과 '제사ㅅ날'처럼 사이시옷을 두 낱말 사이에 따로 쓴 것, '도적개ㄴ가'에서 의문형 어미를 어간에서 분리하여 따로 표기한 것 등은 모두 말의 원형을 유지하고자 하는 의도가 담긴 것으로 보인다. '듥다'의 경우는

(5) 'ㅓ'와 'ㅕ'의 혼란

백석 시에는 'ㅓ'와 'ㅕ'의 표기가 혼란을 일으킨 단어들이 있다. '셤돌' '도적개' '걸례' '여둡다' '미역국' 등과 같은 단어는 'ㅓ'가 'ㅕ' 또는 'ㅕ'가 'ㅓ'로 잘못 표기된 예들이다. 이런 표기들은 '어' 음이 '여' 음으로 표기되던 고어의 원형의식이 반영된 것일 수도 있고, 발음의 혼란일 수도 있고, 어쩌면 오자일 가능성도 있다. 어떤 경우든 특별히 시의 효과를 발생시키는 것은 아니기 때문에 정본에서는 맞춤법에 맞게 고쳤다.

(6) 약어(준말)의 경우

한글맞춤법 통일안 제5장 약어略語 규정의 제58항에는 ''시 지 치'로 끝난 어간에 '어'가 와서 소리가 줄어 음절이 줄어질 적에는 '셔, 져, 쳐'를 원칙으로 하고, '서, 저, 처'를 허용한다'고 적고 있다.

이와 관련해, 백석 시에는 "날기멍석을저간다는"(「고야」), "빰을처도 모르게"(「오리」), "회를 처먹고도"(「꼴두기」), "낯을 처다 보거나"(「조당澡塘에서」) 등의 표기가 나타나고 있다. 이런 표기들은 당시 맞춤법 통일안의 허용 규정에 해당하는 것으로 당시로서는 올바른 표기였다. 그런데 1989년(1988

앞서 설명한 바와 같고, '제사ㅅ날'을 '제삿날'로 적으면 '제사'라는 말의 형태가 훼손되고, '도적개ㄴ가'도 '도적갠가'로 적으면 '도적개'라는 말의 원형이 훼손되는 것을 막으려고 한 것이 아닌가 추측된다. '도적개ㄴ가'의 경우, '도적개인가'로 적지 않고 '도적개ㄴ가'로 적은 것은 '도적갠가'라는 네 음절의 의미를 의도하면서 '도적개'라는 말의 형태를 그대로 살리고자 하는 태도가 복합되어 나타난 현상으로 보인다. 시인이 의도한 의미는 '도적갠가'라는 네 음절에 있고, 자음을 따로 독립시키는 표기는 맞춤법 통일안의 일반적인 규정에서 어긋나므로 이 말은 시인이 의도한 의미와 올바른 맞춤법의 원칙 두 가지를 모두 충족한 '도적갠가'라는 표기로 고치는 것이 바람직하다고 하겠다.

년 고시)에 개정된 맞춤법 통일안에서는 이 규정이 수정되어 위와 같은 표기가 허용되지 않고 있으며, 그것은 오늘날까지 계속되고 있다. 따라서 이런 약어표기도 맞춤법 통일안의 기본 정신에 따라 현대의 표기법에 맞도록 고쳤다.

3. 한자 표기

백석은 한글 표기를 주로 했지만, 한자 표기도 더러 구사했다. 구체적인 생활 현장을 시로 담아내는 데 주력한 백석의 시에는 지명과 인명이 많이 나오는데, 이런 시어들은 대부분 한자로 표기되어 있다. 그것은 지명과 인명의 구체성과 정확성을 기하기 위해서였을 것이다. 또 한자의 뜻을 특별히 살려야 할 필요가 있을 경우에는 반드시 한자 표기를 했으며, 한자의 뜻을 결합한 새로운 조어도 구사하고 있어 한자가 그의 시에서 적지 않은 역할을 하고 있음을 알 수 있다.

그런데 그의 시에 구사된 한자 중에선 오늘날 독자들에게 익숙하지 않은 표기들이 더러 눈에 띈다. 그런 한자들은 대부분 뜻은 같지만 표기가 다른 이체문자인데, 일부는 오자로 판단되는 것도 있다.

(1) 이체문자

백석 시의 한자 표기 가운데 넓은 의미에서의 이체문자는 '新' '塲' '慟' '勃' '凾' 등을 들 수 있다. 먼저 '新'은 「북신北新」의 제목에 쓰인 것인데, 지명인 '北新'의 행정구역상의 공식 명칭은 '北薪峴面'이다. 시인은 이 지명에서 잉여 부분이라고 할 수 있는 고개를 뜻하는 '峴' 자를 빼고 '北薪'을 '北新'으로 표기하고 있다. 여기서 '新' 자는 땔나무를 뜻하는 '薪' 자와 같은 뜻의 한자표기이다.[25] '薪'을 '新'으로 표기한 것 역시 한자의 획수를 줄여 표기를 간단히 하기 위한 것이 아닌가 짐작된다.

「구장로球場路」의 제목과 「통영」의 '漁塲主'에 쓰인 '塲' 자는 '場' 자와 같은 뜻의 한자이다. '働' 자는 「촌에서 온 아이」의 '乘合自働車'라는 시어에 쓰인 표기인데, 이 글자는 '動' 자와 유사한 의미의 일본 한자이며,[26] '勃'은 「북방北方에서」의 '勃海'라는 시어에 쓰인 표기인데, '勃'과 '渤'은 같은 뜻의 한자이다. '勃海'와 '渤海'는 고서에서 같이 표기되고 있다. '凾' 자는 「수박씨, 호박씨」의 '凾谷關'이라는 시어에 쓰인 표기인데, 이 글자는 '函'과 같은 한자이다.

이런 이체자는 뜻이 같은 글자이고, 또 이체자를 쓴 이유가 있는 경우도 있어 원래의 한자 표기 그대로 따랐다.

한편 「귀농歸農」에는 '百鈴鳥'란 한자가 나오는데, 이 한자어는 '白翎鳥'를 뜻하는 것으로 보인다. 이 시는 만주 체험에서 씌어진 작품인데, 중국어 사전에는 이와 유사한 새의 이름으로 '百靈(鳥)'라는 말이 등재되어 있다. 유사한 새에 대한 명칭에서 '백'과 '령'의 한자가 제각각으로 표기되고 있다. 사전의 표기에 따르면 '百鈴鳥'는 잘못된 것이지만, 백석이 백령조의 아름다운 새소리를 살리기 위해 깃털을 뜻하는 '翎'이나 영혼을 뜻하는 '靈' 자 대신에 '백 개의 방울 소리'란 뜻의 '百鈴'이란 한자어를 조어한 것으로 볼 수도 있다. 둘 중 어느 한 쪽으로 단정하긴 어려운데, 일단 시인의 의도를 살

---

25) 민중서림에서 펴낸 『漢韓大字典』에는 '新'이 '薪'의 원자(原字)로 설명되어 있고, 그 밖에 중국이나 일본에서 나온 한자사전에도 '新'에 '薪'의 뜻이 있는 것으로 풀이되어 있다(漢語大詞典編輯委員會, 『漢語大詞典』, 上海: 漢語大詞典出版社, 1990; 諸橋轍次, 『大漢和辭典』, 東京: 大修館書店, 1955).

26) 1920~30년대의 일본 문헌에서 '自働車'라는 표기가 발견된다.

려 백석이 표기한 한자를 그대로 따랐다.

(2) 오자

한자로 표기된 백석 시의 인명 가운데 「조당에서」에 쓰인 '陶然明'이란 표기와 「적막강산」의 후기에 쓰인 '許竣'이란 표기는 각각 '陶淵明'과 '許俊'의 오자로 보인다. 백석의 다른 작품에선 '陶淵明'과 '許俊'으로 바로 표기되고 있어, 위의 두 작품에 쓰인 인명의 한자 표기가 오자임을 알게 한다.

한편 「통영」에 쓰인 '柊栢나무' '柊栢꽃'의 표기는 '冬柏나무'와 '冬柏꽃'의 뜻으로 쓰인 것이다. '栢'과 '柏'은 같은 뜻의 한자로 서로 바꿔 쓸 수 있지만, '柊'과 '冬'은 음과 뜻이 다른 글자여서 오자라고 보아야 할 것이다. '동백'이 나무이기 때문에 백석이 '冬' 자 옆에 나무 '木' 변을 붙여 다른 글자로 잘못 표기한 것이 아닌가 추측된다. 혹시 당시에 '동백'이라는 나무를 한자로 표기할 때 '冬' 자에 나무 '木' 변을 붙여 썼을 가능성도 제기할 수 있는데 확인하기 어려운 일이다. 현재로선 '柊'과 '冬'은 확실히 음과 뜻이 다른 글자이므로, 이 말은 사전의 표기에 따르는 것이 바람직하다고 하겠다. '栢'과 '柏'은 같은 뜻의 한자이긴 하지만 사전에 등재된 '동백'의 한자에 맞춰 '冬柏'으로 고쳐서 표기했다.

(3) '澡塘'의 경우

「조당에서」의 제목에 있는 '澡塘'은 중국 한자이다. 만주에서의 시적 체험을 바탕으로 한 이 작품은 그곳의 어느 한 공간을 지칭하는 중국어를 그대로 시의 제목으로 삼았다. '澡塘'(중국어 발음은 '짜오탕')은 중국어 사전에 ①浴池 ②澡堂의 두 가지 뜻이 등재되어 있다. '浴池'는 흔히 '욕조'로 번역되어 개인 욕조처럼 이해되는데, 중국어 사전에는 '여러 사람이 목욕을 할 수 있게 만든 설비(供許多人同時洗澡的設備)'라고 풀이되어 있고, '澡堂'은 '공중목욕탕'이라고 풀이되어 있다.[27] '澡塘'이란 결국 공중목욕탕이란 뜻을 지닌 말이다. 다만, 이 한자는 ①의 뜻에서 보듯 '浴池'에 뿌리를 둔 말이어서 좀 허름하고 예스러운 공중목욕탕을 말할 때 많이 쓰고, '澡堂'은 보다 현대적인 공중목욕탕을 말할 때 많이 쓴다. 1941년대에 발표된 이 작품에서 '澡塘'은 바로 요즘처럼 여러 가지의 편의시설을 갖춘 현대적인 공중목욕탕이 아닌 예스러운 공중목욕탕을 지칭한 것이다.

4. 오자

오자는 모든 시인들의 작품에서 발생하는 것인데, 백석 시의 경우 그 발생 확률이 상대적으로 높다고 할 수 있다. 그런데 시에서의 오자는 매우 조심스럽게 접근해야만 할 것이다. 언어의 지시적 의미를 주로 사용하는 산문과는 달리, 언어의 함축과 변용이 심한 시에서 오자를 가려내는 것은 쉬운 일이 아니며, 자칫하면 시인이 의도적으로 일탈시킨 언어 사용을 오자로 간주하여 원문의 향취를 훼손시킬 수 있다. 이런 점을 충분히 감안하여, 오자의 지적을 최소화하면서 문맥상 명백하게 오자로 판단되는 것들만을 추려보면 다음과 같다(앞서 지적한 한자의 오기를 제외한 오자들).

---

27) 中國社會科學院語言研究所詞典編輯室, 『現代漢語詞典』, 北京: 外語教學與研究出版社, 2002 참조.

작품	원본	수정사항	설명
「定州城」(『사슴』)	헌깁심지에 아즈까리기름의 쪼는소리가들리는듯하다	헌겁심지에 아즈까리기름의 쪼는소리가들리는듯하다	다른 곳에서는 모두 '헌겁'으로 표기되어 있다.
	한을빛같이훤하다	한울빛같이훤하다	다른 곳에서는 모두 '한울'로 표기되어 있다.
「여우난곬族」(『사슴』)	고무의딸承女 아들承동이	고무의딸承女 아들承동이	다른 시에서는 모두 '아들'로 표기되어 있다.
「寂境」	늙은홀아버의시아부지가	늙은홀아비의시아부지가	다른 시에서는 모두 '아비'로 표기되어 있다.
	그마음의 외딸은집에서도 산국을끄린다	그마을의 외딸은집에서도 산국을끄린다	
「統營—南行詩抄(二)」	문둥이 품마타령 듯다가	문둥이 품바타령 듯다가	
「故鄕」	새끼손톱 길게도은 손을내어	새끼손톱 길게돋은 손을내어	'돋'을 '도'로 오식한 것으로 보인다. 또는 '돋우다'라고 표기해야 할 것을 연철과 분철 표기의 혼란으로 '도두다'의 활용인 '도둔'으로 표기하고, 그것이 출판과정에서 '도은'으로 오식되었을 수도 있다.
「개」	아래 웃방성 마을 돌이다니는 사람은 있어	아래 웃방성 마을 돌아다니는 사람은 있어	
「物界里」	발뒤추으로 찢으면	발뒤축으로 찢으면	「마을은 맨천 구신이 돼서」에 '발뒤축'이라는 말이 나온다.

「童尿賦」	봄첨날 한종일내 노곤하니 벌불 작난을 한날 밤이면	봄철날 한종일내 노곤하니 벌불 작난을 한날 밤이면	오자가 아니라면 봄의 처음, 즉 '봄의 첫날'이란 뜻이 되는데, 매우 막연한 말이다. 「내가생각하는 것은」에도 '밖은 봄철날'이란 표현이 나온다.
	터앞에 발마당에	터앞에 밭마당에	「歸農」에서도 이같은 예가 나타난다.
「咸南道安」	모두들 쩔쩔끓른 구수한 귀이리茶를 마신다	모두들 쩔쩔끓는 구수한 귀이리茶를 마신다	다른 시에서는 '끓는'으로 표기되어 있다.
「許俊」	그 따마하고 살틀한 볓살의 나라에서	그 따사하고 살틀한 볓살의 나라에서	
	깊은 문도 깊은 밑바닥에 있는듯한	깊은 물도 깊은 밑바닥에 있는듯한	
	다만 한마람 목이 긴 詩人은 안다 마음이 가난한 낮설은 마람에게 마람은 모든것을 다 잃어벌이고	다만 한사람 목이 긴 詩人은 안다 마음이 가난한 낮설은 사람에게 사람은 모든것을 다 잃어벌이고	이 시의 다른 구절에 '사람'이란 말이 여러 번 나온다.
「歸農」	발을 오늘 나한테 주는것이고	밭을 오늘 나한테 주는것이고	
「흰 바람벽이 있어」	대구국을 끊여놓고	대구국을 끓여놓고	
「澡塘에서」	제각금 틀리고 먹고 입는것도 모도 달은데	제각금 틀리고 먹고 입는것도 모도 달은데	
	그리나 나라가 서로 달은 사람들이	그러나 나라가 서로 달은 사람들이	

「杜甫나李白같이」	나는 오늘 때묻은 입듯옷에	나는 오늘 때묻은 입든옷에	
	어늬 먼 왼진	어늬 먼 외진	「球場路」에는 '외진'으로 표기되어 있다.
「적막강산」	산으로 요면 산이 들썩	산으로 오면 산이 들썩	
「七月 백중」	송구떡을 사거 권하거니 먹거니하고	송구떡을 사서 권하거니 먹거니하고	
「南新義州柳洞朴時逢方」	나는 어는 木手네 집 헌 샅을 깐	나는 어느 木手네 집 헌 샅을 깐	

5. 원고 양식과 띄어쓰기

(1) 들여쓰기와 내어쓰기

각종 문예지나 신문에 발표된 백석의 작품들은 요즘처럼 규정에 맞는 일관된 원고 양식을 보여주지 못한다. 이것은 1930년대라는 시대적 환경에서 비롯된 것으로 보인다. 당시는 이제 막 한글맞춤법 통일안이 제정되고 우리말의 구문이 여러 가지로 시도되던 문장 환경의 초창기였기 때문에 원고 양식이 정확하게 세워지기 어려웠을 수밖에 없다.

백석 시는 지면에 따라 내어쓰기와 들여쓰기가 병행되고 있다. 시집 『사슴』 안의 작품들은 모두 내어쓰기를 하고 있다. 당시의 다른 시집들이 대체로 들여쓰기를 하고 있는 것을 생각해보면 이채로운 편집이라고 할 수 있다. 그 외에 조선일보와 『조광』지에 발표된 작품들도 대부분 내어쓰기를 하고 있는데, 「고야」만은 들여쓰기를 하고 있다. 그런가 하면 『현대조선문학전집』에 재수록될 때에는 내어쓰기와 들여쓰기가 병행되고 있다. 또 『여성』 『문장』

『인문평론』 등에 발표한 작품들은 이같은 행갈이의 띄어쓰기 원칙이 무시되고 있다. 연속되는 행이지만 지면 사정상 다음 행으로 처리해야 할 때 바뀌는 첫 글자는 한 칸을 들이거나 내어써야 하는데도, 마치 새로운 행인 것처럼 첫 칸에 쓰고 있는 것이다.

이상의 사실을 종합해보면, 백석의 시는 시집이나 잡지, 신문지상에 발표될 때에는 내어쓰기로 편집된 것이 많지만, 일부 들여쓰기로 편집된 것도 있고, 행갈이의 띄어쓰기 원칙이 무시된 것도 많다. 결국 백석 시의 원고 양식은 시의 형식을 위한 미학적 장치라기보다는 발표 지면의 편집 사정에 따라 자의적으로 이루어진 것으로 볼 수 있으며, 따라서 백석 시의 정본에서는 오늘의 독자들에게 익숙한 들여쓰기로 통일하였다.

한편 백석 시 중에는 내어쓰기를 하면서 특이한 행갈이 형태를 보이는 작품들이 있다. 가령 「가즈랑집」엔 다음과 같은 특이한 시 형태가 나타난다.

> 예순이넘은 아들없는가즈랑집할머니는 중같이정해서 할머니가 마을을가
>   면 긴담배대에 독하다는막써레기를 멫대라도 붗이라고하며
>
>   간밤엔 셤돌아레 승냥이가왔었다는이야기
>   어느메山곬에선간 곰이 아이를본다는이야기

인용한 구절에서 "붗이라고하며" 다음에 행갈이를 하고 한 줄을 띄었는데, 그다음 구절이 처음부터 시작되지 않고 한 칸 들여쓰기를 하고 있다. 들여쓴다는 것은 그 행이 계속 이어진다는 것을 의미하는 것인데, 행과 연을 중간에 나누었음에도 불구하고 마치 계속 이어지는 것처럼 한 칸 들여쓰기를 한 것이다. 아마도 그것은 "간밤엔 셤돌아레 승냥이가왔었다는이야기"와

"어느메山곬에선간 곰이 아이를본다는이야기"가 할머니가 한 이야기임을 나타내면서도 그 이야기를 독립된 구절로 두드러지게 하기 위한 것이 아닌가 한다. 이런 경우 그 구절을 올바른 원고 양식에 따라 독립된 연으로 처리하여 첫 칸부터 표기해도 그것이 할머니의 이야기라는 의미가 사라지는 것은 아니다. 따라서 위의 형태는 그대로 따라 혼란을 주기보다는 오늘의 원고 양식에 맞게 고치는 것이 더 바람직스러울 것이다.

이 밖에도 그의 시에는 행갈이의 원칙이 잘 지켜지지 않은 작품들이 더러 나타나는데, 이런 것들은 시 편집의 형태가 완전히 정착되기 이전의 단계에서 발생한 현상으로 간주되어, 정본에서는 모두 오늘의 원고 양식에 맞게 고쳤다.

(2) 띄어쓰기

백석의 작품은 띄어쓰기가 제대로 되어 있지 않다. 1933년에 제정된 한글 맞춤법 통일안에는 띄어쓰기 규정이 명시되어 있다. 한글맞춤범 통일안의 제7장에 명시된 띄어쓰기 규정에 의하면 단어와 단어 사이는 띄고 토는 웃말에 붙여써야 한다. 그런데 백석 시에는 한글맞춤법 통일안의 띄어쓰기 규정을 무시하고 단어와 단어 사이를 붙인 문장들이 많다. 이것은 두 가지 측면으로 해석할 수 있는데, 하나는 시의 호흡과 운율의 미감을 위해 의도적으로 그렇게 한 것으로 볼 수 있고, 다른 하나는 한글맞춤법 통일안의 띄어쓰기 규정을 미처 의식하지 못한 것으로 볼 수 있다. 백석의 경우는 이 두 가지가 모두 해당되는 것으로 보인다.

백석은 일단 시의 호흡에 맞춰서 띄어쓰기를 한 것으로 판단된다. 이 점은 그의 데뷔작인 「정주성定州城」을 보면 확실하게 드러난다. 이 시에는 "쪼는소리가 들리는듯하다" "반디불이난다 파 란 魂들갓다" "한울빗가티 훤 하다"와 같은 구절에서 '쪼는'과 '파란'과 '훤하다'라는 하나의 단어가 띄어져 있는 매우 특이한 띄어쓰기가 보인다. 단어 사이도 아닌 하나의 단어조차 이렇게 띄어쓰는 이 희한한 띄어쓰기는 시인의 느낌과 호흡에 맞춰서 자의적으로 실행한 것이다. 시인은 헝겊심지에 아주까리 기름이 '쪼는' 감각과 하늘의 '파란' 느낌과 헐리다 남은 성문에서 받은 '훤한' 느낌을 극대화시키기 위해 '쪼는'에서 '쪼'와 '는'을 띄어쓰고, 또 '파란'에서 '파'와 '란' 사이를 띄어쓰고 '훤'과 '하다' 사이를 띄어쓴 것이다. 그런데 이 작품이 시집 『사슴』에 실릴 때에는 맞춤법 규정에 맞게 고쳐져 있다. 처음에는 시의 느낌에 맞춰 자의적으로 띄어쓰기를 했다가 시집을 내면서 한글맞춤법 통일안에 맞춰 띄어쓰기를 한 것이다. 그래서 『사슴』에 실린 시들에는 이렇게 이탈적인 띄어쓰기는 없는데,[28] 대신에 단어와 단어들이 붙어 있는 경우가 많다. 시집 『사슴』에는 말이 길게 서술되는 서사지향적인 시들이 많은데, 단어와 단어 사이가 붙어 있는 경우가 많아 읽는 쾌감과 속도감을 불러일으킨다. 띄어쓰기의 조절을 통해 산문시 형태에 운율감을 부여하고 있는 것이다. 그러니까 시집 『사슴』에서 백석은 한글맞춤법 통일안의 띄어쓰기를 의식해서 이탈적인 띄어쓰기는 바로잡고 있지만, 여전히 시의 정서와 흐름을 좇아서 띄어쓰기를 하려는 의식이 남아 있었던 것이다.

그런데 시집 안의 작품들 중 네 편은 1938년에 간행된 『현대조선문학전집』에 재수록되고 있는데, 이때는 다시 한글맞춤법 통일안의 규정에 맞게 띄어쓰기를 하고 있다. 특히 백석 시 가운데서도 서사지향적인 시의 성격을 가장 짙게 드러내는 작품으로 꼽히는 「고야」 같은 작품의 경우, 『현대조선문학

28) 시집 『사슴』 안의 「秋日山朝」라는 시에 '파란'이란 단어가 나오는데, 여기선 '파—란'으로 '파'와 '란' 사이에 '—' 표시를 하고 있다. 다만, '—' 표시가 아주 희미해서 단정하기 어려운 측면은 있다.

전집』에 재수록될 때에는 거의 맞춤법 통일안의 규정에 맞게 띄어쓰기를 하고 있다. 이 작품의 띄어쓰기는 오늘날 우리가 보는 띄어쓰기 형태와 거의 똑같다. 또 이 무렵에 발표된 「넘언집 범 같은 노큰마니」는 「여우난골족」이나 「고야」와 같은 성격을 지닌 서사지향적인 시인데, 길게 서술되는 산문적인 언어들의 띄어쓰기가 모두 현대의 맞춤법에 맞게 이루어져 있다. 이처럼 그의 시는 해가 거듭될수록 띄어쓰기의 원칙이 잘 지켜지고 있으며, 그의 마지막 작품인 「남신의주 유동 박시봉방」에 와서는 띄어쓰기는 물론 문장 부호까지도 철저하게 지켜지고 있다. 마침표나 쉼표와 같은 문장부호는 한글맞춤법 통일안에 명시되어 있는데, 시집 안에서는 전혀 보이지 않다가(다만 '—' 표시가 여섯 군데, 「 」 표시가 한 군데 나타나는데, 그 부호 표시가 한글맞춤법 통일안의 부호 규정에 정확히 일치한다고는 보기 어렵다) 시집 이후에 발표된 작품들에서 처음으로 보이기 시작하며, 마지막 작품인 「남신의주유동 박시봉방」에 와서는 거의 완벽하게 이루어지고 있다.

여기서 다시 한글맞춤법 통일안 규정의 전개과정을 상기해볼 필요가 있다. 앞서 진술했듯이 한글맞춤법 통일안은 1933년에 제정, 공표되었지만, 1936년 10월에 표준어 사정안이 발표되고 그 이듬해인 1937년 3월에 그에 맞춰 개정된 맞춤법 통일안이 발표되면서 보다 널리 알려지고 구속력도 커지게 되었다. 백석 시에 나타난 띄어쓰기의 원칙과 표기법 등은 이러한 시간적 흐름과 궤를 같이한다. 백석은 기본적으로 시의 호흡과 효과에 따라 자의적으로 띄어쓰기를 했지만, 지속적으로 한글맞춤법 통일안의 규정을 의식했고, 그 규정이 널리 알려진 이후부터는 이에 따르려는 흔적이 역력하다.[29] 이

---

29) 시집 『사슴』에서 단어와 단어들을 현저하게 붙인 띄어쓰기는 한글맞춤법 통일안이 구속력을 갖기 이전에 나타난 표기이다. 같은 해 『조광』지에 발표된 이효석의 「모밀꽃 필 무렵」도 『사슴』에 나타난 띄어쓰기와 유사하게 단어와 단어들이 현저하게 붙어 있다.

런 점을 종합해볼 때, 백석 시에서 자의적인 띄어쓰기는 분명히 시 형식의 중요한 일부이긴 하지만, 한글맞춤법의 규정에 우선하는 절대적인 원칙이었다고 보긴 어렵다. 따라서 그의 시에 나타난 자의적인 띄어쓰기는 정본에선 한글맞춤법 통일안 규정의 띄어쓰기 원칙에 따라 바꾸었다. 그것은 백석 시의 전개과정에서 나타난 띄어쓰기 원칙의 근본적인 정신을 훼손하지 않으면서 그의 시를 오늘의 독자들에게 더욱 친숙하게 만들어 궁극적으로 그의 시를 한층 빛내는 길이 될 것이다.

■ 백석 시 작품 연보(1935~1948)

발표연대	제 목	발 표 지	비 고
1935. 8. 30	定州城	朝鮮日報	시집 『사슴』에 재수록
1935. 11	山地	『朝光』 1권 1호	시집 『사슴』에 「三防」으로 개작되어 재수록
	酒幕		시집 『사슴』에 재수록 『現代朝鮮文學全集』에 재수록
	비		시집 『사슴』에 재수록
	나와 지렝이		'新博物志'라는 기획 아래 발표
1935. 12	여우난곬族	『朝光』 1권 2호	시집 『사슴』에 재수록 『現代朝鮮文學全集』에 재수록
	統營		시집 『사슴』에 재수록
	힌밤		시집 『사슴』에 재수록
1936. 1	古夜	『朝光』 2권 1호	시집 『사슴』에 재수록 『現代朝鮮文學全集』에 재수록
1936. 1. 20	가즈랑집	시집 『사슴』	
	고방		
	모닥불		『現代朝鮮文學全集』에 재수록
	오리 망아지 토끼		
	初冬日		
	夏畓		
	寂境		
	未明界		
	城外		
	秋日山朝		
	曠原		
	靑柿		
	山비		
	쓸쓸한길		

	柘榴		
	머루밤		
	女僧		
	修羅		
	노루		
	절간의소이야기		
	오금덩이라는곧		
	柿崎의 바다		
	彰義門外		
	旌門村		
	여우난곬		
	三防		
1936. 1. 23	統營	朝鮮日報	
1936. 2	오리	『朝光』 2권 2호	
1936. 3	연자ㅅ간	『朝光』 2권 3호	
	黃日		'春郊七題'라는 기획 아래 발표
	湯藥	『詩와 小說』 1권 1호	
	伊豆國湊街道		
1936. 3. 5	昌原道	朝鮮日報	'南行詩抄 1'로 발표
1936. 3. 6	統營		'南行詩抄 2'로 발표
1936. 3. 7	固城街道		'南行詩抄 3'으로 발표 『朝鮮文學讀本』에 재수록
1936. 3. 8	三千浦		'南行詩抄 4'로 발표
1937. 10	北關	『朝光』 3권 10호	'咸州詩抄'란 제하에 연작시로 묶여 발표
	노루		
	古寺		
	膳友辭		
	山谷		
	바다	『女性』 2권 10호	
1938. 1	秋夜一景	『三千里文學』 1집	
1938. 3	山宿	『朝光』 4권 3호	'山中吟'이란 제하에 연작시로 묶여 발표
	饗樂		
	夜半		

	白樺		
	나와 나타샤와 흰당나귀	『女性』 3권 3호	
1938. 4	夕陽	『三千里文學』 2집	
	故鄕		
	絶望		
	개	『現代朝鮮文學全集(詩歌集)』	朝鮮日報社出版部
	외가집		
	내가생각하는 것은	『女性』 3권 4호	
1938. 5	내가이렇게외면하고	『女性』 3권 5호	
1938. 10	三湖	『朝光』 4권 10호	'물닭의소리'란 제하에 연작시로 묶여 발표
	物界里		
	大山洞		
	南鄕		
	夜雨小懷		
	꼴두기		
	가무래기의 樂	『女性』 3권 10호	
	멧새소리		
	박각시 오는 저녁	『朝鮮文學讀本』	朝鮮日報社出版部
1939. 4	넘언집 범같은 노큰마니	『文章』 1권 3집	
1939. 6	童尿賦	『文章』 1권 5집	
1939. 9. 13	安東	朝鮮日報	
1939. 10	咸南道安	『文章』 1권 9호	
1939. 11. 8	球路	朝鮮日報	연작시 '西行詩抄 1'로 발표
1939. 11. 9	北新		'西行詩抄 2'로 발표
1939. 11. 10	八院		'西行詩抄 3'으로 발표
1939. 11. 11	月林장		'西行詩抄 4'로 발표
1940. 2	木具	『文章』 2권 2호	
1940. 6	수박씨, 호박씨	『人文評論』 2권 6호	
1940. 7	北方에서	『文章』 2권 6호	
1940. 11	許俊	『文章』 2권 9호	

1941. 1	「호박꽃초롱」序詩	『호박꽃 초롱』	강소천의 동시집
1941. 4	歸農	『朝光』7권 4호	
	국수	『文章』3권 4호 (폐간호)	
	흰 바람벽이 있어		
	촌에서 온 아이		
	澡塘에서	『人文評論』3권 3호	
	杜甫나李白같이		
1942. 11. 15	머리카락	每日申報	
1947. 11	山	『새한민보』1권 14호	
1947. 12	적막강산	『新天地』 11 · 12 합병호	許俊이 以前에 가지고 있던 시라는 부기가 있음
1948. 5	마을은 맨천 구신이 돼서	『新世代』3권 3호	
1948. 10	七月 백중	『文章』3권 5호(속간호)	
	南新義州柳洞朴時逢方	『學風』 창간호	

* 분단 이후의 작품활동에 대해서는 백석 연보에 기술함.

■ 백석 연보

1912년(1세) 평안북도平安北道 정주군定州郡 갈산면葛山面 익성동益城洞에서 수원水原 백씨白氏 백용삼白龍三씨의 장남으로 태어남. 본명은 백기행白夔行. 그 외에 白石과 白奭이라는 이름이 있었는데, 필명으론 白石을 사용함. 아버지 백용삼씨는 조선일보의 사진반장을 지냈으며, 정주에서 하숙을 치며 가게를 경영함.

1918년(7세) 오산소학교五山小學校 입학.

1924년(13세) 오산소학교를 졸업하고 오산학교五山學校에 입학. 같은 반 급우였던 임기황任基況의 회고에 의하면 이 시절 특별히 시작을 하지는 않았지만, 같은 학교 선배인 소월을 몹시 동경했다고 함. 그는 백석이 매우 결백한 성격의 소유자였다고 전함.

1929년(18세) 오산고등보통학교五山高等普通學校(오산학교의 바뀐 교명) 졸업.

1930년(19세) 조선일보 신년현상문예에 단편소설 「그 모母와 아들」이 당선. 조선일보사가 후원하는 장학생으로 선발되어 일본의 아오야마青山학원에서 영문학을 공부함.

1934년(23세) 졸업 후 귀국하여 조선일보 출판부에서 근무. 조선일보의 계열사인 『여성』지에서 편집 일을 함.

1935년(24세) 8월 30일 조선일보에 시 「정주성定州城」을 발표하며 시단에 데뷔.

1936년(25세) 1월 20일 시집 『사슴』을 간행. 선광인쇄주식회사에서 간행한 이 시집에는 33편의 시가 실려 있는데, 겹으로 접은 한지에 인쇄하여 두툼하면서도 고급스러운 느낌을 준다. 이해에 조선일보사를 그만두고 함흥 영생고보의 영어교사로 부임.

1938년(27세) 교사직을 사임하고 서울로 돌아옴.

1939년(28세) 1월 조선일보 출판부에 재입사하고, 3월부터 다시 『여성』지의 편집 주간 일을 시작하다가, 그해 말경 사직하고 만주의 신경新京으로 떠남.

1940년(29세) 만주의 신경에서 지냄.

1942년(31세) 만주의 안동安東 세관에서 일함.

1945년(34세) 해방 후 신의주를 거쳐 고향 정주로 돌아옴. 이후 평양에서 고당 조만식 선생의 일을 도우며 지냄.

1947년(36세) 러시아 작가 시모노프의 『낮과 밤』 번역 출간. 숄로호프의 『그들은 조국을 위해 싸웠다』 번역 출간.

1949년(38세) 숄로호프의 『고요한 돈강』 번역 출간.

1955년(44세) 조쏘 출판사에서 여러 사람과 공동으로 『뿌슈킨 선집—시편』을 번역. 이 책에서 백석이 번역한 푸시킨의 작품은 「짜르쓰꼬에 마을에서의 추억」 「쓰딴스」 「작은새」 「겨울밤」 「겨울길」 「젖엄마에게」 「슬프고 가없는 이 세상 거친 들에서」 「겨울아침」 「소란한 길거리를 내 헤매일 때면」 「깝까즈」 「한귀족에게」 「보로지노 싸움의 기념일」 「순례자」 등이다.

1956년(45세) 『아동문학』 1월호에 「까치와 물까치」 「지게게네 네 형제」 등의 동화시 발표. 『아동문학』 3월호에 「막씸 고리끼」, 『조선문학』 5월호에 「동화문학의 발전을 위하여」, 9월호에 「나의 항의, 나의 제의」 등의 산문 발표.

1957년(46세) 4월 동화시집 『집게네 네 형제』 출간. 『아동문학』 4월호에 「메'돼지」 「강가루」 「산양」 「기린」, 문학신문 9월 19일자에

「등고지」 등의 시 발표. 문학신문 3월 28일자에 「체코슬로바키야 산문 문학 소묘」, 『조선문학』 6월호에 「큰 문제, 작은 고찰」, 문학신문 6월 20일자에 「아동문학의 협소화를 반대하는 입장에서」, 『아동문학』 11월호에 「마르샤크의 생애와 문학」 등의 산문 발표.

1958년(47세) 문학신문 5월 22일자에 시 「제3인공위성」발표.

1959년(48세) 양강도 삼수군 관평리에 있는 국영협동조합으로 내려가 농사를 지음. 『조선문학』 6월호에 「이른봄」 「공무려인숙」 「갓나물」 「공동식당」 「축복」, 9월호에 「하늘 아래 첫 종축기지에서」 「돈사의 불」 등의 시 발표. 문학신문 5월 14일자에 산문 「관평의 양」 발표.

1960년(49세) 『조선문학』 3월호에 「눈」 「전별」, 『아동문학』 5월호에 「오리들이 운다」 「송아지들은 이렇게 잡니다」 「앞산 꿩, 뒤'산 꿩」 등의 시 발표. 문학신문 2월 19일자에 산문 「눈 깊은 혁명의 요람에서」 발표.

1961년(50세) 『조선문학』 12월호에 「탑이 서는 거리」 「손'벽을 침은」 「돌아온 사람」 등의 시 발표. 문학신문 5월 12일자에 산문 「가츠리섬을 그리워하실 형에게」 발표.

1962년(51세) 문학신문 4월 10일자에 「조국의 바다여」, 『아동문학』 5월호에 「나루터」 등의 시, 6월호에 산문 「이소프와 그의 우화」 발표.

1996년(85세) 사망한 것으로 알려짐.

■ 낱말 풀이 참고서지

국내논저

강현식, 『안경재료학』, 신광출판사, 2001.

강희숙, 「백석의 시어와 구개음화」, 『한국언어문학』 53집, 2004, 12.

거제시지편찬위원회, 『거제시지 상 · 하권』, 거제시지편찬위원회, 2002.

고려대학교 민족문화연구소, 『한국민속대관 1~5』, 고대민족문화연구소 , 1980.

고려대학교 민족문화연구원, 『한국민속의 세계 1~10』, 고려대학교 민족문화연구원, 1987.

고형진, 「백석 시 연구」, 고려대학교 대학원 석사학위논문, 1983.

고형진, 『현대시의 서사 지향성과 미적 구조』, 시와시학사, 2003.

고형진, 『백석 시 바로 읽기』, 현대문학, 2006.

고형진, 『백석 시의 물명고』, 고려대학교 출판문화원, 2015.

국립국어연구원, 『표준국어대사전』, 국립국어연구원, 1999.

김명인, 『한국근대시의 구조연구』, 한샘, 1988.

김민수 외, 『금성판 국어대사전』, 금성출판사, 1993.

김영배, 『평안 방언의 음운체계 연구』, 동국대학교 한국학연구소. 1977.

김영배, 「백석시의 방언에 대하여」, 『한실 이상보 박사 회갑기념 논총』, 1987.

김영배, 『평안방언연구』, 태학사, 1997.

김영범, 「백석시어연구」, 고려대학교 대학원 석사학위논문, 2004.

김윤식 · 김현, 『한국문학사』, 민음사, 1996.

김재용 편, 『백석전집(증보판)』, 실천문학사, 2005.

김의원, 『한국국토개발사연구』, 대학도서, 1983.

김재홍 편, 『한국현대시시어사전』, 고려대학교출판부, 1997.

김종태, 『한국현대시와 서정성』, 보고사, 2004.
김학주 역, 『고문진보 후집』, 명문당, 2005.
남광우, 『고어사전』, 교학사, 2004.
남영신, 『우리말 분류사전 1』, 한강문화사, 1987.
남영신, 『우리말 분류사전 2』, 한강문화사, 1988.
남영신, 『새로운 우리말 분류사전』, 성안당, 1994.
대한안경인협회, 『한국안경사대관』, 대한안경인협회, 1986.
도립번 저, 김종식 역, 『중국민속학의 이해』, 집문당, 1997.
문화공보부 문화재관리국, 『한국민속종합조사보고서: 제11권 황해 · 평안남북 편』, 문화공보부 문화재관리국, 1980.
민중서림 편집국 편, 『한한대자전』, 민중서림, 2002.
박영하, 『우리나라 나무 이야기』, 이비컴, 2004.
서울대학교동양사학연구실 편, 『강좌중국사 I~VI』, 지식산업사, 1989.
서울시립대학교 박물관, 『땅의 흔적, 지도이야기』, 예맥출판사, 2004.
송준, 『남신의주유동박시봉방 1, 2』, 지나, 1994.
송준 편, 『백석시전집』, 학영사, 2004.
유종호, 『서정적 진실을 찾아서』, 민음사, 2001.
유종호, 『다시 읽는 한국시인』, 문학동네, 2002.
윤무부, 『한국의 새』, 교학사, 1992.
윤주복, 『나무 쉽게 찾기』, 진선출판사, 2004.
이경수, 「한국 근대시의 반복 기법과 언술 구조」, 고려대학교 대학원 박사학위논문, 2002.
이근술 · 최기호, 『토박이말쓰임사전』, 동광출판사, 2001.
이동순 편, 『백석시전집』, 창작과비평사, 2005.
이동순, 『잃어버린 문학사의 복원과 현장』, 소명출판, 2005.
이봉수, 『이순신이 싸운 바다』, 새로운사람들, 2004.
이숭원, 『백석시의 심층적 탐구』, 태학사, 2006.

이숭원 주해, 이지나 편, 『원본 백석 시집』, 깊은샘, 2006.
이우성 · 강만길 편, 『한국의 역사인식(하)』, 창작과비평사, 1985.
이종철 · 박호헌, 『서낭당』, 대원사, 1994.
이중환 저, 이익성 역, 『택리지』, 한길사, 1992.
이찬 · 황재기, 『세계지도집』, 교학사, 1982.
이창배, 『한국가창대계』, 홍인문화사, 1976.
이창복, 『(원색)대한식물도감 상: 양치 및 나자식물, 이판화』, 향문사, 2003.
이창복, 『(원색)대한식물도감 하: 합판화, 단자엽식물』, 향문사, 2003.
이훈종, 『민족생활어사전』, 한길사, 1993.
임동권, 『한국세시풍속연구』, 집문당, 1993.
전경욱, 『함경도의 민속』, 고려대학교출판부, 1999.
전경욱 외, 『양주의 구비문학 2』,박이정, 2005.
정양 · 최동현 · 임명진 편, 『판소리단가』, 민속원, 2003.
정주군지편찬위원회, 『정주군지』, 정주군지편찬위원회, 1975.
정주군지편찬위원회, 『정주군지』 2집, 정주군민회, 1999.
조동걸 · 한영우 · 박찬승 엮음, 『한국의 역사가와 역사학 하』, 창작과비평사, 1994.
조선과학백과사전출판사 · 한국평화문제연구소 편, 『조선향토대백과 1~20』, 평화문제연구소, 2005.
지배선, 『중세동북아사연구』, 일조사, 1993.
최대림 역해, 『동국세시기』, 홍신문화사, 1989.
최동호 외, 『백석시읽기의 즐거움』, 서정시학, 2006.
최영전, 『한국민속식물』, 아카데미서적, 1992.
최정례, 「백석시의 근대성 연구」, 고려대학교 대원원 박사학위논문, 2004.
평안북도지편찬위원회, 『평안북도지』, 평안북도지편찬위원회, 1973.
통영시지편찬위원회, 『통영시지 상 · 하』, 통영시지편찬위원회, 1999.
한국문화상징사전편찬위원회, 『한국문화상징사전 1』, 동아출판사, 1992.
한국문화상징사전편찬위원회, 『한국문화상징사전 2』, 동아출판사, 1995.

한국민속사전편찬위원회, 『민속대사전 1·2』, 민족문화사, 1991.
한국역사연구회 편, 『역사문화수첩』, 역민사, 2000.
한국정신문화연구원 편, 『한국유성기음반총목록』, 민속원, 1989.
한국정신문화연구원, 『한국민족문화대백과사전 1~27』, 한국정신문화연구원, 1996.
한국정신문화연구원 어문연구실, 『평북방언사전』, 한국정신문화연구원, 1981.
한글학회, 『우리 토박이말 사전』, 어문각, 2002.
함경남도지편찬위원회, 『함경남도』(증보판), 함경남도지편찬위원회, 1988.
황대화, 『황해도 방언연구』, 한국문화사, 2007.

일어 및 중국어 서적

國際地學協會, 『日本地圖』, 東京:國際地學協會, 1996.
文定昌, 『朝鮮の市場』, 東京:日本評論社, 1941.
櫻井德太郎 編, 『民間信仰辭典』, 東京:東京堂出版, 1980.
越智唯七 編, 『新舊對照 朝鮮全道府郡面里洞名稱一覽』, 京城:中央市場, 1917.
諸橋轍次, 『大漢和辭典』, 東京:大修館書店, 1955.
朝鮮總督府鐵道局, 『朝鮮鐵道四十年略史』, 京城:朝鮮總督府鐵道局, 1940.
中國社會科學院語言研究所詞典編輯室, 『現代漢語詞典』, 北京:外語教學與研究出版社, 2002.
中國地圖出版社 編, 『中國國勢地圖』, 東京:帝國書院, 1987.
漢語大詞典編輯委員會, 『漢語大詞典』, 上海:漢語大詞典出版社, 1990.

지은이 **백석**
본명 백기행(白夔行). 1912년 평안북도 정주에서 태어났다. 오산고보와 일본의 아오야마학원을 졸업하고 조선일보 출판부에서 근무했다. 1930년 조선일보 현상문예에 소설 「그 모(母)와 아들」이 당선되었고, 1935년 조선일보에 시 「정주성(定州城)」을 발표하며 시단에 나왔으며, 1936년 시집 『사슴』을 간행했다. 해방 후 고향에 머물다 1996년에 사망한 것으로 알려져 있다.

엮은이 **고형진**
고려대 국어교육과와 동대학원 국문학과를 졸업했다. UC 버클리 객원교수를 지냈고, 현재 고려대 국어교육과 교수로 재직중이다. 저서로 『시인의 샘』 『현대시의 서사지향성과 미적 구조』 『또 하나의 실재』 『백석 시 바로 읽기』 『백석 시를 읽는다는 것』 『백석 시의 물명고』 『박용래 평전』 등이, 엮은 책으로 『정본 백석 소설·수필』 『박용래 시전집』 『박용래 산문전집』이 있다. 2001년 김달진문학상을 수상했다.

정본 백석 시집

1판 1쇄 2007년 2월 12일
1판 32쇄 2019년 4월 11일
2판 1쇄 2020년 1월 30일
2판 12쇄 2024년 9월 30일

지은이 백석 | 엮은이 고형진
책임편집 이상술 | 편집 정은진 김내리 이성근 | 디자인 강혜림 유현아
저작권 박지영 형소진 최은진 오서영
마케팅 정민호 서지화 한민아 이민경 왕지경 정경주 김수인 김혜원 김하연 김예진
브랜딩 함유지 함근아 박민재 김희숙 이송이 박다솔 조다현 정승민 배진성
제작 강신은 김동욱 이순호 | 제작처 한영문화사(인쇄) 경일제책(제본)

펴낸곳 (주)문학동네 | 펴낸이 김소영
출판등록 1993년 10월 22일 제2003-000045호
주소 10881 경기도 파주시 회동길 210
전자우편 editor@munhak.com | 대표전화 031) 955-8888 | 팩스 031) 955-8855
문의전화 031) 955-2696(마케팅) 031) 955-8864(편집)
문학동네카페 http://cafe.naver.com/mhdn
인스타그램 @munhakdongne | 트위터 @munhakdongne
북클럽문학동네 http://bookclubmunhak.com

ISBN 978-89-546-7031-9 03810

www.munhak.com